Témoin involontaire

Gianrico Carofiglio

Témoin involontaire

Traduit de l'italien par
Claude Sophie Mazéas

Collection dirigée par
François Guérif

Rivages/noir

Titre original : *Testimone inconsapevole*

106, boulevard Saint-Germain – 75006 Paris

ISBN : 978-2-7436-1720-2

« Ce que la chenille appelle la fin du monde,
Le reste du monde l'appelle un papillon. »

LAO-TSEU, *Le livre de la Voie et de la Vertu*

PREMIÈRE PARTIE

1

Je me souviens parfaitement du jour – ou plutôt de l'après-midi – où tout a commencé.

J'étais arrivé à mon cabinet depuis un quart d'heure et je n'avais aucune envie de travailler. J'avais déjà consulté mon courrier électronique, ouvert ma correspondance, remis de l'ordre dans mes papiers, passé deux ou trois coups de fil inutiles. Bref, j'avais épuisé tous les bons prétextes pour ne rien faire et j'avais donc allumé une cigarette.

Maintenant je fume ma clope tranquille et après, je m'y mets.

Une fois ma cigarette achevée, je trouverais bien autre chose. Peut-être serais-je descendu, me souvenant d'un livre que je devais aller chercher chez Feltrinelli séance tenante parce que, bon, j'avais trop souvent remis cet achat.

Tandis que je fumais, le téléphone sonna. C'était la ligne intérieure : ma secrétaire, dans le bureau de la réception.

Il y avait un monsieur qui n'avait pas pris rendez-vous, mais il disait que c'était urgent.

Presque personne ne prend rendez-vous. Les gens vont chez l'avocat pénaliste quand ils ont des problèmes sérieux et urgents. Du moins en sont-ils convaincus, ce qui, évidemment, revient au même.

Quoi qu'il en soit, voilà quel était le système ici : ma secrétaire m'appelait, en présence du monsieur ou de la dame qui avait un besoin urgent de parler à un avocat. Si j'étais occupé – avec un autre client, par exemple –, je faisais attendre jusqu'à ce que j'aie fini.

Si je n'étais pas occupé, comme cet après-midi-là, je faisais quand même attendre.

Que les choses soient claires : dans ce cabinet, on travaille, et je vous reçois uniquement parce qu'il s'agit d'une urgence.

Je dis à Maria Teresa d'informer le monsieur que je pourrais le recevoir dans dix minutes, mais que je n'aurais guère de temps à lui consacrer, car je devais ensuite assister à une réunion importante.

Les avocats – c'est ce que les gens se figurent – ont souvent des réunions importantes.

Dix minutes plus tard, le monsieur entra. Il avait de longs cheveux noirs, une longue barbe noire et les yeux écarquillés. Il s'assit et s'appuya au bureau, en se penchant vers moi.

Pendant un instant, je fus certain qu'il allait dire : « Je viens de tuer ma femme et ma belle-mère. Elles sont en bas, dans le coffre. Heureusement j'ai un break. Que *devons-nous* faire maintenant, maître ? »

Mais non, ce n'était pas ça. Il avait une camionnette où il préparait des hot-dogs et des hamburgers. Les inspecteurs de la répression des fraudes le lui avaient confisqué parce que les conditions d'hygiène du véhicule étaient à peu près celles des égouts de Bénarès.

Le barbu voulait récupérer son fourgon. Il savait que j'étais un bon avocat car un de ses amis, un client à moi, le lui avait dit. Avec un ignoble sourire entendu, il me glissa le nom d'un dealer pour lequel j'avais réussi à négocier une peine honteusement courte.

J'exigeai donc une avance phénoménale et il sortit de la poche de son pantalon une liasse de billets de cent mille et de cinquante mille lires.

Me refile pas ceux avec des taches de mayonnaise, je t'en supplie, pensai-je avec résignation.

Il compta entre son index et son pouce la somme que je lui avais demandée. Il me laissa le procès-verbal de la saisie et tous les autres papiers. Non, il ne voulait pas de reçu : mais qu'est-ce que j'en ferais, maître ? Autre sourire entendu. Bien sûr, entre fraudeurs du fisc, on se comprend.

Il y a encore quelques années, mon métier me plaisait assez. Aujourd'hui, il me donnait vaguement la nausée. Et quand je rencontrais des types comme ce vendeur de hamburgers, la nausée augmentait.

Tu mérites de manger des hot-dogs au dîner et ensuite de terminer aux urgences, pensai-je. Là-bas, tu trouveras le docteur Carrassi en train de t'attendre.

Le docteur Carrassi, collaborateur du médecin-chef des urgences, avait laissé mourir une jeune fille de vingt ans atteinte d'une péritonite, affirmant que c'étaient des douleurs menstruelles.

Son avocat – moi – l'avait fait acquitter sans qu'il perde un jour de garde ou une lire de son salaire. Ça n'avait pas été un procès difficile. Le procureur était un idiot et l'avocat de la partie civile était un analphabète complet.

Quand il fut acquitté, Carrassi me serra dans ses bras. Il avait mauvaise haleine, il était échauffé et pensait que justice avait été faite.

En sortant du prétoire, j'avais évité le regard des parents de la jeune fille.

Le barbu prit congé et, étouffant mon écœurement, je préparai mon recours contre la saisie de son précieux restaurant ambulant.

Puis je rentrai à la maison.

Le vendredi soir, en règle générale, nous allions au cinéma, puis dîner, toujours avec le même groupe d'amis.

Je ne participais jamais au choix du film ni du restaurant. Je faisais ce que décidaient Sara et les autres, passant ma soirée en apnée, attendant que ça se termine. Les choses ne changeaient que si on tombait sur un film qui me plaisait vraiment, éventualité qui se faisait de plus en plus rare.

Ce vendredi-là, quand je rentrai, Sara était déjà prête à sortir. Je lui dis que j'avais besoin d'un quart d'heure pour me doucher et me changer.

Ah… elle sortait avec ses amis. Quels amis ? Ceux du cours de photo. Elle aurait pu me le dire avant, je me serais organisé. Elle me l'avait dit la veille et n'y pouvait rien si je ne l'écoutais pas. Bon, pas la peine de se mettre en colère ; j'essaierais de faire quelque chose de mon côté, si j'avais le temps. Non, je n'avais aucune intention de la culpabiliser ; je voulais simplement, exactement, dire ce que j'avais dit. D'accord, il était préférable d'en rester là.

Elle sortit et je restai à la maison. Je pensai appeler mes vieux potes et sortir avec eux. Mais il me sembla souverainement compliqué d'expliquer pourquoi Sara n'était pas là, de raconter où elle était allée. Ils me regarderaient d'un air bizarre. Bref, je laissai tomber.

J'essayai de joindre sur son mobile une amie que je voyais – clandestinement – à l'époque, mais elle me répondit à voix basse qu'elle était en compagnie de son copain. Un vendredi, à quoi pouvais-je m'attendre ? J'étais déstabilisé et j'eus donc l'idée de louer un bon film policier, de sortir une pizza du congélateur et de me taper une grande bouteille de bière bien fraîche ; cette soirée du vendredi aurait forcément une fin.

Je choisis *Black Rain*, même si je l'avais déjà vu deux fois. Je me le repassai donc une troisième fois et le film me plut toujours autant. Je mangeai ma pizza, sifflai toute ma bière. Puis je me servis un whisky et fumai quelques cigarettes. Je fis le tour des chaînes et je m'aperçus que les télés locales avaient commencé à diffuser des films hard. Ce qui signifiait qu'il était plus d'une heure du matin et j'allai donc me coucher.

Je ne sais pas quand je me suis endormi, ni à quelle heure Sara est rentrée, car je ne l'entendis pas.

Le lendemain, quand je me réveillai, Sara était déjà debout. J'entrai dans la cuisine encore bouffi de sommeil et, sans rien dire, elle me servit une tasse de café américain. Elle et moi, on avait toujours aimé le café américain, bien allongé.

J'avalai deux gorgées. J'allais lui demander à quelle heure elle avait bien pu rentrer cette nuit, lorsqu'elle m'annonça qu'elle voulait me quitter.

Elle déclara simplement : « Guido, je veux qu'on se sépare ».

Au bout de quelques secondes d'un silence assourdissant, je fus contraint de lui poser la plus banale des questions.

« Pourquoi ? »

Et elle me le dit, « pourquoi ». Calme, implacable.

Peut-être pensais-je qu'elle ne s'était pas aperçue de ce qu'avait été ma vie, disons au moins depuis ces deux dernières années. Mais si. Elle s'en était aperçue et elle n'avait pas aimé. Ce qui l'avait le plus humiliée, ça n'avait pas été mon *infidélité* – ce terme me frappa comme un crachat en pleine figure –, mais le fait que je lui aie réellement manqué de respect en la prenant pour une imbécile. Elle ne savait pas si j'avais toujours été comme ça ou si je l'étais devenu. Elle ne savait quelle hypothèse choisir et peut-être même qu'elle s'en fichait.

Elle était en train de me dire que j'étais devenu un homme médiocre ou que je l'avais toujours été. Et elle, elle n'avait pas envie de vivre avec un médiocre. Plus envie.

En véritable médiocre, je ne trouvai rien de mieux que de lui demander si elle avait quelqu'un d'autre dans sa vie. Elle répondit simplement que non, que de toute façon, à partir de maintenant, ça ne me regardait plus.

Exact.

La conversation ne se poursuivit pas plus longtemps. Dix jours plus tard, j'étais mis dehors.

2

Je fus donc – courtoisement – viré et ma vie changea. Pas en mieux, même si je ne m'en rendis pas compte tout de suite.

Les premiers mois, j'éprouvai même un sentiment de soulagement, de gratitude envers Sara. Pour le courage qu'elle avait eu et qui m'avait toujours manqué.

Bref, c'est elle qui avait tiré les marrons du feu, comme on dit. J'avais si souvent pensé que cette situation ne pouvait durer, que je devais faire quelque chose. Je devais prendre une initiative, trouver une solution, lui parler honnêtement. Faire quelque chose.

Mais comme j'étais lâche, je n'avais rien fait. À part saisir les occasions clandestines qui s'offraient à moi.

Certes, à y repenser, les choses qu'elle avait dites ce matin-là me brûlaient la poitrine. Elle m'avait traité de médiocre, de pauvre lâche, et j'avais encaissé sans réagir.

Voilà. Les jours qui suivirent ce fameux samedi, alors que j'étais déjà allé vivre dans mon nouvel appartement, je songeai souvent à ce que j'aurais pu répondre pour conserver – que sais-je ? – un semblant de dignité.

Et il me venait à l'esprit des phrases du style : « Je ne veux pas nier mes responsabilités, mais rappelle-toi que les torts ne sont jamais tous du même côté. » Et autres trucs de cet acabit.

Heureusement, ces réflexions n'arrivèrent que quelques jours plus tard. Ce samedi-là, je gardai le silence et j'évitai – c'était déjà ça – de me couvrir de ridicule.

De toute façon, au bout de quelque temps, j'arrêtai de ressasser ; seuls demeuraient quelques élancements au fond de moi... quand je pensais à l'endroit où pouvait être Sara à ce moment-là, à ce qu'elle faisait, et avec *qui*.

J'étais très doué pour anesthésier cette douleur et la faire disparaître rapidement. Je la renvoyais à la case départ, la camouflant au plus profond de moi.

Pendant quelques mois, je menai une existence dissipée, en vrai néo-célibataire. Ce qui s'appelle faire la bringue.

Je fréquentais des cercles d'amis plutôt douteux ; je prenais part à des fêtes insipides, buvant trop, fumant trop, et cetera.

Je sortais tous les soirs. L'idée de rester seul à la maison m'était insupportable.

J'eus quelques fiancées, évidemment.

Mais je ne me rappelle pas la moindre conversation avec l'une de ces filles.

Au milieu de tout ça, se tint l'audience de séparation par consentement mutuel. Aucun problème. Sara avait gardé la maison, qui lui appartenait. J'avais quant à moi essayé de me conduire dignement en refusant d'emporter les meubles, les appareils électroménagers, enfin rien à part mes livres, et encore pas tous.

On s'est retrouvés dans l'antichambre du président du tribunal qui s'occupait des séparations. C'était la première fois que je la revoyais depuis que j'étais parti. Elle s'était coupé les cheveux et sa peau était légèrement halée. Où avait-elle pu bronzer ? pensai-je ; avec *qui* était-elle allée se faire bronzer ?

Ce ne fut pas une pensée agréable.

Avant que j'aie pu articuler un mot, elle s'approcha et posa un léger baiser sur ma joue. Plus que toute autre chose, ce baiser me donna le sentiment de l'irrémédiable. À tout juste trente-huit ans, je découvrais pour la première fois que les choses ont vraiment une fin.

Le président tenta une réconciliation, comme l'imposait la loi. Nous fûmes très polis et bien élevés. Elle seule parla – un peu. Nous avons pris notre décision, déclara-t-elle. C'était un pas que nous devions faire dans un respect mutuel, sereinement.

Je me taisais, hochant la tête et, dans ce film, je me sentais comme un second couteau. Tout se passa rapidement puisqu'il n'y avait aucun problème d'argent, de maison ou d'enfants.

Une fois sortis du bureau du juge, elle me donna un autre baiser, cette fois presque au coin de la bouche. « Ciao, dit-elle.

– Ciao, répondis-je alors qu'elle avait tourné les talons et s'en allait.

– Ciao », dis-je à nouveau dans le vide, après avoir fumé une cigarette, appuyé au mur.

Je m'en allai quand je pris conscience du regard que me lançaient les employés qui passaient.

Dehors, c'était le printemps.

3

Le printemps céda rapidement le pas à l'été, mais les jours coulaient, toujours identiques.

Les nuits étaient tout aussi identiques. Sombres.

Jusqu'à un matin du mois de juin.

J'étais dans l'ascenseur, de retour du tribunal, et je montais jusqu'à mon cabinet, au huitième étage, quand soudain, et sans raison aucune, je fus submergé par la panique.

Une fois sorti de l'ascenseur, je restai – combien de temps ? – sur le palier : souffle court, sueurs froides, nausée, les yeux rivés à l'extincteur. Et vaincu par une peur terrible.

« Ça va, maître ? » Le ton de M. Strisciuglio, employé des douanes à la retraite et locataire de l'appartement situé au même étage, était un peu perplexe, un peu inquiet.

« Ça va, merci. Je suis complètement dans le cirage, mais je ne crois pas que ce soit un malaise. Et vous, comment allez-vous ? ».

Ce n'était pas vrai. Je lui affirmai que j'avais eu un léger étourdissement, mais que maintenant, tout allait bien, merci, au revoir.

Naturellement ça n'allait pas du tout, comme je le comprendrais trop bien les jours et les mois suivants.

Avant tout, ne sachant ce qui m'était arrivé ce

matin-là dans l'ascenseur, je commençai à être obsédé par l'idée que cela pouvait recommencer.

Je cessai donc de prendre l'ascenseur. Une idée stupide qui contribua à aggraver les choses.

Quelques jours plus tard, au lieu de m'apaiser, je commençai à craindre que la panique ne me prenne n'importe où et n'importe quand.

Lorsque je me fus suffisamment inquiété, je réussis à provoquer une nouvelle crise, dans la rue cette fois-ci. Une crise moins violente que la première, mais dont les effets furent, dans les jours qui suivirent, encore plus dévastateurs.

Pendant au moins un mois, je vécus dans la terreur permanente d'une autre crise de panique. C'est drôle, à y repenser aujourd'hui. Je vivais dans la peur d'être submergé par la peur.

Je me disais que quand cela m'arriverait à nouveau, je pourrais devenir fou et éventuellement en mourir. Mourir fou.

Plongé dans un effarement superstitieux, je me rappelai un épisode qui s'était produit de nombreuses années auparavant. J'étais à la fac et j'avais reçu une lettre, écrite sur une feuille de papier quadrillé en grosses lettres rondes, presque enfantines :

> *Cher ami, après avoir lu cette lettre, recopie-la dix fois de ta main et envoie-la à dix amis. Voici la vraie chaîne de saint Antoine ; si tu la continues, ta vie connaîtra la chance, l'argent, l'amour, la sérénité et la joie ; si tu l'interromps, il pourrait t'arriver d'affreuses mésaventures. Une jeune mariée qui depuis deux ans désirait avoir un enfant sans y parvenir recopia la lettre et*

l'envoya à dix amis. Trois jours plus tard, elle apprit qu'elle était enceinte. Un humble employé de la poste recopia la lettre, l'envoya à dix amis ou parents et, une semaine plus tard, gagna une forte somme au loto.

Un professeur de lycée, en revanche, une fois la lettre reçue, éclata de rire et la déchira. Quelques jours plus tard, il eut un accident, se cassa la jambe et fut en plus expulsé de chez lui.

Une ménagère reçut la lettre et décida de ne pas briser la chaîne. Hélas, elle égara la lettre et brisa effectivement la chaîne. Elle attrapa une méningite au bout de quelques jours et, même si elle réussit à en réchapper, elle demeura invalide toute sa vie.

Un médecin, après avoir reçu la lettre, la déchira en s'exclamant sur un ton méprisant qu'il ne fallait pas tomber dans une semblable superstition. Au cours des mois qui suivirent, il fut licencié de la clinique où il travaillait, sa femme le quitta, il tomba malade et mourut fou.

Ne brise pas la chaîne !

Je lus la lettre à mes amis, qui la trouvèrent hilarante. Quand ils eurent cessé de rigoler, ils me demandèrent si j'avais l'intention de la déchirer et de devenir fou. Ou de me mettre diligemment à la recopier dix fois, et par-dessus le marché d'une belle écriture, ce qu'ils ne manqueraient pas de me rappeler – sans grande délicatesse, je présume – au moins durant les dix prochaines années.

Cela me tapa sur les nerfs. Je pensai qu'ils auraient été moins rationnels si la lettre leur avait été envoyée à eux, et je déclarai évidemment que je la déchirerais.

Mais ils affirmèrent que je devais m'exécuter devant eux, insinuant que je pouvais changer d'avis et, à l'abri des regards indiscrets, rédiger les dix fameuses copies…

Bref, je dus la déchirer et lorsque j'eus terminé, le plus malin des trois déclara que, de toute façon, il ne fallait pas que je m'inquiète : le cas échéant, ils s'occuperaient eux-mêmes de me faire interner dans un asile accueillant.

Quelque dix-huit ans plus tard, je pensais – sérieusement – que la prophétie était en train de se réaliser.

Quoi qu'il en soit, la peur d'être victime d'une autre crise de panique et de sombrer dans la folie n'était pas mon seul problème. Je commençai à souffrir d'insomnies. Je passais presque toutes mes nuits éveillé, m'endormant juste avant l'aube.

Quelques rares fois, je m'assoupissais à une heure plus normale. Mais dans ce cas, je me réveillais systématiquement deux heures plus tard, et alors, impossible de rester au lit. Si je m'obstinais, j'étais la proie de pensées très tristes, insupportables. Sur la manière dont j'avais gâché ma vie, sur mon enfance. Et sur Sara.

Alors, il fallait que je me lève, et j'errais dans mon appartement. Fumant, buvant, je regardais la télévision et j'allumais mon portable dans l'espoir absurde que quelqu'un m'appellerait au cœur de la nuit.

Je craignais maintenant que les gens ne s'aperçoivent de mon état.

Je craignais surtout de perdre le contrôle et c'est dans ces conditions que je passai tout mon été.

Quand août arriva, je ne trouvai personne pour partir avec moi – en vérité je ne cherchai guère – et je n'eus pas le courage de partir seul. Ainsi, je vagabondai et me réfugiai dans les villas ou les *trulli* [1] de mes amis, à la mer ou à la campagne. Je ne crois pas m'être attiré beaucoup de sympathie durant cette dérive.

Les gens me demandaient si j'étais un peu déprimé et moi je disais que oui, un petit peu, et généralement la conversation tournait court. Au bout de quelques jours, je comprenais qu'il était temps de faire mes valises et je trouvais un autre refuge, cherchant autant que possible à repousser mon retour en ville.

En septembre, vu que les choses ne s'amélioraient pas et que je n'en pouvais plus des nuits blanches, je me rendis chez mon médecin – qui était également un ami. Je voulais quelque chose pour dormir.

Il m'examina, me demanda de lui raconter mes symptômes, prit ma tension, regarda le fond de mon œil avec une petite torche, me fit faire des exercices d'équilibre un peu débiles, pour me dire, au bout du compte, qu'il vaudrait mieux que je m'adresse à un *spécialiste*.

« Pardon, qu'est-ce que tu veux dire ? Quel spécialiste ?

– Ben, un spécialiste de ce genre de problèmes.

– *Quels* problèmes ? Donne-moi quelque chose pour dormir, un point c'est tout.

– Guido, la situation est un peu plus délicate. Tu as l'air très fatigué. J'aime pas la manière dont tu regardes autour de toi. J'aime pas ta manière de bouger, ta respiration. Je dois te le dire : tu ne vas pas bien. Il faut que tu ailles voir un spécialiste.

– Tu veux dire un… » J'avais la gorge sèche. Dans ma tête défilaient des pensées incohérentes. Il veut

1. Les *trulli* sont de remarquables constructions circulaires en pierre sèche, typiques des Pouilles. *(N.d.T.)*

peut-être dire qu'il faut que je me fasse examiner par un spécialiste de médecine interne. Par un homéopathe. Un massothérapeute. Ou même un médecin ayurvédique.

Ah bon, s'il faut que j'aille chez un spécialiste de médecine interne, un massothérapeute, un homéopathe, va te faire foutre, y a pas de problème, j'y vais. Je ne refuse pas de me faire soigner, moi.

J'ai même pas peur, parce que… UN PSYCHIATRE ? T'as dit un psychiatre ?

J'avais envie de pleurer. J'étais devenu fou, même le médecin le disait. La prophétie se réalisait.

OK, ça va, mais pour le moment il ne pouvait pas me donner un putain de somnifère ? Je réfléchirais… Oui, d'accord, je n'avais aucune intention de sous-estimer le problème. À bientôt. Non, non, y a pas besoin – gorge archi-sèche – que tu m'indiques un de ces… Je te rappelle et on en reparle.

Je m'enfuis, en évitant de prendre l'ascenseur.

4

Mon médecin avait accepté de me prescrire quelque chose pour dormir et grâce à ces cachets, la situation sembla s'améliorer. Un peu.

Mon humeur était toujours gris ardoise, mais au moins, je ne me traînais pas comme un spectre, terrassé par l'insomnie.

Cependant, ma productivité au travail de même que ma fiabilité professionnelle avaient dangereusement atteint la cote d'alerte. Il y avait différentes personnes dont la liberté dépendait de la qualité de mon boulot, de ma concentration. Je suppose qu'elles auraient trouvé intéressant de découvrir que je passais mes après-midi à parcourir distraitement les dossiers ; que je me fichais éperdument du contenu desdits dossiers et de mon client ; que j'allais aux audiences mal préparé ; que le résultat du procès reposait pratiquement sur le hasard ; bref, que leur destin était entre les mains d'un irresponsable psychiquement détraqué.

Quand j'étais obligé de recevoir les gens, la situation devenait surréaliste.

Les clients parlaient et je n'écoutais pas le premier mot de ce qu'ils racontaient, le tout en hochant la tête. Ils continuaient à causer, rassurés. À la fin, je leur serrais la pogne avec un sourire plein de compréhension.

Ils semblaient apprécier que leur avocat les ait laissés se défouler ainsi, sans les interrompre, qu'il ait aussi bien compris leur problème et leurs exigences.

J'étais vraiment un brave type : tel fut le commentaire adressé à ma secrétaire par une retraitée voulant porter plainte contre son voisin qui mettait des petits mots obscènes dans sa boîte à lettres. Je n'avais même pas l'air d'un avocat, ajouta-t-elle. Rien de plus vrai.

Les clients étaient contents, et moi, dans le meilleur des cas, je n'avais qu'une vague idée du problème. Ensemble, on courait à la catastrophe.

Ce fut durant cette phase – après avoir réussi à dormir quelques nuits – que survint un élément nouveau. Je commençai à avoir envie de pleurer. Au début, ça m'arrivait à la maison, le soir en rentrant ou le matin au moment de me lever. Ensuite, dehors. Je marchais dans la rue, mes pensées naviguaient à leur guise, et j'avais envie de pleurer. Toutefois, je parvenais à maîtriser la situation à la maison comme dans la rue, même si, à chaque fois, ça devenait de plus en plus pénible. Je me concentrais sur mes chaussures ou sur la plaque d'immatriculation des voitures ; et surtout j'évitais de regarder les passants dans les yeux, passants qui – j'en étais persuadé – s'apercevraient de ce qui était en train de m'arriver.

Ça a fini par me tomber dessus au travail. Un après-midi où je discutais avec ma secrétaire, je sentis les larmes monter et ma gorge se serrer douloureusement.

Je me mis à fixer bêtement une petite tache d'humidité sur le mur tandis que je répondais d'un signe de la tête, terrorisé à l'idée que Maria Teresa comprenne ce qui se passait.

Maria Teresa comprit parfaitement. Se rappelant

soudain qu'elle devait faire des photocopies, elle sortit avec tact de la pièce.

Quelques secondes plus tard, je fondais en larmes. J'eus du mal à m'arrêter.

Ce n'était peut-être pas la peine d'attendre que le phénomène se reproduise, par exemple durant un procès.

Le lendemain, j'appelai mon toubib et il me donna le nom du spécialiste en question.

5

Le psychiatre était grand, imposant ; un barbu aux mains semblables à des battoirs. Je l'imaginais tandis qu'il immobilisait à coups de gifles un fou furieux et qu'il lui passait la camisole de force.

Il fut assez gentil, compte tenu de sa barbe et de sa taille. Il me fit raconter mon histoire en hochant la tête. Ça me sembla rassurant. Puis je pensai que, moi aussi, je hochais la tête quand mes clients parlaient, et je me sentis nettement moins rassuré.

Il déclara enfin que je souffrais d'une forme particulière de troubles de l'adaptation. La séparation avait fonctionné dans mon esprit à l'instar d'une bombe à retardement et, à un certain point, cela avait produit un effet de rupture. Ou plutôt une série de ruptures en chaîne. J'avais eu tort de négliger le problème pendant tout ce temps. Ma pathologie avait dégénéré et risquait de se transformer en une dépression nerveuse assez sévère. Il ne fallait pas sous-estimer ce genre de situation. Je ne devais toutefois pas m'inquiéter, parce que le fait d'être venu consulter un psychiatre constituait un signe positif, une prise de conscience, le prélude à la guérison. Bien sûr un traitement pharmacologique était nécessaire, mais en quelques mois les choses s'amélioreraient considérablement.

Pause et regard intense. Ça devait faire partie de la thérapie.

Puis il se mit à écrire, noircissant une ordonnance avec des noms d'anxiolytiques et d'antidépresseurs.

Je devais prendre ces trucs pendant deux mois. Je devais essayer de me distraire. Je devais éviter de ressasser. Je devais essayer d'envisager l'aspect positif des choses et éviter de penser que ma situation était sans issue. Je devais lui filer trois cent mille lires. Même pas la peine de parler de reçu et on se revoit d'ici deux mois, pour un bilan.

En me saluant sur le pas de la porte, il me conseilla de lire la notice des médicaments. C'était un fin connaisseur du psychisme humain.

Je cherchai une pharmacie loin du centre, pour ne pas faire de rencontre inopportune. Je voulais éviter que devant un client, ou un de mes collègues, le pharmacien ne se mette à crier au préparateur dans l'arrière-boutique des choses comme : « Vérifie dans l'armoire des psychotropes si on a du Valium extra strong pour monsieur. »

Après avoir tourné un peu en voiture, je choisis une pharmacie du quartier Japigia, aux portes de la ville. La pharmacienne était une jeune femme osseuse, à l'air peu affable, et je lui tendis mon ordonnance sans la regarder en face. Je me sentais aussi à l'aise qu'un séminariste dans un sex-shop.

Dame Carcasse était en train de taper le ticket de caisse quand je me mis à jouer le rôle que j'avais préparé : « Pendant qu'on y est, je prends également quelque chose pour moi. Vous avez de la vitamine C effervescente ? ».

La pharmacienne me dévisagea une seconde sans

rien dire. Elle connaissait déjà le scénar. Elle me donna donc ma vitamine C avec tout le reste. Je payai et m'enfuis comme un voleur.

Arrivé chez moi, je déballai et ouvris les boîtes pour lire les notices. Tout cela était très intéressant, mais mon attention fut attirée de manière hypnotique par les effets secondaires de l'antidépresseur, un trio de comprimés à base de trazodone.

Ça commençait par de simples vertiges, puis on passait rapidement à « sécheresse de la bouche, troubles de la vue, constipation, rétention urinaire, tremblements et altération de la libido ».

Pour l'altération de la libido, pensai-je, je m'étais arrangé tout seul. Je poursuivis ma lecture. Je découvris ainsi que chez certains hommes, la trazodone provoque des érections prolongées, autrement dit un priapisme.

Ce problème pouvait même nécessiter une intervention chirurgicale d'urgence, opération qui, à son tour, pouvait entraîner une dysfonction sexuelle permanente.

En revanche, la conclusion était rassurante : le risque de surdose mortelle due à la prise de trazodone était fort heureusement plus faible que le risque dû à la prise d'antidépresseurs tricycliques.

Une fois ma lecture terminée, je me mis à méditer.

Que fait-on en cas d'érection prolongée et douloureuse ? On file à l'hôpital en se le mettant sous le coude ? On met un slip *plus* pratique ? Qu'est-ce qu'on dit au docteur ? C'est quoi, cette dysfonction sexuelle permanente ?

Et encore : combien il faut pour une overdose mortelle de trazodone ? Deux cachets suffisent ? Ou il faut avaler toute la boîte ?

Je ne trouvai pas de réponses à mes interrogations, mais le Trio termina dans les toilettes ainsi que tous les médicaments prescrits par mon psychiatre. Mon ex-psychiatre.

Je vidai consciencieusement les boîtes et tirai la chasse. Puis je jetai à la poubelle les emballages, les flacons, les fioles et les notices avec leurs précautions d'emploi.

Quand j'eus terminé, je me versai bravement un demi-verre de whisky – *tâchez d'éviter les boissons alcoolisées* – et j'introduisis dans le magnétoscope *Les Chariots de feu*. Une des rares cassettes que j'avais emportées avec moi.

Tandis que défilaient les premières images, je m'allumai une Marlboro – *tâchez d'éviter la nicotine, au moins le soir* – et, pour la première fois depuis bien longtemps, je me sentis presque de bonne humeur.

6

Quand j'étais jeune, je faisais de la boxe.

C'est mon grand-père qui m'avait amené au club après m'avoir vu rentrer à la maison le visage tuméfié à force de coups. Un gars un peu plus âgé – et plus méchant – que moi m'avait tabassé.

Quatorze ans, complètement efflanqué, le nez rouge et brillant à cause de l'acné. J'étais en troisième et j'avais la certitude que le bonheur n'existait pas. Du moins pas pour moi.

Le gymnase se situait dans un sous-sol humide. Le professeur, un monsieur tout maigre qui devait avoir près de soixante-dix ans, avait des bras encore secs et musclés et une tête à la Buster Keaton. C'était un ami de mon grand-père.

Je me souviens précisément du moment où nous sommes entrés, après avoir descendu un petit escalier étroit et mal éclairé. Personne ne parlait et l'on n'entendait que les petits coups sourds des poings sur les sacs, le claquement des cordes, le rythme des punching-balls. Il y avait une odeur que je suis incapable d'évoquer, mais je la sens encore aujourd'hui, tandis que j'écris, et ça me donne des frissons.

La boxe resta longtemps un secret qu'on cachait à ma mère. Elle l'apprit seulement quand, à dix-sept ans et demi, je remportai une médaille d'argent au championnat régional juniors, catégorie welter.

Mon grand-père ne réussit pas à me voir sur ce podium en contreplaqué.

Trois mois plus tôt, il se promenait dans la pinède avec son berger allemand, quand il s'arrêta et s'assit calmement sur un banc.

Un garçon qui se trouvait non loin a raconté que quelques instants plus tard, il avait appuyé sa tête contre le dossier, de manière étrange, après avoir caressé le chien.

Le chien, les carabiniers durent l'abattre avant de s'approcher du corps du monsieur et d'identifier Guido Guerrieri, professeur d'histoire de la philosophie médiévale à la retraite.

Mon grand-père.

Je remportai d'autres médailles après ce championnat régional. Et même une médaille de bronze aux championnats universitaires italiens, catégorie poids moyens.

Je n'avais jamais été très puissant au niveau de la frappe, mais j'avais bien assimilé la technique. En plus, j'étais grand et maigre et, à poids égal, mes bras étaient plus longs que ceux de mes adversaires.

Peu avant de finir mes études, j'arrêtai parce que la boxe, on ne peut la pratiquer que si on est un champion ou si on a des qualités à démontrer.

Je n'étais pas un champion et j'avais le sentiment d'avoir démontré ce que j'avais à démontrer.

Après avoir décidé de me passer de la psychiatrie moderne, je m'efforçai de chercher quelque chose d'autre en guise de dérivatif. Et je réalisai que j'avais envie de cogner.

En y repensant, je me rendis compte qu'il s'agissait d'une des rares choses authentiques de ma vie. L'odeur du cuir des gants, les coups – en donner et en recevoir –, la douche chaude, pour s'apercevoir que pendant deux heures, pas une pensée ne vous a effleuré l'esprit.

La peur quand on se dirige vers le ring, la peur derrière mon regard, ton regard, inexpressifs. Sauter, frapper, tenter d'esquiver, encaisser les coups, les envoyer, impossible de conserver les bras en position de garde à cause de la fatigue, respirer par la bouche, prier pour que ça finisse parce qu'on n'en peut plus, vouloir frapper sans y parvenir – c'est ce qu'il te semble –, penser qu'on n'en a rien à foutre de gagner ou de perdre pourvu que ça finisse, penser qu'on a envie de se jeter à terre, pourtant on ne le fait pas et on ignore pourquoi, et puis la cloche qui sonne (dire que j'ai perdu ! Rien à foutre), et puis l'arbitre qui lève ton bras, et tu comprends que tu as gagné, et il n'existe rien d'autre à ce moment-là, rien d'autre que *ce moment-là*. Personne ne pourra plus t'enlever ça. Jamais.

Je me mis à la recherche d'un gymnase où l'on pratiquait la boxe. Le vieux sous-sol d'il y a vingt-cinq ans n'existait plus depuis longtemps. Le professeur était mort. Je consultai l'annuaire et je m'aperçus que la ville était pleine de clubs où l'on pratiquait des arts martiaux japonais, thaïlandais, coréens, chinois, et même vietnamiens. Le choix était vaste : judo, ju-jitsu, aïkido, karaté, boxe thaï, taekwondo, tai chi chuan, wing chun, kendo, viet vo dao.

La boxe semblait avoir disparu, mais je ne me résignai pas. Je téléphonai à la section provinciale du comité olympique et je demandai s'il existait à Bari des clubs de boxe. L'employé fut gentil et efficace. Oui, il y avait à Bari deux sociétés de boxe ; l'une se trouvait non loin du nouveau stade, dans des bâtiments de la municipalité ; l'autre exerçait ses activités dans le gymnase d'un collège, à deux pas de chez moi.

J'allai voir et je découvris que je connaissais le professeur de boxe, Pino, un gars du vieux gymnase. Évidemment, pas moyen de me rappeler son nom. Il avait commencé de fréquenter le sous-sol peu avant que je ne le quitte. C'était un poids super lourd, pas très technique mais avec une frappe très puissante. Il avait fait quelques matchs professionnels, sans grands résultats. Aujourd'hui, il exerçait différents métiers. Professeur de boxe, videur de boîte de nuit, chef du service d'ordre dans les concerts, les grandes fêtes et les spectacles.

Il était content de me voir ; bien sûr que je pouvais m'inscrire, j'étais son invité. Pas question que je paye. Après tout, un avocat, ça peut toujours servir.

Bref, la semaine suivante, le lundi et le jeudi, je quittai mon cabinet à six heures et demie, à sept heures j'étais au gymnase et pendant presque deux heures, je renouai avec la boxe.

Cela me fit un peu de bien. Un peu seulement, mais quand même. Je sautais à la corde, je faisais des pompes, des abdos ; je cognais mon sac et je combattais contre des gars qui avaient vingt ans de moins que moi.

Certaines nuits, je réussissais à m'endormir tout seul, sans cachet ; d'autres nuits, non.

Parfois j'arrivais même à dormir cinq ou six heures d'affilée.

Le soir, je sortais parfois avec des amis et je me sentais presque à l'aise.

J'avais encore envie de pleurer, mais moins souvent, et de toute façon, je réussissais à me contrôler.

Je ne prenais toujours pas l'ascenseur, mais ça n'était pas un gros problème et personne ne s'en apercevait.

Je traversai, quasi indemne, les vacances de Noël, même si un jour, peut-être le 29 ou le 30, je vis Sara dans une rue du centre. Elle était avec une de ses amies et un type que je n'avais jamais vu. Pour autant que je sache, il pouvait aussi bien être le fiancé de sa copine, ou son oncle, ou un pote gay. Mais moi, j'eus immédiatement la certitude que c'était le nouveau fiancé de Sara.

Nous nous saluâmes de la main, chacun sur son trottoir. Je marchai encore une dizaine de mètres et je m'aperçus que je retenais ma respiration. J'avais le diaphragme bloqué. Je sentis quelque chose, comme une chaleur qui montait et se propageait sur mon visage jusqu'à la racine des cheveux. Mon cerveau cessa de fonctionner pendant quelques minutes.

J'eus toute la journée de la difficulté à respirer, et la nuit je ne dormis pas.

Mais ça aussi, ça finit par passer.

Après les vacances de Noël, je recommençai à travailler. Un peu. Je me rendis compte du désastre qui menaçait mon cabinet, mais surtout mes clients ignares. Péniblement, j'essayai un tant soit peu de reprendre le contrôle de la situation.

Je préparais à nouveau mes procès, j'écoutais – un peu – ce que disaient les clients, je me remis à écouter ce que disait ma secrétaire.

Lentement, avec des embardées comme une bagnole toute cassée, mon temps recommençait à s'écouler.

DEUXIÈME PARTIE

1

C'était un après-midi de février, mais il ne faisait pas froid. Il n'avait pas fait froid cet hiver-là.

Je passai devant le bar, en bas de mon cabinet, mais je n'y entrai pas. J'avais honte de demander un café décaféiné, aussi j'allai dans un bar sinistre, cinq pâtés de maisons plus loin.

Depuis que j'avais commencé à souffrir d'insomnie, je ne buvais plus de café normal, l'après-midi s'entend. J'avais bien essayé le café d'orge, mais c'était vraiment trop immonde. Le décaféiné, au contraire, ça ressemblait à du vrai. L'important, c'était de ne pas se faire remarquer au moment de commander.

J'ai toujours regardé avec une certaine compassion les gens qui prenaient un déca. Je ne tiens pas, maintenant, à ce qu'on me regarde de la même façon. Du moins pas ceux qui me connaissent. Voilà pourquoi j'évite mon bar habituel, l'après-midi.

J'ai pris mon café, allumé une Marlboro, fumé assis à une vieille table en formica. Puis j'ai remonté les cinq pâtés de maisons pour regagner mon bureau.

Pour autant que je m'en souvienne, ça devait être un après-midi assez tranquille : un seul rendez-vous. Avec Mme Cassano qui, le lendemain, passerait en jugement pour mauvais traitements sur son mari.

Pendant des années, ce monsieur – d'après

l'accusation – était rentré du travail et s'était entendu traiter, dans le meilleur des cas, d'« espèce de raté de merde ». Pendant des années, il avait été obligé de donner son salaire sur lequel il ne pouvait prélever que quelques sous pour ses cigarettes et autres menues dépenses personnelles. Pendant des années, il avait été humilié dans les réunions de famille et devant ses rares amis. Il avait été battu à de nombreuses reprises et avait aussi essuyé des crachats en plein visage.

Un jour, n'en pouvant plus, il avait trouvé le courage de partir de chez lui et de porter plainte, en demandant la séparation pour faute.

Elle m'avait choisi pour avocat et, cet après-midi-là, je l'attendais pour peaufiner les détails de la défense.

Quand j'entrai, Maria Teresa m'annonça que la mégère n'était pas encore arrivée. Mais depuis au moins une demi-heure m'attendait une femme noire. Elle n'avait pas de rendez-vous, mais, disait-elle, il s'agissait de quelque chose de très important. Comme toujours.

Elle patientait dans la petite salle d'attente. Je jetai un coup d'œil par la porte entrouverte et je vis une jeune femme imposante au beau visage grave. Elle ne devait pas avoir plus de trente ans.

Je dis à Maria Teresa de la faire passer dans deux minutes. J'ôtai ma veste, m'assis à mon bureau, allumai une cigarette et la femme entra.

Elle attendit que je l'invite à s'asseoir et, d'une voix presque dépourvue d'accent, dit : « Merci, maître. » Je ne savais jamais, avec les clients étrangers, si je devais les tutoyer ou les vouvoyer. Beaucoup d'entre eux ne comprennent pas le *vous* et la conversation devient surréaliste.

À la manière dont la jeune femme avait dit « merci, maître », je compris immédiatement que je pouvais employer le *vous* sans crainte de n'être pas compris.

Quand je lui demandai quel problème l'amenait, elle me tendit des feuilles agrafées à l'en-tête du « Bureau du juge de l'enquête préliminaire, ordre de mise sous mandat de dépôt ».

Drogue, pensai-je immédiatement. Son mec est un dealer. Mais, tout aussi rapidement, cela me parut impossible.

On procède tous par stéréotypes. Ceux qui disent le contraire sont des menteurs. Le premier stéréotype m'avait suggéré la séquence suivante : Africain, détention provisoire, drogue. Les Africains sont surtout arrêtés pour cette raison.

Mais le second stéréotype était aussitôt entré en action. La femme avait un air aristocratique et ne semblait pas être la compagne d'un dealer.

J'avais raison. Son compagnon n'avait pas été arrêté pour trafic de drogue, mais pour l'enlèvement et l'assassinat d'un enfant de neuf ans.

Les chefs d'inculpation figurant sur le mandat étaient brefs, bureaucratiques, atroces.

Abdou Thiam, ressortissant sénégalais, était accusé :

> *a) Selon l'article 605 du code pénal, d'avoir délibérément privé de sa liberté personnelle le mineur Francesco Rubino, en le poussant à le suivre à l'aide d'un subterfuge, et en le retenant par la suite contre sa volonté.*
>
> *b) Selon l'article 575 du code pénal, d'avoir provoqué la mort du mineur Francesco Rubino, en lui faisant subir des actes de violence non*

encore déterminés, pour ensuite l'étouffer selon des modalités et avec des moyens tout aussi indéterminés.

Deux crimes survenus à Agro di Monopoli entre le 5 et le 7 août 1999.

c) Selon l'article 412 du code pénal, d'avoir caché – en le jetant dans un puits – le cadavre du mineur Francesco Rubino.

À Agro di Polignano, 7 août 1999

Francesco, neuf ans, avait disparu un après-midi où il jouait seul au foot sur une esplanade devant la maison de ses grands-parents, dans un quartier de Monopoli, au sud de la province.

Deux jours plus tard, le cadavre de l'enfant avait été retrouvé dans un puits, plus au nord, à une vingtaine de kilomètres de là, dans la campagne de Polignano.

Le médecin légiste qui avait effectué l'autopsie n'avait pas été en mesure d'affirmer ni d'exclure que l'enfant ait subi des violences sexuelles.

Je connaissais ce médecin légiste. Il n'aurait pas été en mesure de dire si un enfant – ou même un adulte ou un vieillard – avait subi des violences sexuelles même s'il avait assisté à son viol.

Quoi qu'il en soit, l'enquête s'était tout de suite orientée sur la piste d'un homicide à caractère sexuel. La piste pédophile.

Quatre jours après la découverte du corps, les carabiniers et le ministère public avaient triomphalement déclaré en conférence de presse que l'affaire était close.

Le coupable était Abdou Thiam, vendeur ambulant sénégalais âgé de trente et un ans. Il était en possession d'un permis de séjour valide ; il avait commis quelques infractions en matière de marchandise contrefaite. Concrètement, outre la marchandise autorisée, il vendait des faux Vuitton, des fausses Hogan, des fausses Cartier. L'été sur les plages, l'hiver sur les marchés et dans la rue.

Les éléments à charge étaient écrasants, selon les enquêteurs. De nombreux témoins disaient l'avoir vu longuement parler, à plusieurs reprises, et ce également sur la plage, avec le petit Francesco. Le gérant d'un bar, tout proche de la maison des grands-parents de l'enfant, avait vu Abdou passer à pied, sans son éternel sac de marchandises plus ou moins contrefaites, quelques minutes après la disparition de l'enfant.

Interrogé par les carabiniers, le Sénégalais qui partageait un logement avec Abdou avait rapporté que ces jours-là – il avait été incapable de dire avec précision *quel* jour –, l'accusé avait fait nettoyer sa voiture. Pour autant qu'il s'en souvienne, c'était la première fois que cela arrivait. Bien sûr, la chose fut considérée comme une pièce à verser au dossier de l'accusation. Le prévenu avait lavé sa voiture pour éliminer toute trace éventuelle, et donc pour égarer les enquêteurs.

Un autre Sénégalais, lui aussi vendeur ambulant, avait déclaré qu'au lendemain de la disparition de l'enfant, on n'avait pas vu Abdou sur la plage. Ce qui fut aussi – fort logiquement – considéré comme une preuve indirecte.

Abdou fut interrogé par le ministère public et s'enferma dans de nombreuses et graves contradictions. À la fin de l'interrogatoire, on l'arrêta pour enlèvement et homicide. On ne lui notifia pas l'accusation de viol, faute de preuve.

Les carabiniers avaient perquisitionné sa chambre et

avaient trouvé des livres pour enfants, tous en version originale. Les différents volumes de la saga d'*Harry Potter*, *Le Petit Prince*, *Pinocchio*, *Le docteur Dolittle* et d'autres encore. Et surtout, en même temps que les livres, les carabiniers avaient découvert et saisi une photo de l'enfant à la plage, en maillot de bain.

Les livres et la photo étaient considérés, dans le mandat que la femme m'avait tendu par-dessus mon bureau, comme des « éléments significatifs apportés dans le cadre de l'enquête ».

Quand je relevai les yeux sur la femme – Abagiage Deheba, c'était son nom –, celle-ci se mit à parler.

Dans son pays, le Sénégal, Abdou était maître d'école et gagnait l'équivalent de deux cents mille lires [1] par mois. En vendant des sacs, des chaussures ou des portefeuilles, il gagnait dix fois plus. Il parlait trois langues, il voulait étudier la psychologie et rester en Italie.

Quant à elle, elle était agronome et venait d'Assouan. De Nubie. D'Égypte, à la frontière avec le Soudan.

Elle était à Bari depuis presque un an et demi et terminait un cours de spécialisation en gestion du sol et de l'irrigation. De retour dans son pays, elle s'occuperait, pour le compte du gouvernement, d'amener de l'eau dans le désert du Sahara pour transformer les dunes en terres cultivables.

Je lui demandai quelle relation il pouvait bien y avoir entre Bari et l'irrigation du désert.

À Bari, m'expliqua-t-elle, il existait un institut

1. Environ 100 euros. *(N.d.T.)*

supérieur de recherche et de formation agronomique. *Le Centre international de hautes études agronomiques méditerranéennes* [1], tel était le nom de l'institution, et les gens venaient s'y former, en provenance de tous les pays émergents situés sur le pourtour méditerranéen. Libanais, Tunisiens, Marocains, Maltais, Jordaniens, Syriens, Turcs, Égyptiens, Palestiniens. Tout ce monde-là habitait dans le pensionnat annexé à l'institut : on étudiait toute la journée et la nuit on sortait en ville.

Elle avait connu Abdou à un concert. Dans une boîte de la vieille ville – elle mentionna un nom que je ne connaissais pas – où, le soir, se réunissent Grecs, Noirs, Asiatiques, Nord-Africains et même quelques Italiens.

C'était un concert *wolof*, un concert de musique traditionnelle sénégalaise. Abdou jouait des percussions avec quelques-uns de ses compatriotes.

Elle s'interrompit un instant, regardant quelque part hors de la pièce, hors de mon bureau. Dehors.

Puis elle reprit et je me rendis compte qu'elle ne parlait pas avec moi.

Abdou était maître d'école, dit-elle sans me regarder.

C'est un maître d'école, même s'il vend des sacs. Il aime les enfants et il est incapable de leur faire du mal.

Il est incapable de faire du mal à qui que ce soit.

Ce fut à ce moment que la voix maîtrisée d'Abagiage Deheba se brisa. Son visage de princesse nubienne se contracta pour retenir ses larmes.

1. En français dans le texte. *(N.d.T.)*

Elle ne pleura pas, mais resta silencieuse pendant une longue minute.

Tout de suite après l'arrestation, ils avaient pris un avocat et la jeune femme prononça un nom que je ne connaissais que trop bien. Une fois, en discutant, il s'était vanté de déclarer dix-huit millions de revenus annuels.

Et il avait réclamé dix millions de lires rien que pour présenter une demande de mise en liberté provisoire. Les amis d'Abdou avaient organisé une collecte et réuni presque toute la somme réclamée. Satisfait, mon – soi-disant – collègue avait encaissé le pognon. Une avance en liquide. Sans facture, bien entendu.

La demande avait été rejetée. Pour adresser un recours, il fallait vingt millions supplémentaires. Vingt millions, ils ne les avaient pas, et Abdou était resté en prison.

Maintenant que le procès approchait, ils avaient décidé de s'adresser à moi. Un garçon de la communauté sénégalaise me connaissait – la jeune femme lâcha un nom dont je ne me souvenais absolument pas. Ils savaient que je n'étais pas quelqu'un qui en faisait une affaire de gros sous et de toute façon, ils pouvaient me donner deux millions, dès maintenant, à savoir la somme qu'ils étaient parvenus à réunir.

Abagiage Deheba ouvrit son sac. Elle en sortit une liasse serrée par un élastique qu'elle déposa sur le bureau et poussa vers moi. Il était hors de question que je refuse ou que je discute. Je lui dis que je ferais préparer par ma secrétaire un reçu pour cet acompte. Non merci, elle ne voulait pas de reçu, elle n'aurait su qu'en faire. Abagiage Deheba voulait que j'aille immédiatement rendre visite à Abdou en prison.

Je ne pouvais pas, lui dis-je. Il fallait que M. Thiam me désigne, ne serait-ce qu'en faisait une déclaration au registre de la prison. Elle répondit que c'était d'accord, elle le lui dirait à son prochain parloir. La jeune femme se leva, me tendit la main – ce qu'elle n'avait pas fait lorsqu'elle était entrée – et me regarda dans les yeux. « Abdou n'a pas fait ce qu'ils disent ».

Sa poigne était puissante, comme je m'y attendais. En ouvrant la porte, j'entendis ma secrétaire qui essayait d'expliquer à une certaine Mme Cassano, plutôt nerveuse à cause de l'attente, que l'avocat avait eu une urgence et qu'il la recevrait au plus vite.

Je lus vaguement dans les pensées de ma cliente quand – en voyant passer Abagiage Deheba – elle se rendit compte qu'elle avait dû patienter à cause d'une *négresse*.

Elle rentra dans la pièce en me lançant un regard dégoûté. Je suis sûr qu'elle m'aurait craché au visage, si elle avait pu.

Le lendemain, elle fut condamnée et, pour faire appel, elle changea d'avocat. Bien sûr, elle ne me régla pas mes honoraires. Peut-être avait-elle raison : je n'avais pas vraiment fait de mon mieux pour qu'elle soit acquittée.

2

Je garai ma voiture en stationnement interdit, comme tous les vendredis. À côté de la prison, impossible de trouver une place autorisée lorsque c'est jour de parloir pour les détenus.

Le vendredi, c'est le jour des visites.

Mais ce n'est pas un problème parce qu'on ne risque guère de récolter une prune. Les agents de police municipaux n'ont pas trop envie de discuter avec les parents des détenus ; d'une manière générale, ils n'ont pas envie d'être de service aux abords de la prison.

Bref, je me garai en stationnement interdit, sur le trottoir. Je descendis de la voiture, ajustai ma cravate, sortis une cigarette de mon paquet. Cigarette que je portai à mes lèvres sans l'allumer, puis je me dirigeai vers le portail.

À l'entrée, l'agent me connaissait et je ne fus pas obligé de présenter ma carte d'avocat.

Je passai les habituels portiques, puis les grilles et d'autres portes encore. J'entrai finalement dans la pièce réservée aux défenseurs.

Je suis sûr que, dans toutes les prisons, ils se concertent pour choisir la pièce la plus froide l'hiver et la plus chaude l'été.

Nous étions en hiver et même si dehors l'air était

doux, dans cette pièce meublée de deux chaises et d'un fauteuil défoncé, il régnait un froid désespérant.

Les avocats ne sont guère aimés dans les prisons.

Les avocats ne sont guère aimés en général.

Tandis qu'on allait chercher Abdou Thiam, j'allumai ma cigarette et, histoire de faire quelque chose, sortis de ma serviette le mandat de dépôt.

Je relus : « *... l'énorme matériel probatoire retenu contre Thiam Abdou forme un tableau apte non seulement à justifier la restriction de la liberté personnelle de l'accusé durant cette phase de la procédure, mais aussi, à l'avenir, il permet en tout état de cause de formuler l'hypothèse d'une condamnation lors du procès qui se tiendra.* »

En d'autres termes : les preuves contre Abdou étaient écrasantes ; il devait être arrêté, jeté en prison et quand le procès aurait lieu, il serait condamné.

Tandis que je parcourais le document, la porte s'ouvrit et un surveillant introduisit mon client.

Abdou Thiam était un très bel homme, avec un visage d'acteur de cinéma et un regard profond. Triste et distant.

Il resta debout devant la porte jusqu'au moment où je m'approchai, où je lui tendis la main en lui disant que j'étais son avocat.

Une poignée de main en dit long sur une personne, si on a envie d'y prêter attention. La poignée de main d'Abdou disait qu'il n'avait pas confiance en moi et que, d'ailleurs, il n'avait plus confiance en personne.

On s'assit chacun sur une chaise et je me rendis compte presque aussitôt que la conversation ne serait pas facile.

Abdou parlait bien l'italien, mais pas de manière

quasi parfaite, sans accent, comme Abagiage. Je me mis naturellement à le tutoyer, et il fit de même.

On expédia rapidement le problème de savoir comment il était traité et s'il avait besoin de quelque chose. Puis j'essayai d'obtenir sa version de l'histoire pour commencer à m'orienter, vu que je n'avais pas examiné le dossier.

Il n'était pas coopératif. Il parlait d'un air absent, sans me regarder, et il répondait à mes questions de façon allusive. On aurait presque dit que tout cela ne le concernait pas.

Ce qui commença rapidement à m'énerver, car derrière cette absurde indétermination, on percevait clairement une nette hostilité. À mon égard.

Je fis un effort pour cacher mon irritation.

« Alors Abdou, on va essayer de s'entendre. Je suis ton avocat. C'est toi qui m'as désigné – je sortis le télégramme qui était arrivé de la prison la veille et je l'agitai pendant un instant – et je suis censément ici pour t'aider, ou pour essayer. Voilà pourquoi, moi, j'ai besoin de ton aide. Sans ça, je ne peux rien faire. Tu me suis ? ».

Jusque-là, il était resté penché en avant, la tête légèrement inclinée vers la table. Avant de répondre, il se redressa et me regarda droit dans les yeux.

« J'ai envoyé le télégramme uniquement parce que Abagiage me l'a demandé. Peut-être que tu essaieras de faire quelque chose, comme l'autre avocat, ou peut-être pas. Mais de toute façon je vais rester au trou. Quand le procès aura lieu, je serai condamné. Tout le monde le sait. Abagiage croit que tu n'es pas comme l'autre avocat et que tu peux faire quelque chose. Moi, je n'y crois pas.

– Écoute-moi Abdou, dis-je en m'efforçant encore de parler d'un ton calme, si tu te coupes, que la blessure est profonde et que ça saigne, qu'est-ce que tu fais ? »

Je n'attendis pas la réponse. « Tu vas chez le médecin et on te met des points. C'est ça. Tu ne sais pas comment on met des points, parce que tu n'es pas médecin… » Ça me semblait une métaphore bien choisie pour lui expliquer que dans certains cas, il est indispensable de s'adresser à un spécialiste et qu'en l'occurrence, le spécialiste c'était moi.

« Moi je sais comment on recoud quelqu'un parce que j'étais infirmier dans l'armée, pendant mon service militaire. »

À ce stade, j'arrêtai de feindre le calme. De toute évidence, ça ne servait à rien.

« Écoute-moi bien. Écoute-moi super bien parce que si tu me sors encore une autre putain de réponse de ce genre, je m'en vais, j'appelle ta femme, je lui rends le pognon – pas grand-chose – qu'elle m'a donné et tu te trouves un autre avocat. Tu auras un avocat commis d'office qui ne fera rien si tu ne le payes pas. Et, très probablement, il ne fera rien même si tu le payes, vu ce que tu peux dépenser. Naturellement, si tu te comportes comme un con, c'est parce que t'as vraiment tué ce gosse et que tu veux purger ta peine… ben alors, raison de plus pour que je dégage… »

Silence.

Pour la première fois depuis que nous étions ensemble dans cette pièce, Abdou Thiam me regarda comme si j'existais réellement. Il parla à voix basse.

« Je n'ai pas tué Ciccio. C'était mon ami. »

Je m'arrêtai un instant pour reprendre l'équilibre.

C'était comme si je m'étais jeté contre une porte

fermée pour essayer de l'enfoncer, et que celui qui se trouvait derrière l'avait ouverte, calmement. Je respirai profondément et j'eus envie d'une cigarette. Je sortis mon paquet souple de ma veste et le tendis à Abdou. Il ne dit rien, prit une clope et attendit que je la lui allume. J'allumai également la mienne.

« OK, Abdou. Il faut que je lise les documents du ministère public, mais avant, je dois savoir exactement tout ce que tu te rappelles de ces jours-là. Tu veux qu'on commence à en parler ? »

Au bout de quelques secondes, il hocha la tête.

« Quand as-tu appris la disparition de l'enfant ? »

Il tira sur sa cigarette avant de répondre.

« J'ai su que l'enfant avait disparu quand ils m'ont arrêté.

– Tu te rappelles ce que tu faisais, le jour où l'enfant a disparu ?

– J'étais allé à Naples, prendre de la marchandise. Je l'ai dit quand ils m'ont interrogé. Bon, j'ai dit que j'étais allé à Naples, pas que j'étais allé acheter des sacs, pour ne pas compromettre ceux qui les vendent.

– Tu y es allé tout seul ?

– Oui.

– Quand est-ce que tu es rentré de Naples ?

– L'après-midi, le soir. Je ne me souviens pas très bien.

– Et le jour suivant ?

– Je ne me rappelle pas. J'ai dû aller sur une plage, mais je ne me souviens plus laquelle.

– Te souviens-tu d'avoir rencontré quelqu'un ? Je veux dire le 5 août et aussi le lendemain matin ? Quelqu'un qui pourrait se rappeler t'avoir vu et qu'on peut appeler à la barre pour témoigner ?

– Toi, tu étais où ce matin-là, maître ? »

Dans la merde, aurais-je voulu lui répondre. J'étais également dans la merde le matin précédent et le matin suivant. Je suis encore plutôt dans le caca aujourd'hui. Mais juste un tout petit peu moins.

Cependant, tout ça n'intéressait pas Abdou et je n'en dis rien. Je me frottai le front de la main et je finis par allumer une autre cigarette.

« OK. Tu as raison. Ce n'est pas facile de se rappeler un après-midi, un matin ou un jour identique à tant d'autres. Mais nous devrons faire un effort pour reconstruire ces journées. Tu veux bien me dire quelque chose de l'enfant, maintenant ? Tu le connaissais ?

– Bien sûr que je le connaissais. Depuis l'année dernière, c'est-à-dire depuis que j'allais sur cette plage.

– Tu te souviens de la dernière fois où tu l'as vu ?

– Non. Pas précisément. Mais je le voyais à chaque fois que j'allais sur cette plage. Il était toujours avec ses grands-parents ou avec sa mère. Parfois avec des oncles et des tantes.

– L'as-tu jamais vu à côté de la maison de ses grands-parents ou dans un endroit autre que la plage ? Es-tu jamais passé devant la maison de ses grands-parents ?

– Je ne sais même pas où est la maison de ses grands-parents, je ne le voyais qu'à la plage.

– Le patron du bar Maracaibo dit t'avoir aperçu l'après-midi où l'enfant a disparu ; il dit que tu n'avais pas ton sac avec la marchandise ; et que tu allais en direction de la maison des grands-parents.

– Je ne sais pas quelle est la maison des grands-parents, répéta-t-il exaspéré, et cet après-midi-là, je ne suis pas allé à Monopoli. Quand je suis rentré de

Naples, je suis resté à Bari. Je ne me souviens plus de ce que j'ai fait, mais je ne suis pas allé à Monopoli. »

D'un geste rageur, il prit le paquet de cigarettes et la boîte d'allumettes suédoises qui étaient restés sur la table et en alluma une autre.

Je le laissai aspirer quelques bouffées en paix, puis je repris.

« Comment se fait-il que tu aies eu une photo de l'enfant chez toi ?

– C'est Ciccio qui a voulu me la donner, cette photo. Son grand-père, je crois, avait un Polaroïd et a pris quelques photos sur la plage. L'enfant a voulu m'en donner une. On était amis. Chaque fois que je passais, je m'arrêtais pour parler avec lui. Il m'interrogeait sur l'Afrique, sur les animaux ; il voulait savoir si j'avais déjà vu des lions. Ce genre de choses. J'ai été content quand il m'a donné la photo, parce qu'on était amis. Et puis, chez moi, j'avais plein de photos avec des gens de la plage, parce que je suis ami avec beaucoup de clients. Les carabiniers n'ont pris que celle-là. Il est clair que, vu comme ça, ça ressemble à une preuve. Pourquoi est-ce qu'ils n'ont pas pris toutes les autres photos ? Pourquoi ils n'ont pris que certains livres ? Je n'ai pas que des livres pour la jeunesse. J'ai des manuels, des livres d'histoire, des livres de psychologie ; et eux, ils n'ont pris que les livres pour enfants. Comme ça, c'est clair, j'ai l'air d'un détraqué, d'un pédophile comme vous dites.

– T'as raconté tout ça au juge ?

– Maître, tu sais dans quel état j'étais quand ils m'ont emmené chez le juge ? Je ne pouvais pas respirer tellement ils m'avaient cogné ; j'étais sourd d'une oreille. Les carabiniers m'ont tabassé ; ensuite les matons m'ont tabassé quand je suis arrivé à la prison et m'ont dit qu'il valait nettement mieux pour moi que je ne raconte rien au juge. Après, l'avocat m'a dit que je ne devais pas répondre, parce qu'on risquait juste de compliquer la situation et que j'avais déjà eu tort de répondre au ministère public. Il fallait d'abord qu'il lise attentivement le dossier. Alors je suis allé chez le juge et j'ai dit que je ne voulais pas répondre. Mais même si j'avais répondu, ça n'aurait rien changé, parce que le juge, il en avait rien à foutre de ce que j'avais à dire. De toute façon, je restais en prison. »

J'attendis quelques secondes avant de reprendre.

« Où sont toutes ces choses dont tu as parlé, les livres, les photos, tout ?

– Je ne sais pas. Ils ont vidé ma chambre et le propriétaire l'a louée à quelqu'un d'autre. Il faut que tu demandes à Abagiage. »

On est restés silencieux pendant quelques minutes. Moi, je cherchais à remettre de l'ordre dans les informations que j'avais recueillies. Lui, ce qu'il pensait, Dieu seul le sait.

Puis je repris la parole.

« OK, ça suffira pour aujourd'hui. Demain, non, lundi, je vais au parquet et je vois quand on peut avoir la copie des actes. Ensuite, je les examine et dès que j'ai les idées un peu plus claires, je reviens te voir et on essaie d'arrêter une ligne de défense qui ait un sens. »

Je laissai ma phrase en suspens, comme s'il y avait quelque chose à ajouter.

Abdou s'en aperçut et m'observa, une lueur interrogative dans le regard. Puis il acquiesça d'un hochement de tête. Il hésita un instant, mais ce fut lui qui, le premier, tendit la main pour serrer la mienne. La poignée de main était légèrement, très légèrement différente de celle qu'on avait échangée environ une heure plus tôt.

Puis j'ouvris la porte et j'appelai le gardien qui devait le raccompagner en cellule, dans le quartier spécial violeurs, pédophiles et repentis de la mafia. Autant dire qu'on n'aurait pas donné cher de leur peau en compagnie des autres détenus.

Je pris mon paquet de cigarettes et m'aperçus qu'il était vide.

3

Le lundi, comme d'habitude, je me réveillai vers cinq heures et demie.

Les premiers temps, j'avais essayé de rester au lit, espérant me rendormir. Mais je ne me rendormais pas et je finissais par sombrer dans des pensées obsessionnelles et tristes.

Je me rendis ainsi compte qu'il était préférable de ne pas rester au lit et de me contenter de quatre ou cinq heures de sommeil. Quand tout allait bien.

Je pris l'habitude de me lever dès mon réveil. Je faisais de la gymnastique, je prenais ma douche, je me rasais, je préparais le petit déjeuner, je rangeais la maison. Bref, je parvenais à faire passer une heure et demie en m'abstenant presque de penser à quoi que ce soit.

Puis je sortais et, dans la lumière du petit jour, je faisais une longue promenade. Ça aussi, ça me servait à ne pas penser.

Je ne dérogeai pas à mes habitudes ce matin-là. J'arrivai à mon cabinet vers huit heures, je jetai un œil à mon agenda que je rangeai dans ma serviette avec quelques crayons, du papier timbré, mon portable. J'écrivis un petit mot à ma secrétaire, que je laissai sur son bureau.

Puis je me rendis au tribunal. Se lever très tôt et

arriver de bonne heure au tribunal présentait quelques avantages. Les bureaux étaient à peu près déserts et il était possible d'expédier plus rapidement toutes les formalités relevant du greffe.

J'avais une audience, mais auparavant, je devais parler au procureur Cervellati. Le représentant du ministère public qui s'occupait du cas Abdou Thiam.

Ce n'était pas à proprement parler le magistrat le plus agréable du tribunal.

Il n'était ni grand ni petit. Ni maigre ni vraiment gros. Cependant, sa bedaine était toujours cachée, l'été comme l'hiver, par d'horribles gilets marron. Lunettes épaisses, quelques rares cheveux toujours un peu trop longs, veste grise, chaussettes grises, teint gris.

Une fois, une sympathique collègue qui parlait de Cervellati le baptisa *l'homme au marcel*. Je lui demandai ce que cela signifiait et elle m'expliqua qu'il s'agissait d'une catégorie de l'humanité qu'elle avait elle-même inventée.

L'homme au marcel est – métaphoriquement – avant tout un type qui en plein été, par trente-cinq degrés, porte un (vrai) maillot de corps sous sa chemise, « parce que ça absorbe la sueur et que je n'attrape pas de mal à cause des courants d'air ». Une variante extrême de cette catégorie étant constituée par ceux qui portent un maillot de corps sous leur T-shirt.

L'homme au marcel a un étui de portable en cuir synthétique doté d'un système de fixation à la ceinture ; le soir, il arrive chez lui et se met en pyjama ; il conserve son vieux téléphone cellulaire ETACS parce que ce sont ceux qui fonctionnent le mieux. Il suce des pastilles à la menthe pour se rafraîchir l'haleine, il aime le talc et les bains de bouche.

Parfois, il a un préservatif caché dans son portefeuille ; il ne l'utilise jamais, mais un jour sa femme le démasque et lui fait la grande scène du II.

L'homme au marcel dit des phrases comme : marcher dans une crotte du pied gauche, ça porte bonheur ; de nos jours, impossible de trouver à se garer en ville ; de nos jours, les jeunes n'ont aucun centre d'intérêt, hormis les boîtes de nuit et les jeux vidéo ; je n'ai rien contre les homos / les gays / les tantouzes / les tapettes / les pédés, il suffit qu'ils me foutent la paix ; si un type est homo / gay, si c'est une tantouze / une tapette / un pédé, c'est son affaire, mais il ne peut quand même pas se permettre de donner des leçons ; mes plus sincères condoléances ; à droite comme à gauche, c'est du pareil au même, c'est tous des voleurs ; moi je sais à l'avance quand le temps va changer : j'ai mal au coude / au genou / à la cheville / à mon durillon ; c'est en forgeant qu'on devient forgeron ; à bon entendeur ; je ne parle pas dans le dos des gens, je dis les choses en face ; ceux qui travaillent sont cons ; c'est encore pire que rouler la nuit ; il faut sortir de table avec la faim ; tant qu'y a de la vie, y a de l'espoir ; ça m'a semblé hier ; il faut que je me décide à apprendre à naviguer sur Internet / à faire du sport / à me mettre au régime / à réparer mon vélo / à arrêter de fumer, et cetera, et cetera, et cetera.

Évidemment, *l'homme au marcel* dit qu'il n'y a plus de saisons et que la chaleur / le froid sec n'est pas un problème, c'est la chaleur / le froid humide qui est insupportable.

Les invectives de l'*homme au marcel* : bon sang, sacrebleu, saperlipopette, sapristi, zut, flûte, faut pas me les briser, mince alors, faut pas se moquer de moi, va te faire voir, va te faire voir chez les Grecs, va te faire voir chez les truffes.

Quiconque le connaissait serait d'accord. Cervellati était notre homme et portait un marcel.

Parmi ses rares qualités, figurait celle d'être au bureau tous les matins dès huit heures et demie. À la différence de presque tous ses collègues.

Je frappai à la porte ; je n'entendis personne me dire d'entrer. J'ouvris et je me penchai dans l'embrasure.

Cervellati leva les yeux d'un dossier ouvert, posé sur un bureau couvert d'autres dossiers un peu crasseux, de codes, d'opuscules. On distinguait un cendrier avec un demi-cigare toscan écrasé. Comme d'habitude, ça puait un peu dans la pièce ; ça puait la poussière et la fumée froide de son cigare.

« Bonjour, Monsieur le procureur, dis-je avec toute l'affabilité feinte dont j'étais capable.

– Bonjour, maître. » Il ne me dit pas d'entrer. Derrière ses lunettes, derrière la muraille de dossiers, son visage était dépourvu de toute expression.

J'entrai en demandant si je pouvais, sans attendre une réponse qui ne vint d'ailleurs pas.

– Monsieur le procureur, j'ai été désigné par monsieur Abdou Thiam dont vous vous souviendrez certainement…

– Le Noir qui a tué l'enfant de Monopoli. »

Bien sûr qu'il se souvenait. D'ici quelques jours, il ferait rédiger l'avis de conclusion de l'enquête préliminaire et je pourrais prendre connaissance du dossier et faire des copies. Il était sûr que je demanderais le jugement abrégé, comme ça on gagnerait tous du temps. J'avais dû le remarquer, du fait d'un banal vice de forme, on n'avait pas notifié la circonstance aggravante représentée par l'intention téléologique pouvant entraîner une condamnation à perpétuité. Si on optait pour le jugement abrégé et sans cette circonstance aggravante, mon client pourrait s'en tirer avec vingt ans. Si on allait aux assises, il – Cervellati – devrait notifier cette circonstance aggravante et pour Abdou Thiam s'ouvriraient toutes grandes les portes de la prison à vie.

Il disait être innocent ? Ils disent tous ça.

Cervellati me considérait comme quelqu'un de sérieux et il était persuadé que je ne caressais pas des idées idiotes, du genre aller aux assises dans l'espoir absurde d'obtenir un acquittement. Abdou Thiam serait de toute façon condamné et les jurés le démoliraient. D'autre part, lui – Cervellati – n'avait aucune intention de perdre des semaines, voire des mois, en cour d'assises.

Le jugement abrégé est, dans le jargon des gens du métier, ce qu'on appelle une procédure spéciale. Normalement, quand le ministère public termine l'enquête dans une procédure pour homicide, il demande au juge de l'audience préliminaire le renvoi en jugement.

L'audience préliminaire sert à vérifier si les conditions du procès sont réunies, un procès qui dans le cas d'un homicide est de la compétence de la cour d'assises composée de juges professionnels et d'un jury populaire. Si le juge de l'audience préliminaire retient que ces conditions sont réunies, il ordonne le renvoi en jugement.

Mais l'accusé a cependant la possibilité d'éviter le renvoi devant la cour d'assises et peut obtenir un procès simplifié : le jugement abrégé, précisément.

Lors de l'audience préliminaire, il peut demander, directement ou par le biais de son défenseur, que le procès soit défini – c'est le terme – en l'état des actes. Cela signifie que le juge de l'audience préliminaire, en se fondant sur les rapports d'enquête du ministère public, décide s'il y a suffisamment de preuves pour condamner l'accusé. Et si, justement, ces preuves existent, il le condamne.

C'est un procès bien plus rapide qu'un procès ordinaire. On n'interroge pas les témoins et, sauf cas exceptionnels, on n'admet pas de nouvelles preuves. Le public est absent et le juge est seul à décider. Bref, c'est un jugement abrégé où l'on gagne beaucoup de temps, où l'on économise beaucoup d'argent.

Bien sûr, l'accusé y trouve aussi son compte lorsqu'il choisit ce type de procès. S'il est condamné, il a droit à une grosse remise de peine. Bref, l'État économise du temps et de l'argent, et l'accusé économise des années de taule.

Le jugement abrégé présente un autre avantage. C'est l'idéal quand l'accusé n'a pas beaucoup d'argent et ne peut se permettre des débats qui traîneraient en longueur, avec interrogatoires, contre-interrogatoires, témoins, experts, réquisitoires, plaidoiries fleuve, et cetera, et cetera.

Il est clair qu'en choisissant le jugement abrégé, l'accusé perd presque toute chance d'être acquitté, parce que tout repose sur les rapports d'enquête du ministère public et de la police qui, en règle générale, travaillent pour coincer l'accusé et pas pour le disculper.

Cependant, quand les possibilités d'acquittement sont, pour l'accusé, très minces voire nulles même s'il choisit une procédure ordinaire, alors la remise de peine constitue une perspective vraiment alléchante.

À tout point de vue, le procès abrégé semblait l'idéal pour Abdou Thiam qui n'avait guère de chances d'être acquitté.

« Lisez les rapports et vous vous apercevrez qu'un bel abrégé, c'est encore ce qu'il y a de mieux pour tout le monde », conclut Cervellati en prenant congé.

Dehors, il commençait à pleuvoir. Une pluie drue, fine, odieuse.

J'allais me lever quand Cervellati, n'y tenant plus, déclara : « Sale temps. Moi, le froid sec avec une belle tramontane, ça ne me gêne absolument pas. C'est ce froid humide qui pénètre jusqu'aux os... ». Il me regarda. J'aurais pu dire tant de choses, éventuellement amusantes de mon point de vue. Au contraire, je soupirai : « C'est comme la chaleur, Monsieur le procureur, on la supporte beaucoup mieux par temps sec. »

4

Après la rencontre avec Cervellati, j'allai à l'audience négocier une transaction pour une dame accusée de faillite frauduleuse.

À vrai dire, la dame n'avait rien à voir avec la faillite, avec la banqueroute, avec l'entreprise, avec la justice. Le titulaire occulte de l'entreprise était son mari, qui avait déjà fait faillite une fois et avait des antécédents pour escroquerie, abus de biens sociaux et actes obscènes.

Il avait mis l'entreprise (un commerce d'engrais) au nom de sa femme ; il lui avait fait signer une montagne de traites, il n'avait pas payé ses employés, il n'avait pas payé l'électricité, il n'avait pas payé le téléphone, il avait fait disparaître la caisse.

Bien entendu, l'entreprise avait capoté et la titulaire avait été accusée de faillite frauduleuse. Le mari avait galamment laissé la justice suivre son cours et sa femme serait donc condamnée, même si on allait négocier la peine.

J'avais été payé la semaine précédente, sans émission de facture. Avec l'argent de la caisse qui s'était volatilisée, ou avec de l'argent provenant de je ne sais quelle autre magouille de M. De Carne.

Une des choses que l'on apprend tout de suite quand on est avocat pénaliste, c'est que, ayant notamment affaire à des individus tels que De Carne, on doit se faire payer d'avance.

Évidemment, on est presque toujours payé, ou du moins très souvent, avec l'argent du délit.

Il ne faut pas le dire, mais quand on défend un dealer professionnel qui vous paye dix, vingt, voire même trente millions de lires si vous réussissez à le faire sortir du placard, eh bien, on peut très vaguement se douter de la provenance de l'argent.

Si on défend un monsieur arrêté pour extorsion de fonds et association de malfaiteurs, et que ses amis viennent à votre cabinet en vous disant de ne pas vous inquiéter pour les honoraires, là aussi on peut supposer que lesdits honoraires ne seront pas réglés avec de l'argent d'une propreté remarquable.

Que cela soit clair : je n'étais pas meilleur que les autres, même si j'essayais parfois de me donner une certaine contenance. Mais avec des individus comme De Carne, c'était dur.

Cela étant, j'avais été payé d'avance avec de l'argent de provenance inconnue – et douteuse ; j'avais conclu une négociation digne de ce nom, ce qui avait au moins garanti à la pauvre femme une suspension conditionnelle de la peine. Ce matin-là, madame pourrait rentrer chez elle.

La pluie avait cessé et, entre deux gouttes, j'en profitai pour faire des courses. Je rentrai à la maison et à peine avais-je commencé à me préparer une salade que mon mobile sonna.

Oui, ici Guido. Bien sûr que je me souvenais d'elle, de Melissa. Oui, au dîner, chez Renato. Ça avait été une soirée très agréable. Menteur. Non, ça ne me dérangeait pas qu'elle se soit procuré mon numéro de portable. Au contraire. Si je savais qui étaient les Acid Steel ? Non, désolé. Ah, il y avait un concert des Acid Steel ce soir à Bari, enfin pas loin de Bari. Si je voulais y aller avec elle ? Oui, mais pour les billets ? Ah, elle avait deux billets, à vrai dire deux invitations. OK. Alors d'accord, donne-moi ton adresse et je passe te prendre. C'est toi qui passes ? OK. Ah, tu sais déjà où j'habite. D'accord, ce soir à huit heures. Non, t'inquiète pas, je ne me déguiserai pas en avocat. Ciao. Ciao.

Melissa. Je m'en souvenais parfaitement. Peut-être dix jours plus tôt, mon ami Renato, un ex-gauchiste reconverti dans le secteur de l'affichage publicitaire, fêtait ses quarante ans. Melissa était arrivée avec un comptable court sur pattes, portant un pantalon noir, un T-shirt stretch noir, une veste noire style Armani, cheveux longs sur les oreilles et sommet du crâne complètement dégarni.

Melissa, elle, ne passait pas inaperçue. Visage moyen-oriental, un mètre soixante-quinze, courbes troublantes. Et même un regard intelligent, en apparence.

Le comptable pensait avoir tiré l'as de cœur de la soirée. En lieu et place, il avait dans son jeu un as de pique. À peine arrivée, Melissa avait pratiquement sympathisé avec tous les hommes de la fête.

Elle avait également bavardé avec moi, ni plus ni moins qu'avec les autres, m'avait-il semblé. Elle s'était montrée intéressée par le fait que je fasse de la boxe. Melissa m'avait dit qu'elle était en train de passer un diplôme de biologie, qu'elle irait se spécialiser en France, que j'étais très sympathique, que je ne ressemblais pas à un avocat, qu'on se reverrait certainement.

Puis elle était passée à quelqu'un d'autre.

En d'autres temps – l'année dernière –, je me serais élancé pour essayer de la récupérer dans la jungle des mâles libidineux qui peuplaient la fête. J'aurais inventé quelque chose, je lui aurais donné mon numéro de portable, j'aurais essayé de créer des conditions propices à ce qu'on se revoie au plus vite. Et le comptable *dark* pouvait bien aller se faire voir. Lequel d'ailleurs descendait cocktail sur cocktail et, de toute façon, crèverait rapidement d'une cirrhose du foie.

Ce soir-là, en revanche, je n'avais rien fait.

Une fois la fête terminée, j'étais rentré chez moi et je m'étais couché. À mon réveil, quatre heures plus tard comme d'habitude, Melissa était déjà très loin. Elle avait pratiquement disparu.

Et maintenant, dix jours après, elle me téléphonait sur mon portable pour m'inviter à un concert des Acid Steel, qui jouaient à Bari, ou plutôt près de Bari. Comme ça.

Je me sentis bizarre. L'espace d'un instant, j'eus la tentation de rappeler et de dire non, que j'avais hélas une autre obligation. Excuse-moi, j'avais oublié. Alors ça sera peut-être pour une prochaine fois.

Puis je dis à voix haute : « Mon ami, tu es en train de devenir *vraiment* fou. *Vraiment* fou. Va à ce putain de concert et arrête de déconner. T'as trente-huit ans et une espérance de vie relativement longue. Tu penses passer toute ta vie comme ça ? Va à ce putain de concert et dis merci. »

Ponctuelle, Melissa sonna chez moi à huit heures passées de quelques minutes. Elle était à pied et son habillement était une incitation au crime.

Elle déclara que sa voiture était en panne mais

qu'elle était quand même venue jusqu'au centre. Elle se demandait si on avait le temps de prendre la mienne, de voiture. On avait le temps. On prit donc ma voiture et on roula en direction de Tarente.

Le concert se déroulait dans un petit hangar industriel désaffecté, dans la campagne comprise entre Turi et Rutigliano. J'aurais été incapable d'y arriver tout seul.

Les lieux avaient une allure semi-clandestine. Tandis que certains spectateurs avaient franchement l'allure de clandestins.

Dedans, il n'était par bonheur pas interdit de fumer.

Rien n'était interdit.

De fait, les gens fumaient de tout et buvaient de la bière. L'air était saturé par l'odeur de la fumée, de la bière, des haleines chargées de bière, des aisselles. Personne ne riait et bon nombre de spectateurs semblaient participer à un sombre et mystérieux rituel dont j'étais – fort heureusement – exclu.

Je commençai à me sentir mal à l'aise et l'envie de fuir grandissait, grandissait.

Melissa parlait avec tout le monde, elle connaissait tout le monde. À moins qu'elle n'ait été en train de nous refaire le même plan qu'à la fête de Renato. En l'occurrence, c'était *moi* qui jouais le rôle du comptable, pensai-je. Envie de me barrer multipliée par dix. Angoisse. Angoisse. Je me sentais observé. L'angoisse.

Puis, heureusement, le concert des Acid Steel commença.

Je n'ai pas envie d'évoquer les deux heures ininterrompues de prétendue musique, en partie parce que mes souvenirs les plus vifs ne se rapportent pas aux bruits mais aux odeurs. La bière, les cigarettes, les joints, la transpiration et je ne sais quoi encore semblaient alourdir toujours davantage l'atmosphère de ce sinistre hangar. L'espace d'un instant, je fus envahi par la pensée absurde que d'un moment à l'autre, tout exploserait en déversant dans les airs cet effroyable cocktail putride. L'aspect positif de cette éventualité, c'était que les Acid Steel – qui transpiraient à grosses gouttes, ce qui laissait supposer qu'ils contribuaient de manière déterminante à alimenter ces miasmes – seraient catapultés dans l'espace et que personne n'entendrait plus parler d'eux.

Le hangar n'explosa pas. Melissa but cinq ou six bières, fuma plusieurs cigarettes. Je ne suis pas sûr que c'étaient seulement des cigarettes, car l'obscurité était totale et la provenance des odeurs – y compris celle des joints – était impossible à déterminer. À un certain moment, j'eus l'impression qu'elle ingurgitait un cachet en même temps que sa bière.

Je me bornai à fumer mes clopes et bus quelques gorgées à la bouteille que, de temps à autre, Melissa me tendait.

Le concert se termina et je n'achetai pas le CD des Acid Steel en vente à la sortie.

Melissa salua un petit groupe de personnes avec lesquelles je craignais que l'on poursuive la soirée, puis elle me prit par la main. Dans l'obscurité du terrain vague qui faisait office de parking, je sentis le sang me monter au visage. Et aussi ailleurs.

« On va boire quelque chose ? marmonna-t-elle sur un ton étrangement allusif, tout en me frottant le dos de la main avec son pouce.

– On peut même *manger* quelque chose. »

Je pensais aux litres de bière qu'elle avait déjà dans le corps et aux improbables substances psychoactives qui lui circulaient dans les veines et entre les neurones.

« Oui, oui… j'ai vraiment envie de quelque chose de sucré. Une crêpe au Nutella, ou à la crème avec du chocolat noir. »

On est rentrés à Bari et on est allés au Gauguin. Ils faisaient de très bonnes crêpes, ils étaient polis et sympathiques, il y avait de belles photos sur les murs. C'était un endroit où j'allais avec Sara et je n'y avais jamais remis les pieds. C'était la première fois ce soir-là.

À peine à l'intérieur, je regrettai d'être venu. Aux tables, des visages familiers. Il fallait en saluer certains, et tous me connaissaient de vue.

Entre les tables, le propriétaire et les serveurs qui nous regardaient. Qui *me* regardaient. Je pouvais entendre le bruit de leurs pensées. Je *savais* que maintenant ils parleraient de moi. Je me sentais comme un sinistre quadragénaire qui sort avec des gamines.

Melissa, quant à elle, était parfaitement à son aise et parlait sans relâche.

Je commandai une crêpe jambon, noix et mascarpone ainsi qu'un demi. Melissa prit deux crêpes sucrées (Nutella, noisettes et banane d'une part ; ricotta, raisins secs et chocolat fondu d'autre part). Elle s'envoya trois calvas. Melissa parlait beaucoup. Deux ou trois fois, elle me toucha la main. Une fois, tandis qu'elle déblatérait, elle s'arrêta brusquement, me dévisagea en se mordant imperceptiblement la lèvre inférieure.

Ils doivent être en train de tourner un gag de *Surprise surprise*, pensai-je. Cette fille est une actrice, il y a une caméra cachée quelque part, maintenant je vais dire et faire quelque chose de ridicule, quelqu'un surgira et me dira de sourire aux téléspectateurs.

Personne ne surgit. Je réglai l'addition. Puis on sortit pour reprendre la voiture. Je démarrai et Melissa me dit qu'on pouvait terminer la soirée en buvant quelque chose chez elle.

« Non merci. T'es une alcoolique, voire pire. Alors je te ramène chez toi, *je ne monte pas*, et je vais me coucher. » Aurais-je dû dire.

« Volontiers, mais juste un petit verre et puis on va dormir parce que demain, on bosse. » En fait, ce que j'ai dit était très précisément : « Mais juste un petit verre. »

Melissa m'embrassa sur la commissure des lèvres en s'attardant quelques secondes. Elle puait l'alcool, le tabac, et il émanait de cette fille un parfum intense qui me rappelait quelque chose. Puis elle me dit qu'elle n'avait pas grand-chose chez elle et qu'on ferait mieux de passer dans un bar acheter quelques bières.

Je n'étais pas vraiment à l'aise, mais je m'arrêtai quand même devant un bar ouvert toute la nuit et descendis acheter *deux* bières. Pour éviter que ça ne dégénère.

Elle habitait dans un vieil HLM, du côté du siège de la RAI. Le genre d'immeuble où les étrangers habitent à six ou sept dans la même pièce, où vivent les vieux bénéficiaires de logements populaires (une catégorie en voie d'extinction au bureau de l'état civil) ainsi que les jeunes qui viennent faire leurs études à Bari. Melissa était de Minervino Murge.

Dans le hall, il y avait une toute petite ampoule qui n'éclairait rien du tout. Melissa habitait au premier étage et dans l'escalier ça sentait le pipi de chat.

Elle ouvrit la porte, entra la première et je la suivis avant même qu'elle ait allumé la lumière. Odeur de renfermé et de tabac froid.

Une fois la pièce éclairée, je me rendis compte que je me trouvais dans une minuscule entrée qui, à gauche, donnait sur une chambre-bureau. À droite, il y avait une porte fermée que j'imaginai être celle de la salle de bains.

« Où est la cuisine ? » pensai-je bizarrement à cet instant. Simultanément, elle me prit par la main et me conduisit dans la chambre/séjour/bureau. Il y avait un lit contre le mur en face de la porte, un bureau et des livres partout. Des livres sur les étagères, des piles de livres par terre, des livres éparpillés. Et puis un vieux radiocassette, un cendrier avec deux filtres écrasés, quelques bouteilles de bière vides, une bouteille de whisky J&B presque vide.

Les livres auraient dû me rassurer.

Quand je vais chez quelqu'un pour la première fois, je vérifie s'il y a des livres, s'ils sont rares, s'ils sont nombreux, s'ils sont trop bien rangés – ce qui n'augure rien de bon –, s'il y en a partout – ce qui est du meilleur augure –, et cetera et cetera.

Ces livres, dans le petit appartement de Melissa, auraient dû me donner des sensations positives. Il n'en fut pas ainsi.

« Assieds-toi », me fit Melissa en m'indiquant le lit. Je m'assis et elle décapsula les bières. Elle m'en passa une et but la moitié de la sienne d'un trait, sans décoller ses lèvres du goulot. J'avalai une gorgée, comme ça, pour faire quelque chose. Mon cerveau cherchait désespérément une excuse pour m'enfuir. Au fond, il était presque deux heures du matin, je devais travailler le lendemain, on avait passé une bonne soirée, on se reverrait sûrement, ne t'inquiète pas, c'est moi qui t'appelle, et puis j'ai aussi un peu mal à la tête. Non non, tout va bien, à part le fait que t'es une alcoolique, une droguée, probablement une nymphomane et que j'ai envie de pleurer. Vraiment, je t'appelle.

Tandis que j'essayais de penser à quelque chose de moins pitoyable, Melissa – qui avait fini de boire sa bière – ôta son slip (noir) de dessous sa jupe.

Elle ne voulait pas perdre trop de temps en préliminaires et autres ennuyeuses formalités. Ça allait de soi.

De fait, il n'y eut aucune formalité.

Je restai dans cette chambre, à faire des trucs, jusqu'au petit matin.

Tout en fumant et en terminant la bouteille de whisky, elle m'expliqua qu'il était difficile d'étudier loin de chez soi, que ses parents ne lui donnaient presque rien. Tous les mois, il fallait payer le loyer, acheter à bouffer – et *de quoi boire*, pensai-je – et puis les cigarettes, s'habiller, payer l'abonnement du portable, sortir de temps en temps le soir. Plus les livres, évidemment. Elle trouvait des petits boulots – hôtesse d'accueil, relations publiques –, mais ça n'était presque jamais suffisant.

Ce mois-ci, par exemple, elle était en retard pour le loyer, avec en plus un examen à préparer et la propriétaire qui guettait la première occasion pour la flanquer dehors.

Elle ne se vexerait pas si je pouvais lui prêter quelque chose. Non, elle ne se vexerait pas, mais je devais promettre de lui réclamer l'argent. Bien sûr, t'inquiète. Non, j'ai pas cinq cent mille lires en liquide, voilà, j'en ai deux cent mille dans mon portefeuille, je garde vingt mille lires pour moi, on ne sait jamais. T'inquiète pas ; quand tu peux, tu me les rends. Il n'y a pas le feu. Maintenant, il faut vraiment que j'y aille, tu sais demain, ou plutôt maintenant, dans pas longtemps, il va falloir aller au travail.

Elle me donna son numéro de portable. Évidemment que je t'appelle, lui dis-je, tandis que je froissais le bout de papier dans ma poche tout en ouvrant la porte avec la hâte d'un fugitif.

Dehors, une aube livide, un ciel gris souris. Les flaques étaient si noires que rien ne s'y reflétait.

Mes yeux ne reflétaient rien.

Il me vint à l'esprit un film que j'avais vu il y avait un ans ou deux. *Le fantôme et les ténèbres*, une histoire magnifique de chasseurs et de lions.

Val Kilmer demande à Michael Douglas : « T'as déjà échoué ? »

Réponse : « Seulement dans la vie. »

Le lendemain, je changeai la carte et le numéro de mon portable.

5

Les jours qui suivirent cette fameuse nuit ne furent pas inoubliables.

Au bout d'une semaine (environ), arriva l'avis de clôture de l'enquête.

Le lendemain, à huit heures trente, j'étais dans le secrétariat de Cervellati pour demander une copie du dossier. Je rédigeai la requête et on m'informa que j'aurais les copies d'ici trois jours. Je m'en allai, en proie à des sensations négatives.

Le vendredi, ma secrétaire passa au parquet, paya les droits de reproduction, retira le dossier et rapporta le tout à mon cabinet.

Je passai le samedi et le dimanche à lire et à relire ces pages.

Je lisais, je fumais et buvais du café allongé et décaféiné dans une grande tasse.

Je lisais et fumais, et ce que je lisais ne me plaisait pas du tout. Abdou Thiam était dans de sales draps.

La situation était encore plus grave que ce qu'il m'avait semblé à la lecture de l'ordonnance de placement sous mandat de dépôt.

Ça ressemblait à l'un de ces procès sans issue, quand aller jusqu'à la phase des débats se résume à un massacre inutile.

Cervellati avait peut-être raison, et la seule manière

de limiter la casse, c'était de choisir la procédure abrégée.

Ce qui piégeait le plus mon client, c'étaient les déclarations du barman. La veille de l'arrestation d'Abdou, il avait été entendu par les carabiniers qui avaient dressé un procès-verbal. Puis il avait de nouveau été entendu, quelques jours plus tard, par le ministère public.

Un témoin parfait, pour l'accusation.

Je lus et relus les deux procès-verbaux à la recherche de points faibles, mais je ne trouvai presque rien.

Le procès-verbal des carabiniers était un document récapitulatif, rédigé dans un pur jargon militaire.

En date du 10 août 1999 à 19 h 30, dans les bureaux de la Compagnie des Carabiniers de Monopoli, noyau opérationnel, devant nous – officiers et agents de police judiciaire, adjudant-chef Lorusso Antonio, adjudant Sciancalepore Pasquale et carabinier Amendolagine Francesco, appartenant tous à la Compagnie évoquée ci-dessus – a comparu Renna Antonio, né à Noci (province de Bari) le 31-3-1953, résidant à Monopoli au nº 133/c de la Contrada Gorgofreddo, lequel, opportunément interrogé sur les éléments de sa connaissance, déclare :

À la question, il répond (À.Q.R.) : Je suis propriétaire de l'affaire commerciale dénommée « Bar Maracaibo », sis à Monopoli dans le quartier de Capitolo. L'établissement est ouvert sans interruption de sept heures du matin à vingt et une heures. L'été, l'établissement reste ouvert jusqu'à vingt-deux heures. Je suis secondé, dans la gestion de la susdite affaire, par mon épouse et par deux de mes enfants.

À.Q.R. : Je connaissais le petit Rubino Francesco, et

plus particulièrement ses grands-parents qui ont une villa à environ trois cents mètres de mon bar. Les grands-parents viennent en villégiature dans le quartier de Capitolo depuis de nombreuses années. Le grand-père de l'enfant s'arrête dans mon bar pour déguster un café et fumer une cigarette.

À.Q.R. : Je connais le Sénégalais que vous, carabiniers, dites s'appeler Abdou Thiam et que je reconnais sur la photo que vous me présentez. C'est un marchand ambulant de produits de maroquinerie contrefaits, qui passe presque tous les jours devant mon bar pour aller à la plage où il vend sa marchandise. Parfois, il s'arrête au bar pour consommer.

À.Q.R. : Je me rappelle avoir vu le susdit Sénégalais l'après-midi où l'enfant a disparu. Il est passé devant mon établissement sans le sac qu'il porte habituellement avec lui, et il marchait rapidement comme s'il était pressé. Il ne s'est pas arrêté au bar.

À.Q.R. : Le Sénégalais marchait vers le sud. C'est-à-dire qu'il arrivait de la ville de Monopoli et allait vers les plages.

À.Q.R. : La maison des grands-parents de l'enfant disparu est à environ trois cents mètres au sud de mon bar. Si je ne me trompe pas, elle se trouve presque devant le Duna Beach.

À.Q.R. : Je ne suis pas en mesure d'indiquer précisément l'heure à laquelle j'ai vu passer le Sénégalais. Il pouvait être 18 h /18 h 30, peut-être même 19 heures.

À.Q.R. : Je n'ai pas vu repasser le Sénégalais dans l'autre direction. En fait, ce jour-là, je ne l'ai pas revu du tout.

À.Q.R. : Si je ne me trompe pas, j'ai appris la disparition de l'enfant le lendemain. Avant d'être convoqué par vous, carabiniers, je ne pensais pas détenir des informations importantes pour l'enquête, c'est-à-dire que je n'avais pas pensé qu'il y avait une relation entre le passage de Thiam, cet après-midi-là, et la disparition de l'enfant. Si je m'en étais rendu compte, je me serais présenté spontanément pour collaborer avec la justice.

Je n'ai rien d'autre à ajouter et je confirme mes dires.

En l'absence d'instruments d'enregistrement, le présent procès-verbal a été rédigé uniquement sous forme de synthèse.

Lu et approuvé.

Le procès-verbal établi devant Cervellati était complet, c'est-à-dire enregistré et sténotypé. Ici, le témoin n'employait pas des expressions aussi improbables que « je suis secondé », « susdite affaire » ou « déguster un café ». Toutefois, la substance restait la même.

Le 13 août 1999 à 11 heures, dans les locaux du Parquet de la République, devant le représentant du ministère public Giovanni Cervellati, assisté pour la rédaction du présent acte par l'assistant judiciaire Biancofiore Giuseppe, a comparu Renna Antonio dont le nom, le prénom et la qualité ont déjà été mis aux actes.

Le présent procès-verbal, dans sa forme intégrale, a été pris en sténotypie.

Question : Alors, monsieur Renna, il y a quelques jours vous avez fait des déclarations aux carabiniers. Je voudrais tout d'abord vous demander si vous les confirmez. Vous vous souvenez de ce que vous avez dit, n'est-ce pas ?

Réponse : Oui, oui monsieur le juge.

Question : Alors vous confirmez ?

Réponse : Oui, je confirme.

Question : Essayons de récapituler ce que vous avez dit. En premier lieu, vous connaissiez déjà le Sénégalais Abdou Thiam ?

Réponse : Oui monsieur le juge. Mais pas de nom. Son nom, je l'ai su par les carabiniers. Je l'ai reconnu sur la photographie qu'ils m'ont fait voir.

Question : Vous le connaissiez parce qu'il passait souvent devant votre bar et qu'il prenait parfois une consommation ? C'est ça ?

Réponse : Oui monsieur le juge.

Question : Voulez-vous évoquer le jour où l'enfant a disparu ? Ce jour-là, cet après-midi-là, vous avez vu Thiam ?

Réponse : Oui monsieur le juge. Il est passé devant mon bar vers six heures et demie, sept heures.

Question : Avec le sac contenant sa marchandise ?

Réponse : Non, il n'avait pas son sac et était en train de se sauver.

Question : Vous voulez dire qu'il courait ou qu'il était pressé ?

Réponse : Non, non. Il était pressé. Ce n'est pas qu'il courait, il marchait rapidement.

Question : Dans quelle direction allait-il ?

Réponse : Vers les plages, en fait c'est la direction qu'on prend pour aller chez les grands-parents de l'enfant...

Question : Bon d'accord, en direction des plages. Ça veut dire du nord vers le sud, si j'ai bien compris ?

Réponse : Oui, de Monopoli en direction des plages.

Question : Vous l'avez vu repasser dans l'autre sens ?

Réponse : Non.

Question : Vous avez dit aux carabiniers que vous connaissiez l'enfant et sa famille, plus particulièrement les grands-parents. Vous confirmez ?

Réponse : Oui, je confirme. Les grands-parents ont une villa à trois cents, quatre cents mètres de mon bar, pratiquement dans la direction où allait le Marocain.

Question : Le Marocain ?

Réponse : L'immigré. Nous, on dit aussi Marocains pour parler des Noirs.

Question : Ah, d'accord. Est-ce que d'autres détails vous viennent à l'esprit ? Un autre élément qui pourrait se révéler important pour l'enquête ?

Réponse : Non monsieur le juge, mais selon moi, ça doit forcément avoir été le Marocain parce que…

Question : Non monsieur Renna, vous ne devez pas exprimer d'opinion personnelle. Si quelque autre élément vous vient à l'esprit, parfait. Sinon, nous pouvons conclure ce procès-verbal. Un autre élément spécifique vous vient-il à l'esprit ?

Réponse : Non.

L'interrogatoire d'Abdou face au ministère public frôlait la catastrophe.

Il s'était déroulé de nuit, dans la caserne des carabiniers de Bari, avec un avocat commis d'office. Le procès-verbal se présentait sous forme de synthèse, sans enregistrement ni sténotypie.

Le 11 août 1999 à 1 h 30, dans les locaux du Département opérationnel des Carabiniers de Bari, devant le représentant du ministère public Giovanni Cervellati, assisté pour la rédaction du présent procès-verbal par l'adjudant ordinaire Sciancalepore Pasquale de la Compagnie des Carabiniers de Monopoli, a comparu Thiam Abdou, né le 4 mars 1968 à Dakar, Sénégal, domicilié à Bari, 162 via Ettore Fieramosca.

Nous prenons acte de la présence de maître Giovanni Colella, ici désigné avocat commis d'office du susnommé Thiam, celui-ci n'ayant pas entendu nommer un avocat-défenseur de son choix.

Le ministère public notifie à Thiam Abdou les crimes de séquestration de personne et d'homicide de Rubino Francesco, et lui indique synthétiquement les éléments de preuve à sa charge.

Il avertit Thiam Abdou qu'il a la faculté de ne pas répondre aux questions mais que, même s'il ne répond pas, l'enquête se poursuivra.

La personne mise en examen déclare : J'entends répondre et je renonce expressément à tout délai pour la préparation de ma défense.

L'avocat-défenseur n'objecte rien sur ce point.

À la question, il répond (À.Q.R.) : Je nie ce qui m'est reproché. Je ne connais aucun Rubino Francesco ; ce nom ne me dit rien.

À.Q.R. : L'après-midi du 5 août, je crois que je suis allé à Naples à bord de mon automobile. Je suis allé voir des compatriotes dont, cependant, je ne peux indiquer les noms. On s'est vus, comme d'autres fois, aux abords de la gare centrale. Je ne peux fournir d'indications utiles pour retrouver mes compatriotes et je ne sais indiquer personne qui puisse confirmer que j'ai été à Naples ce jour-là.

À.Q.R. : J'exclus être allé à Monopoli ce jour-là. Une fois rentré de Naples, je suis resté à Bari.

À.Q.R. : Je prends acte que vous me signalez que la version des faits que je fournis n'est nullement digne de foi. Je ne peux que confirmer être allé à Naples ce jour-là, et ne pas être passé par Monopoli ou dans les zones limitrophes.

À.Q.R. : Je prends acte qu'un témoin m'a vu dans les environs de Capitolo, l'après-midi même du 5 août. Je prends acte de l'invitation que vous me faites de passer aux aveux. Je prends acte qu'en passant aux aveux, je pourrais alléger ma situation. Je dois cependant confirmer que je n'ai pas commis l'homicide dont je suis accusé et je ne comprends pas comment il est possible que quelqu'un dise m'avoir vu le 5 dans les environs de Capitolo.

À ce moment, on prend acte qu'une photographie est montrée à la personne mise en examen, photographie retrouvée au domicile dudit Thiam au cours de la perquisition qui y a été effectuée.

Après avoir examiné la photographie, Thiam déclare :

Je connais l'enfant représenté sur ce cliché mais je n'apprends que maintenant qu'il s'appelle Rubino Francesco. Je le connaissais sous le nom de Ciccio.

À.Q.R. : C'est l'enfant qui m'a donné la photographie. Ce n'est pas moi qui l'ai prise. Je n'ai même pas d'appareil photo.

À 2 h 30, le procès-verbal est interrompu pour permettre à la personne mise en examen de consulter son avocat-défenseur.

À 3 h 20, le procès-verbal reprend.

À.Q.R. : Même après avoir parlé avec l'avocat – qui m'a conseillé de dire la vérité –, je n'ai rien à ajouter aux déclarations que j'ai faites.

Le défenseur n'intervient pas.

Lu et approuvé.

Deux jours après l'arrestation, s'était tenue l'audience de validation devant le juge de l'enquête préliminaire. Abdou Thiam avait fait valoir son droit d'user de la faculté de ne pas répondre.

Depuis lors, il n'avait plus été interrogé.

Je relus l'ordonnance d'application du placement en détention provisoire. Je lus la disposition du tribunal des mises en liberté par laquelle – très justement, au vu des éléments – le recours d'Abdou avait été rejeté.

Je lus et relus toutes les pièces.

Les déclarations des gens qui allaient à la plage et affirmaient avoir vu Abdou s'arrêter pour parler avec l'enfant. Les déclarations du Sénégalais qui parlait du nettoyage de la voiture et de l'autre Sénégalais qui disait ne pas avoir vu Abdou sur la plage habituelle, le jour suivant la disparition de l'enfant.

Le procès-verbal du transfert sur les lieux et celui de la découverte du cadavre du petit garçon. Le procès-verbal de la perquisition au domicile d'Abdou, avec la liste des livres saisis.

Le rapport du médecin légiste que je parcourus rapidement en évitant les photographies.

Les inutiles et tristes déclarations des parents et des grands-parents de l'enfant.

Le dimanche soir, mes yeux me brûlaient et je sortis de chez moi. Le mistral soufflait et il faisait froid.

Ce froid impitoyable du mois de mars, qui donne l'impression que le printemps est encore bien loin.

Je pensais faire quelques pas, mais je changeai d'idée. Je pris donc ma voiture et partis vers le nord en empruntant la vieille nationale 16.

Bruce Springsteen résonnait dans les enceintes et dans ma tête tandis que je traversais les bourgades de la côte, désertes et balayées par le vent de nord-ouest.

Je m'arrêtai devant la cathédrale de Trani, face à la mer, et j'allumai une cigarette. L'harmonica sifflait dans mes oreilles et dans mon âme.

Ces paroles terribles étaient écrites pour ma solitude désespérée.

I remember us riding in my brother's car
Her body tan and wet down at the reservoir
At night on them banks I'd lie awake
And pull her close just to feel each breath she'd take
Now those memories come back to haunt me
They haunt me like a curse.

À l'aube, je me réveillai en grelottant de froid, avec dans la bouche un goût de tabac. Je serrais encore dans ma main mon téléphone portable que, songeant à appeler Sara, j'avais longuement contemplé avant de sombrer dans le sommeil.

6

Le code de procédure pénale établit qu'entre la notification de la conclusion de l'enquête et la requête de renvoi en jugement, on doit respecter un délai d'au moins vingt jours. Le ministère public prend très souvent beaucoup plus de temps. Parfois même des mois.

Cervellati déposa la requête de renvoi en jugement le vingt et unième jour. Cette ponctualité obsessionnelle était bien dans son style. On pouvait l'accuser de tout, sauf de rester assis sur ses dossiers.

L'audience préliminaire fut fixée aux premiers jours de mai. Le juge était Mme Carenza, et bon, ça aurait pu être pire.

Nous autres avocats, on aimait bien la Carenza. Le jugement abrégé devenait une hypothèse encore plus intéressante. Abdou pouvait vraiment s'en tirer avec vingt ans.

Vers 2010, avec la remise de peine pour bonne conduite, il serait dehors et placé en régime de semiliberté.

Tandis que je me faisais cette réflexion, en serrant dans ma main l'avis fixant la date de l'audience, j'eus une sensation de gêne. Une gêne qui m'accompagna toute la journée sans que je réussisse à en comprendre la raison.

Ce même sentiment de gêne me saisit quand, une semaine plus tard, je dus aller à la prison pour expliquer à Abdou comment et pourquoi il valait mieux pour lui accepter le jugement abrégé, prendre vingt ans au lieu de perpète, et commencer à barrer les jours sur le mur de sa cellule.

Abdou était, ou semblait, plus maigre que la dernière fois. Il ne voulut pas me dire la raison du gros hématome qu'il avait sur la pommette droite. Il écouta en regardant les veines du bois de la table, sans le moindre geste pour signifier « j'ai compris », ou alors « mais qu'est-ce que tu racontes ? », pas un hochement de tête, rien.

Quand j'eus fini de lui expliquer quelle était la meilleure solution dans son cas, Abdou resta silencieux durant de longues minutes. Je lui offris une Marlboro mais il ne la prit pas. Il sortit en revanche un paquet de Diana rouges et s'en alluma une.

Abdou ne parla que lorsqu'il eut fini sa cigarette, alors que le silence devenait insupportable.

« Si on choisit le jugement abrégé, je peux être acquitté ? »

Il était intelligent, même trop intelligent. En choisissant le jugement abrégé, il serait de toute évidence condamné. Je ne l'avais pas dit, mais il l'avait compris.

Je répondis, gêné.

« Techniquement, théoriquement, oui.

– Qu'est-ce que ça veut dire ?

– Ça veut dire que, théoriquement, on pourrait t'acquitter, mais sur la base de ce qui est contenu dans le dossier d'accusation que le juge consultera pour prendre sa décision, si nous choisissons le jugement abrégé, l'acquittement est tout à fait improbable. »

Je fis une pause, puis je pensai que je n'avais pas envie de tourner davantage autour du pot.

« Disons que c'est pratiquement impossible. Mais avec le jugement abrégé, comme je te le disais, tu pourrais éviter…

– Oui, j'ai compris, j'éviterais la perpétuité. Bref, si on choisit le jugement abrégé je suis sûr d'être condamné, mais j'aurai droit à une remise de peine. C'est ça ? »

Ma gêne ne cessait d'augmenter. J'eus la sensation d'une rougeur qui me montait au visage.

« C'est ça.

– Et si on ne choisit pas le jugement abrégé, qu'est-ce qui se passe ?

– Il se passe que tu seras renvoyé devant la cour d'assises. Ça veut dire qu'il y aura un procès public devant huit juges, dont six qui sont des citoyens lambda, et deux juges professionnels. Si tu es condamné par la cour d'assises, tu risques sérieusement la perpétuité.

– Mais j'ai quelques chances d'être acquitté ?

– Pas beaucoup.

– Mais plus qu'avec le jugement abrégé ? »

Je ne répondis pas tout de suite. Je respirai profondément. Je me frottai le visage de la main.

« Oui, plus. Pas beaucoup, mais un peu plus. Il faut considérer qu'avec le jugement abrégé, on est pratiquement sûr de la condamnation, tandis qu'avec un procès aux assises, il peut toujours arriver quelque chose. Tous les témoins doivent être interrogés par le ministère public, après quoi on peut procéder à un contre-interrogatoire. Ça veut dire qu'étant ton avocat, je peux les interroger. Certains pourraient ne pas confirmer, d'autres se contredire ; on pourrait découvrir un fait nouveau. Mais le risque est énorme.

– Combien de chances ?

– C'est difficile à chiffrer. Cinq, dix chances sur cent, au maximum.

– Pourquoi est-ce que tu veux choisir le jugement abrégé ?

– Qu'est-ce que ça veut dire : pourquoi ? Parce que c'est la meilleure chose à faire. Avec ce juge, tu t'en sortiras avec le minimum possible et dans…

– Je n'ai pas fait ce dont on m'accuse. »

Je respirai à nouveau profondément et pris une autre cigarette. Je ne savais que dire et, naturellement, je dis ce qu'il ne fallait pas.

« Écoute-moi Abdou. Moi je ne sais pas ce que tu as fait. Pour un avocat, il est préférable de ne pas savoir ce qu'a fait son client. Ça l'aide à être plus lucide, à faire le meilleur choix sans se laisser gagner par l'émotivité. Tu comprends ce que je dis ? »

Abdou eut un hochement de tête imperceptible. Ses yeux semblaient s'être enfoncés dans ses orbites sombres. Je continuai en détournant le regard.

« Si on ne choisit pas le jugement abrégé, si on va en cour d'assises, c'est comme si on jouait ta vie au poker, avec des chances très minces de gagner. Et pour ce genre de jeu, il faut de l'argent, beaucoup d'argent. Un procès en cour d'assises, ça prend du temps et ça coûte très très cher. »

Je me rendis compte que j'avais dit une connerie rien qu'en entendant le son de ma voix. Et, simultanément, je compris pourquoi je me sentais mal à l'aise.

« Tu veux dire que parce que je ne peux pas payer suffisamment, c'est mieux de choisir le jugement abrégé ?

– J'ai pas dit ça. » Ma voix monta d'un ton.

« Combien d'argent il faut pour le procès aux assises ?

– Ça n'est pas un problème d'argent. Le problème, c'est que si on va devant la cour d'assises, tu prends perpète et ta vie est fichue.

– De toute façon ma vie est fichue, si on me condamne pour avoir tué un enfant. Combien d'argent ? »

Je me sentis soudain très las. Une lassitude immense, invincible. Je laissai tomber mes épaules et c'est là que je m'aperçus combien elles étaient contractées.

« Pas moins de quarante, cinquante millions. Si on veut faire des investigations – et dans ce cas, ce serait probablement nécessaire –, beaucoup plus. »

Abdou semblait abasourdi. Il déglutit difficilement, me donna l'impression de vouloir dire quelque chose sans y parvenir. Puis il se mit à suivre le fil de ses pensées, un fil dont j'étais exclu. Il regarda en l'air, puis secoua la tête, puis bougea les lèvres en récitant, silencieusement, une mystérieuse litanie.

Enfin, il enfouit son visage dans ses mains, le frotta à deux ou trois reprises, puis ôta ses mains et me regarda à nouveau. Sans dire un mot.

Moi, j'avais dans la tête un bourdonnement insupportable et je me mis à parler pour que ça s'arrête.

On n'était pas obligés de décider ce matin même. De toute façon, plus d'un mois nous séparait de l'audience préliminaire, lorsqu'on devrait éventuellement opter pour le jugement abrégé. Et puis il fallait qu'on en parle avec Abagiage. L'histoire de l'argent était le dernier des problèmes. J'examinerais à nouveau le dossier pour vérifier s'il n'y avait pas une lueur d'espoir. Maintenant, il fallait que j'y aille, mais on se reverrait bientôt.

S'il avait besoin de quelque chose, il pouvait me le faire savoir en envoyant par exemple un télégramme.

Abdou ne répondit pas. Quand je lui touchai l'épaule pour le saluer, je sentis un corps inerte.

Je m'enfuis, poursuivi par ses fantômes. Et par les miens.

7

Quand je sortis de chez moi, le lendemain matin, je m'aperçus que quelqu'un emménageait. De nouveaux locataires arrivaient dans mon immeuble. Je pris mentalement acte de l'événement et je priai rapidement le ciel pour que ça ne soit pas une famille avec chiens miniatures et gamins braillards. Puis je passai à autre chose.

Ce jour-là devait commencer ce que les journaux avaient appelé le procès du « *dog fighting* ».

Pour être précis, ça n'avait pas été les journaux mais la police qui avait mené l'opération, une dizaine de mois plus tôt. Les journaux s'étaient bornés à utiliser le nom de code de la police qui enquêtait sur des combats de chiens et donc sur le milieu des paris clandestins.

Tout avait commencé par une plainte de la ligue antivivisection à laquelle il avait été donné suite car l'enquête avait été confiée à un policier exceptionnel : l'inspecteur Carmelo Tancredi.

L'inspecteur Tancredi était parvenu à infiltrer le milieu des paris clandestins ; il avait assisté aux combats de chiens, réalisé des enregistrements, réussi à remonter jusqu'aux lieux où les éleveurs gardaient les animaux, noté où et comment les paris étaient pris. Bref, il les avait coincés.

C'était un petit bonhomme au visage émacié orné

d'une grosse paire de moustaches noires qui détonnait complètement. Il semblait être la personne la plus inoffensive de la terre.

En revanche, c'était le flic le plus intelligent, honnête et efficace que j'aie jamais rencontré.

Il faisait partie de la sixième section de la brigade mobile. Celle qui s'occupe des crimes sexuels auxquels les autres sections – les plus importantes – ne voulaient même pas toucher.

Tancredi n'avait jamais voulu quitter son poste, même si on lui avait souvent offert d'intégrer la Criminelle, la DIA [1] ou même le SISDE [2]. Autant de postes où il aurait moins travaillé pour un meilleur salaire.

Un jour, les parents d'un petit garçon de neuf ans étaient venus me trouver, car leur fils avait été abusé sexuellement par son moniteur de natation.

Ils voulaient des conseils, ne savaient s'ils devaient porter plainte ou non. Je les accompagnai donc chez Tancredi et je vis comment il s'y prenait ; je vis comment l'enfant – qui avait répondu jusque-là par monosyllabes, les yeux rivés au sol – parlait avec Tancredi, le regardait et recommençait même à sourire.

Le moniteur avait fini en prison et, surtout, il y était resté. Et il en allait de même – eux aussi étaient restés en taule – pour la plupart des détraqués, violeurs et autres pédophiles qui avaient eu le malheur de croiser la route de l'inspecteur Tancredi.

Les organisateurs de combats de chiens, eux non plus, n'avaient pas eu de bol.

---

1. DIA : Direction d'investigation anti-mafia. *(N.d.T.)*

2. SISDE : Service d'information et de sûreté démocratique. *(N.d.T.)*

Une fois l'opération déclenchée, on procéda à la saisie de huit pit-bulls, cinq chiens Fila brésiliens, trois rottweilers et trois bandogs – un croisement monstrueux de pit-bull et de mâtin napolitain. C'étaient tous des champions qui valaient de vingt à cent millions de lires. Le plus précieux d'entre eux était un bandog de trois ans répondant au nom de Harley-Davidson. Il avait vingt-sept combats à son actif et avait tué tous ses adversaires. Il était considéré comme une espèce de champion du sud de l'Italie et l'enquête révéla qu'une rencontre pour le titre italien était en préparation. Le belligérant : un pit-bull qui combattait dans la province de Milan. En termes de paris, ce combat valait plus d'un demi-milliard de lires [1].

On saisit des dizaines de cassettes vidéo de combats de chiens, de combats opposant chiens et pumas, et même de combats entre chiens et porcs. On arrêta les gardiens du chenil où, outre les bêtes, on trouva des armes et de la drogue. On incrimina, entre autres, un vétérinaire très connu, différents éleveurs, et trois individus qui avaient déjà été arrêtés et condamnés pour association mafieuse et trafic de stupéfiants. Naturellement, tout ce petit monde était en liberté, du fait de l'expiration des délais de détention provisoire.

Bref, ce matin-là, en cette fin du mois de mars, devait commencer le procès du *dog fighting*. La ligue antivivisection entendait se constituer partie civile et m'avait confié ce mandat.

Il n'existait que deux cas précédents où l'on avait admis, dans le cadre d'un procès pour mauvais

---

1. L'équivalent de 250 000 euros. *(N.d.T.)*

traitements sur animaux, la constitution de partie civile par la ligue antivivisection et par la ligue pour la défense des chiens. Ça n'était pas gagné d'avance, loin de là, et j'avais donc planché tout l'après-midi pour trouver des arguments convaincants à présenter au tribunal. Et pour effacer de mon esprit ma rencontre avec Abdou.

Comme ce matin-là je me présentais bien préparé et disposé à accomplir ma tâche du mieux que je le pouvais, le procès fut ajourné du fait – disait la formule imprimée – « d'une audience particulièrement chargée et de l'impossibilité de fixer, en date de ce jour, l'ensemble des procès ».

Il s'agissait d'un renvoi préliminaire, qui fut cependant décidé au bout de plus de quatre heures d'audience. Et d'attente.

Ainsi, vers quatorze heures trente, le président du collège lut la formule et renvoya le procès au mois de décembre, puisque toutes les personnes inculpées étaient en liberté et qu'on n'était donc pas pressé.

J'avais l'habitude. J'enfilai mon imperméable, pris ma serviette et je rentrai chez moi après avoir traversé le tribunal déserté.

Je parcourais la via Abate Gimma, en direction du corso Cavour, lorsque j'entendis, derrière moi, quelqu'un m'appeler : « Maître, maître », avec un vague accent de l'arrière-pays.

Ils étaient deux et semblaient tout droit sortis d'un documentaire sur les voyous de banlieue. Le petit parlait en se tenant tout près de moi, tandis que le gros était à un mètre et me regardait, les yeux mi-clos.

Le petit était l'ami – il cita un nom – d'un type que je

connaissais bien parce qu'il avait été l'un de mes clients.

Le ton s'efforçait d'être gentil, presque diplomatique. Je lui dis que je ne me rappelais pas son ami, que s'ils voulaient discuter de questions professionnelles, ils pouvaient prendre rendez-vous et passer à mon cabinet.

Ils ne voulaient pas venir au bureau et, selon le petit, je devais rester calme. Très calme. Le ton diplomatique avait fait long feu.

Ils savaient que je voulais me constituer partie civile pour ces nazes de la ligue antivivisection, mais il valait mieux pour tout le monde que je m'occupe de mes oignons.

Je respirai profondément par le nez et, simultanément, je posai ma serviette sur le coffre d'une voiture en prononçant deux mots qui, depuis que j'étais enfant, avaient toujours été le prélude à la baston en pleine rue : « Sinon quoi ? »

Le petit m'envoya une grande baffe malhabile de la main droite. Je parai du gauche et presque en même temps je le frappai au visage du droit. Il tomba à la renverse et hurla à l'autre de me faire la peau.

C'était une vraie bête d'un mètre quatre-vingt-dix pour au moins cent vingt kilos, surtout du bide. À la manière dont il occupait l'espace qui nous séparait et dont il se préparait à l'attaque, je compris qu'il était gaucher. De fait, il me balança une gifle de la main gauche, et c'était probablement son meilleur coup. S'il était arrivé à destination, il m'aurait certainement fait mal, mais la bête se déplaçait au ralenti. Je parai du bras droit et, automatiquement, je le frappai au niveau du foie d'un crochet du gauche ; et je renchéris avec un direct au menton.

Le gros avait une mâchoire en verre. Il demeura un instant immobile, debout, avec une étrange expression de stupeur. Puis il s'écroula.

Je résistai à la tentation de lui envoyer un coup de pied dans la gueule. Ou de l'humilier ; ou de les humilier tous les deux.

Je ramassai ma serviette et m'éloignai, sentant soudain mon sang qui recommençait à pulser, violemment, au niveau de mes tempes. Le petit avait cessé de brailler.

Je tournai au coin de la rue, longeai encore un pâté de maisons, puis je m'arrêtai. Ils ne me suivaient pas. Personne ne me suivait et, comme il était trois heures de l'après-midi, la rue était déserte. Je posai donc ma serviette, levai les mains devant mon visage. Elles étaient agitées d'un fort tremblement et ma main droite commençait à me faire mal.

Je restai ainsi quelques secondes, puis je haussai les épaules et sentis affleurer sur mes lèvres une espèce de sourire enfantin. Je repris mon chemin et rentrai chez moi.

8

Le lendemain, ma voiture avait les quatre pneus crevés et la carrosserie avait été rayée – à l'aide d'un couteau ou d'un tournevis – sur toute sa circonférence.

Plus que de la colère à cause des dégâts, j'éprouvai un sentiment d'humiliation. Je pensai à ce que ressent quelqu'un qui, après un vol, rentre chez lui et trouve sa maison sens dessus dessous. Et je songeai donc à tous les cambrioleurs que j'avais défendus et fait acquitter.

Je pensai finalement que j'avais le cerveau en compote et que je devenais pathétique. Heureusement je me ressaisis et remisai ces spéculations morales au placard pour tenter d'être pragmatique.

J'appelai un de mes clients jouissant d'une certaine renommée dans le milieu de Bari et de sa province. Il passa à mon cabinet et je lui racontai ce qui m'était arrivé, coup de poing compris. Je lui dis que je n'avais pas envie d'aller trouver la police ou les carabiniers, mais qu'il ne fallait pas me pousser. En ce qui me concernait, on était ex æquo. Je payais la réparation de la bagnole et eux – ou qui de droit – rangeaient la boîte à baffes et me laissaient bosser en paix.

Mon client déclara que j'avais raison. Mais il affirma aussi que ces types devaient réparer ma voiture et me fournir de nouveaux pneus. Non, la voiture, je la ferais réparer moi-même et je ne voulais pas des pneus.

Je ne voulais pas, en plus, être accusé de recel, vu que les pneus, ils n'iraient certainement pas les acheter chez le concessionnaire. Mais ça, je le passai sous silence.

Je voulais juste que chacun reste à sa place et qu'on ne s'emmerde pas les uns les autres. Il n'insista pas et hocha la tête en signe de respect. Un respect différent de celui qu'on éprouve normalement pour un avocat.

Il déclara que d'ici deux ou trois jours, il me donnerait des nouvelles.

Mon client tint parole. Il se présenta à mon cabinet deux jours plus tard et cita un nom important dans certains milieux. La personne en question me faisait savoir qu'elle s'excusait pour ce qui était arrivé. C'était un incident – en vérité deux incidents, pensai-je, mais on n'allait pas pinailler – qui ne se reproduirait pas. Quant à mon client, il se tenait de toute façon à ma disposition au cas où j'aurais besoin de quelque chose.

L'histoire en resta là.

À part les deux millions de lires que je dus débourser pour remettre la voiture en état.

Quelques jours plus tard, je découvris qui était le nouveau locataire de mon immeuble. La nouvelle locataire.

Il était environ vingt et une heures trente et je venais de rentrer du gymnase. Je m'apprêtais à décongeler une escalope de poulet que je ferais griller et accompagnerais d'une salade, quand la sonnette tinta.

L'espace de quelques secondes, je me demandai ce que ça pouvait bien être. Ah oui, c'était sûrement la sonnette de mon appartement. Tout en me dirigeant vers la porte, je me dis que ça devait être la première fois que quelqu'un sonnait depuis que j'avais emménagé. Je fus envahi par une onde de tristesse, puis j'ouvris.

Enfin quelqu'un dans cet appartement ! C'était la quatrième fois qu'elle frappait à la porte, mais il n'y avait jamais personne. Je vivais seul, n'est-ce pas ? C'était la nouvelle locataire. Elle s'était présentée à tous les autres habitants de l'immeuble et j'étais le dernier. Elle s'appelait Margherita. Margherita, et je ne réussis pas à comprendre son nom de famille.

Elle tendit la main à travers la frontière invisible du seuil. Elle avait une belle main masculine, grande et forte.

Certaines femmes – mais surtout certains hommes – vous serrent la main avec force, mais l'on s'aperçoit immédiatement qu'on est dans la représentation. Ces personnes veulent faire comprendre qu'elles sont déterminées et franches, mais leur force ne relève que des muscles de leur main et de leur bras. Je veux dire : rien ne vient de l'intérieur. Certains peuvent même vous broyer les doigts, mais c'est comme s'ils faisaient du culturisme.

Quand elles vous serrent la main, d'autres personnes – elles sont rares – vous disent qu'il y a quelque chose derrière les muscles. Je tins sa main peut-être quelques secondes de trop, mais elle continua de sourire.

Puis je lui demandai gauchement si elle voulait entrer. Non merci. Elle était seulement venue se présenter. Elle rentrait chez elle après avoir passé toute la journée dehors. Elle avait plein de choses à faire, après le déménagement. Quand tout serait en ordre, elle m'inviterait à prendre un thé.

Elle sentait bon. Un mélange d'air frais, sec et propre, de parfum masculin et de cuir.

« Ne soyez pas triste », déclara-t-elle en s'éloignant vers l'escalier.

Comme ça.

Elle avait déjà disparu quand je m'aperçus que je ne l'avais pas vraiment regardée. Je rentrai chez moi, plissant les yeux pour chercher à recomposer mentalement son visage, mais rien n'y fit. Je ne savais pas si je serais capable de la reconnaître dans la rue.

À la cuisine, les blancs de poulet étaient décongelés dans le micro-ondes. Je n'avais cependant plus envie de les faire simplement griller ; j'ouvris donc un livre de recettes que j'avais soigneusement rangé mais n'avais jamais consulté.

Boulettes de poulet parfumées. Ça paraissait prometteur. Je lus la recette, ravi d'avoir tous les ingrédients sous la main.

Avant de m'y mettre, j'ouvris une bouteille de Salice Salentino, je le goûtai et allai chercher un CD que j'écouterais tout en cuisinant.

White ladder.

Je lançai la plage où figurait *Please Forgive Me* avec son rythme syncopé et, presque immédiatement, s'éleva la voix de David Gray. Je restai à l'écouter auprès des enceintes, attendant la partie de la chanson que j'aimais le plus.

I won't ever have to lie
I won't ever have to say goodbye
Every time I look at you
Every time I look at you.

Je regagnai la cuisine et me mis au travail.

Faire bouillir puis hacher le poulet avec 100 grammes de jambon cuit qui était dans le frigo depuis quelques jours. Puis mettre le tout dans un saladier avec un œuf, du parmesan râpé, une pincée de noix de muscade, de sel et de poivre. Je malaxai la préparation d'abord à la cuillère de bois, puis avec les mains, après avoir ajouté de la chapelure. Je formai des boulettes grosses comme un œuf, je les passai dans un autre jaune d'œuf battu avec un peu de sel et une goutte de vin. Puis je roulai les boulettes dans la chapelure, à laquelle j'avais également ajouté un soupçon de noix de muscade, et je les fis dorer à feu modéré dans de l'huile d'olive.

J'enveloppai les boulettes – qui dégageaient un parfum délicieux – dans du papier absorbant et je préparai une salade que j'assaisonnai avec du vinaigre balsamique. Je dressai la table avec une nappe, de vraies assiettes, de vrais couverts, et avant de commencer à manger, j'allai changer de CD.

Simon et Garfunkel. *The Concert in Central Park.*

J'appuyai sur le bouton SKIP, jusqu'à la chanson numéro 16. *The Boxer.*

Je l'écoutai debout, jusqu'à la dernière strophe. Ma préférée.

In the clearing stands a boxer,
and a fighter by his trade
And he carries the remainders
of every glove that laid him down
or cut him, till he cried out
in his anger and his shame
"I'm leaving, I'm leaving"
But the fighter still remains
Just still remains.

Puis j'éteignis la chaîne et allai manger.

Les boulettes étaient savoureuses. La salade aussi, et le vin parfumé chatoyait dans mon verre.

Je ne fus pas triste ce soir-là.

9

« Le fait est que nous avons voulu un procès à l'américaine, mais nous n'avons pas la compétence des Américains. Nous ne possédons pas les bases culturelles pour la procédure accusatoire. Regardez les interrogatoires et les contre-interrogatoires des procès américains ou anglais. Et ensuite regardez les nôtres. Eux, ils sont capables. Pas nous. On ne le sera jamais, parce qu'on est les enfants de la contre-réforme. Nous ne pouvons pas échapper à notre destin culturel. »

C'est ce que disait, durant la pause d'un procès où nous étions co-défenseurs, Cesare Patrono, avocat de son état. Prince du barreau, milliardaire et franc-maçon.

Je l'avais entendu énoncer cette théorie une centaine de fois depuis qu'en 1989, le nouveau code de procédure pénale était entré en vigueur.

Il était sous-entendu que *les autres* étaient des incapables. Les autres avocats – certainement pas lui – et surtout les représentants du ministère public.

Patrono aimait à médire de tout et de tout le monde. Dans les conversations de couloir – mais également pendant les audiences –, il aimait humilier ses collègues et, surtout, il aimait intimider et mettre les magistrats mal à l'aise.

Pour une raison mystérieuse, je lui étais

sympathique ; il avait toujours été cordial avec moi et je lui prêtais parfois main forte. Ce qui représentait une grosse affaire, du point de vue économique.

Il avait à peine fini d'exprimer son point de vue sur la nouvelle procédure pénale que du prétoire sortit, encore revêtue de sa robe de magistrat, Alessandra Mantovani, substitut du procureur de la République.

Elle était originaire de Vérone et avait demandé son transfert à Bari pour rejoindre un amoureux. À Vérone, Alessandra avait quitté un mari riche et une vie très aisée.

À peine avait-elle déménagé que le fiancé en question l'avait quittée. Prétextant qu'il avait besoin d'avoir son espace, que les choses s'étaient bien passées entre eux jusqu'à maintenant, précisément à cause de la distance qui empêchait l'ennui et la routine de s'installer. Qu'il avait besoin de réfléchir. Bref, le grand répertoire des lieux communs merdiques.

Alessandra Mantovani s'était donc retrouvée à Bari, seule, après avoir coupé les ponts derrière elle. Elle était restée sans faire d'histoires.

Elle me plaisait beaucoup. Elle était à l'image de ce que doit être un bon procureur, ou un bon flic, ce qui revient à peu près au même.

En premier lieu, elle était intelligente et honnête. Et puis elle n'aimait pas les délinquants – quel qu'en soit le genre –, mais elle ne passait pas non plus son temps à se bouffer le foie parce que la plupart d'entre eux se tireraient d'affaire sans encombre. Surtout, quand elle avait tort, elle était capable de l'admettre sans tourner autour du pot.

Nous étions devenus amis, ou quelque chose d'approchant. Suffisamment proches pour déjeuner ensemble de temps en temps et nous raconter un peu nos vies. Mais pas assez pour que ça aille plus loin, même si notre prétendue liaison était l'objet d'un des nombreux ragots circulant dans le tribunal.

Patrono détestait la Mantovani. Parce que c'était une femme, parce que c'était un magistrat, et parce qu'elle était plus intelligente et coriace que lui. Même si, naturellement, il ne l'aurait jamais admis.

« Venez, madame (il appelait juste *madame* – et non pas *madame le juge* – les femmes magistrats pour les énerver et les déstabiliser), venez écouter une petite histoire. Elle est toute fraîche et elle est vraiment mignonne. »

Alessandra Mantovani s'approcha de quelques pas et le regarda droit dans les yeux, en penchant sa tête sur le côté, sans dire un mot. Léger hochement de tête (vas-y, raconte-là, ta petite histoire) et l'ombre d'un sourire. Ce n'était pas un sourire cordial. Ses lèvres avaient bougé, mais ses yeux étaient restés immobiles. Froids.

Patrono raconta sa petite histoire. Qui ne venait pas de sortir, loin de là.

C'était donc l'histoire d'un jeune homme de bonne famille qui discute avec un ami et lui dit qu'il s'apprête à épouser une ex-prostituée. Le jeune explique à son ami que la profession autrefois exercée par sa fiancée n'est pas un problème pour lui. Pas de problème non plus avec les parents de la fiancée qui sont des dealers, des voleurs et des proxos. Tout semble donc aller pour le mieux, mais le garçon confie à son ami qu'il a une seule grosse inquiétude.

« Laquelle ? » lui demande l'autre.

« Comment faire pour dire aux parents de la mariée que mon père est magistrat ? »

Patrono ricana tout seul. J'étais dans mes petits souliers.

« Moi aussi, j'en ai une sympa. Sur les animaux, fit Alessandra Mantovani. Il était une fois une couleuvre et un renard qui vont se promener dans la forêt. Soudain, il se met à pleuvoir et tous les deux, pour s'abriter, se glissent par deux entrées différentes dans un souterrain. Ils commencent à parcourir le souterrain (où il fait tout noir) et vont en direction l'un de l'autre, jusqu'au moment où ils se rencontrent. Ou plutôt ils se cognent, ils buttent l'un contre l'autre.

« Le souterrain est très étroit et ils ne peuvent pas se croiser aisément. Pour que l'un des deux passe, il faut que l'autre se colle à la paroi, c'est-à-dire qu'il doit céder le passage.

« Aucun des deux, cependant, ne veut céder le passage à l'autre et ils commencent à se disputer.

– Écarte-toi et laisse-moi passer.

– T'as qu'à t'écarter, toi.

– Mais tu te prends pour qui ?

– Et toi, *t'es* qui ?

– Dis-moi d'abord qui tu es.

– Non, mon cher, dis-moi d'abord qui tu es.

« Et ainsi de suite, sur le même registre… Bref, la situation semble dans l'impasse et nos deux compères ne savent comment s'en sortir, parce qu'aucun ne veut prendre l'initiative d'attaquer l'autre, ne sachant à qui il a affaire.

« Renard a alors une idée : Écoute, inutile que l'on continue à se disputer, parce que sinon on va rester là-dedans toute la journée. Faisons un jeu pour résoudre le problème. Moi, pour le moment, je reste immobile et tu me touches pour essayer de deviner qui je suis. Après quoi, tu restes immobile, je te touche et j'essaie de deviner qui tu es. Celui qui découvre l'identité de l'autre a gagné et peut passer le premier. Qu'en dis-tu ?

– Effectivement, dit la couleuvre, ça pourrait être une idée. D'accord, mais c'est moi qui commence.

« Ainsi la couleuvre se met à ramper et entreprend de toucher Renard.

– Quelles longues oreilles en pointe tu as, quel museau pointu, quel poil soyeux, quelle grosse queue… Tu dois être Renard !

« Un peu vexé, Renard doit reconnaître que l'autre a gagné.

– Maintenant, c'est mon tour parce que, si je devine, on pourrait finir à égalité et on devra trouver un autre moyen de décider qui passe.

« Et Renard commence à toucher la couleuvre qui, entre-temps, s'est déroulée sur le sol du boyau.

– Quelle petite tête tu as, tu n'as pas d'oreilles, tu es visqueux et long. Tu n'as pas de couilles ? ! Tu ne serais pas un avocat par hasard ? »

Je rigolai silencieusement en plissant les paupières. Patrono essaya lui aussi de rire, mais sans y parvenir. Il eut une espèce de rictus forcé, tenta de répliquer quelque chose mais ne trouva rien de pertinent. Il était mauvais perdant.

Alessandra Mantovani ôta sa robe, déclara qu'elle allait dans son bureau, que l'on se reverrait à la reprise de l'audience. Et elle s'éloigna.

De temps en temps, un homme, un vrai. Pensai-je.

10

Quelques jours plus tard, je reçus un coup de téléphone de Abagiage.

Elle voulait me voir. Vite.

Je lui dis qu'elle pouvait venir le jour même à vingt heures, après la fermeture de mon cabinet. On pourrait parler plus tranquillement.

Abagiage arriva avec presque une demi-heure de retard, ce dont je m'étonnai car cela ne correspondait pas à l'image que je m'étais faite d'elle.

J'entendis la sonnette au moment où j'envisageais de partir.

Je traversai le bureau désert, ouvris et la vis. Au milieu du palier, lumière éteinte.

Elle entra en traînant un carton. Dedans, il y avait les livres et quelques autres objets appartenant à Abdou, dont une enveloppe contenant quelques dizaines de photographies.

Je lui dis qu'on pouvait aller discuter dans mon bureau, mais elle secoua la tête. Elle était pressée. Abagiage resta donc là, à un mètre de la porte, et ouvrit son sac dont elle sortit un rouleau de billets semblable à celui qu'elle avait apporté la première fois où elle était venue ici.

Abagiage me tendit l'argent et, évitant mon regard,

elle commença de parler à toute vitesse. Cette fois, on percevait son accent. Un accent aussi fort qu'une odeur.

Elle devait partir. Rentrer à Assouan. Elle était obligée, obligée – martela-t-elle – de rentrer en Égypte.

Je lui demandai quand et pourquoi ; son explication devint confuse. Parfois ponctuée de mots que je ne comprenais pas.

Il y avait déjà une semaine qu'elle avait passé son examen final. Théoriquement, elle aurait dû partir dès la fin des cours ; tous les autres boursiers étaient déjà rentrés.

Elle était restée et avait demandé une prorogation de sa bourse, soutenant qu'elle devait approfondir certains aspects. On ne lui avait pas accordé de prorogation. La veille, un fax était arrivé d'Égypte et on lui intimait de rentrer. Si elle ne s'exécutait pas immédiatement, elle perdrait son poste de fonctionnaire au ministère de l'Agriculture.

Elle n'avait pas le choix. Si elle restait, elle ne pourrait de toute façon pas aider Abdou. Sans argent, sans travail.

Sans domicile, vu qu'on lui avait dit de libérer au plus vite sa chambre à la résidence de l'institut.

Elle rentrerait donc en Nubie et essayerait d'obtenir un congé. Elle ferait l'impossible pour revenir en Italie.

Abagiage avait réuni tout l'argent qu'elle pouvait afin de payer la défense d'Abdou, c'est-à-dire moi. Il y avait presque trois millions de lires [1]. Je devais faire tout mon possible, tout mon possible pour l'aider.

---

1. Environ 1 500 euros. *(N.d.T.)*

Non, Abdou n'était pas encore au courant. Elle le lui dirait demain, au parloir.

De toute façon – répéta-t-elle, trop vite et sans me regarder –, elle ferait l'impossible pour revenir en Italie.

Tous les deux, on savait que ça n'était pas vrai.

Bon sang, pensais-je. Bon sang…

J'avais envie de l'insulter parce qu'elle me laissait seul avec cette responsabilité.

Et moi je n'en voulais pas, de cette responsabilité.

J'avais envie de l'insulter parce que je me reconnaissais dans sa brusque médiocrité, et aussi dans sa lâcheté. Et je me reconnaissais avec une clarté insupportable.

Je pensai à la fois où Sara évoqua la possibilité d'avoir un enfant. C'était un après-midi d'octobre et je répondis que ça n'était pas encore le moment. Elle me regarda et hocha la tête sans rien dire. Elle n'en parla jamais plus.

Je n'insultai pas Abagiage. Je l'écoutai se justifier sans rien dire.

Quand elle eut terminé, elle s'en alla à reculons, comme si elle avait peur de me tourner le dos.

Je restai debout dans l'entrée, auprès du carton contenant les affaires d'Abdou, serrant dans ma main le rouleau de billets. Puis je pris le téléphone posé sur le bureau et, sans réfléchir, je composai le numéro de Sara – qui était auparavant mon numéro.

Cinq sonneries et on décrocha.

La voix était nasale, plutôt jeune.

« Oui ? »

Avec le ton de quelqu'un qui est chez lui. Peut-être qu'il était tout juste rentré du travail. Quand le téléphone avait sonné, il était en train de desserrer sa cravate et il avait répondu tout en ôtant sa veste et en la jetant sur un divan.

Inexplicablement, je ne raccrochai pas.

« Stefania est là ?

– Non, écoutez, il n'y a pas de Stefania ici. Vous devez faire erreur.

– Excusez-moi. Pourriez-vous me dire s'il vous plaît quel numéro j'ai composé ? »

Il me le dit et j'allai même jusqu'à l'écrire. Pour être sûr d'avoir bien compris.

Je regardai longuement ce bout de papier, tandis que mon cerveau tournait à vide autour d'une voix nasale, sans visage, au bout du fil, chez moi.

11

« Ce soir, c'était vraiment un bon film. Qui sont les acteurs ?

– Harry, c'est Billy Cristal. Sally, Meg Ryan.

– Attends. C'est comment la phrase… celle du rêve des Jeux olympiques ?

– J'ai refait ce rêve. Je suis en train de faire l'amour et les juges regardent. Je suis arrivé en finale. Le juge canadien me donne 9, l'Américain 10 tout ronds, et ma mère déguisée en juge est-allemand me donne 3. »

Elle éclata de rire. Comme je l'aimais, son rire, pensai-je.

Le rire est important, parce qu'on ne peut pas tricher.

Pour comprendre si quelqu'un est franc du collier ou pas, la seule méthode efficace est de regarder – et d'écouter – son rire. Les personnes qui valent vraiment la peine sont celles qui savent rire.

Elle me secoua en me prenant par le bras.

« Dis-moi tes trois films préférés…

– *Les Sentiers de la gloire*, *Oh, quel mercredi*, *Pique-nique à Hanging Rock*.

– Tu es le premier à me répondre comme ça… rapidement. Sans réfléchir.

– Les films préférés, c'est une question que je pose toujours. Donc, j'étais préparé. Les tiens ?

– Au premier rang, *Blade Runner*. Sûrement.

– « J'ai vu tant de choses que vous, humains, ne pourriez pas croire… De grands navires en feu, surgissant de l'épaule d'Orion. J'ai vu des rayons fabuleux, des rayons C, briller dans l'ombre de la porte de Tannhäuser. Tous ces moments se perdront dans l'oubli, comme les larmes, dans la pluie… Il est-temps-de-mourir. *Time-to-die.* »

– Bravo. C'est exactement ça. Il est-temps-de-mourir. En détachant les mots. Puis il laisse s'envoler la colombe. »

Je hochai la tête et elle continua de parler.

« Je te dis les autres films. *American Graffiti* et *Manhattan*. Peut-être que demain, je t'en dirai deux autres – *Blade Runner* reste toujours –, mais pour aujourd'hui, voilà mes films. J'ai souvent dit *Metropolis*, par exemple.

– Pourquoi ces films aujourd'hui ?

– Je ne sais pas. Allez, on continue à jouer ? »

– D'accord. On joue à un autre jeu. Un extraterrestre arrive sur notre planète et tu dois lui offrir un exemple de ce qu'il y a de mieux sur la Terre, pour lui donner envie de rester. Tu dois lui donner un objet, un livre, une chanson, une phrase et, bon d'accord, un film, mais ça on l'a déjà dit.

– Ça me plaît bien. La phrase, je la connais déjà. Elle est de Malraux : « La patrie d'un homme qui peut choisir, c'est là où arrivent les plus grands nuages. »

On est restés un instant silencieux. Alors qu'elle s'apprêtait à poursuivre, je l'interrompis.

« Tu dois me promettre quelque chose.

– Oui, quoi ?

– Si tu tombes folle amoureuse de moi, je voudrais

que tu me le dises tout de suite. Ne te fie pas à mon intuition. S'il te plaît. D'accord ?

– D'accord. Ça vaut aussi pour moi ?

– Oui. Maintenant, dis-moi le reste pour le Martien.

– Le livre, c'est *L'attrape-cœurs*. Pour la chanson, j'hésite beaucoup. *Because the night*, de Patti Smith. Ou alors *Suzanne*, de Leonard Cohen. Ou *Ain't no cure for love*, encore de Leonard Cohen. Je ne sais pas, une de celles-ci. Peut-être.

– L'objet ?

– Un vélo. À toi maintenant.

– En fait la phrase est un dialogue. Tiré de *On The Road*. Ça dit : "Il faut qu'on continue et on ne s'arrête pas tant qu'on n'est pas arrivés." L'autre répond : "On va où mon pote ?" "Je ne sais pas mais faut qu'on y aille."

– Le livre ?

– Tu ne dois pas le connaître. *L'Étudiant étranger*. C'est d'un écrivain français…

– Je l'ai lu. C'est l'histoire d'un garçon français qui va étudier dans un collège en Amérique, dans les années cinquante.

– Personne ne le connaît, ce livre. Tu es la première. Comme c'est marrant. »

Ses yeux brillèrent un instant dans l'obscurité de l'habitacle. Comme des lames de couteaux. On était arrêtés sur la falaise qui domine la mer, à Polignano. Dehors, c'était le mois de février et il faisait très froid.

Mais pas dans la voiture. Dans la voiture, cette nuit-là, on avait l'impression d'être à l'abri de tout.

« Je suis contente d'être sortie avec toi ce soir. Au dernier moment, j'ai failli t'appeler pour te dire que je n'en avais plus envie. Mais j'ai imaginé que tu devais déjà être parti et que je me conduisais comme une mal élevée. Alors je me suis dit : allons au cinéma et je lui demande de me raccompagner, comme ça je me couche tôt.

– Pourquoi ? tu n'avais plus envie de sortir ?

– Je n'ai pas envie d'en parler maintenant. Je voulais juste te dire que je suis contente d'être sortie avec toi. Et je suis contente que tu ne m'aies pas raccompagnée juste après le film. On joue encore ? J'adore ça. Dis-moi la chanson et aussi l'objet.

– L'objet, c'est un stylo à encre. La chanson, c'est *Pezzi di vetro* [1].

– Je peux dire quelque chose sur le livre ?

– Oui ?

– Je ne suis plus très sûre pour *L'attrape-cœurs*.

– Tu veux changer ?

– Peut-être, oui. *Le Petit Prince*. Ça me semble peut-être mieux. Que dit le renard au Petit Prince quand il veut être apprivoisé ?

– "Les champs de blé ne me rappellent rien. Et ça, c'est triste ! Mais tu as des cheveux couleur d'or. Alors ce sera merveilleux quand tu m'auras apprivoisé ! Le blé qui est doré me fera souvenir de toi. Et j'aimerai le bruit du vent dans le blé…" »

Elle me regarda. Il y avait dans ses yeux une stupeur enfantine. Elle était très belle. « Comment fais-tu pour te rappeler tout ça par cœur ?

– Je ne sais pas. Ça a toujours été comme ça. Si une chose me plaît, il suffit que je la lise ou que je l'entende

---

1. Une chanson de Francesco De Gregori. Originaire de Rome, c'est l'un des plus importants auteurs-compositeurs italiens. *(N.d.T.)*

une seule fois, et je m'en souviens. Bon, mais *Le Petit Prince*, je l'ai souvent lu. Donc je n'ai pas beaucoup de mérite.

– Selon toi, quelle est la qualité la plus importante chez une personne ?

– Le sens de l'humour. Si on a le sens de l'humour – je ne parle pas d'ironie ou de sarcasme, c'est autre chose –, on ne se prend pas au sérieux. On ne peut donc pas être méchant, on ne peut pas être idiot, on ne peut pas être vulgaire. Si on y pense, ça concerne presque tout. Tu en connais, des gens qui ont le sens de l'humour ?

– Pas beaucoup. En revanche j'en ai rencontré plein – surtout des hommes – qui se prenaient terriblement au sérieux. »

Elle hésita un instant avant de poursuivre : « Mon fiancé fait partie de ceux-là.

– Qu'est-ce qu'il fait, ton copain ?

– Il est ingénieur.

– Un type sérieux ?

– Non. Il est capable de te faire rire, il est sympathique. Je veux dire qu'il est intelligent, qu'il est drôle et ainsi de suite. Mais il n'est capable d'ironiser que sur les autres. Il est incroyablement sérieux quand il s'agit de lui. Non, il n'a pas le sens de l'humour. »

Une pause, puis elle reprit :

« J'aimerais que tu l'aies, toi, le sens de l'humour.

– Moi aussi. Bon, après ce que tu as dit, je vendrais père et mère aux cannibales pour avoir le sens de l'humour. Tout ça sans jamais me prendre au sérieux, bien entendu. »

Elle éclata à nouveau de rire. On a continué à parler

dans la voiture qui nous protégeait du vent et de l'extérieur. Pendant des heures.

Il était plus de quatre heures du matin quand on s'aperçut qu'il était temps de rentrer. On est arrivés en bas de chez elle, dans le centre, alors que le ciel commençait à pâlir.

« Si, demain, tu penses avoir encore envie de sortir avec moi, tu téléphones. Si tu m'appelles, je te donne un livre. »

Sara pinça mon menton entre ses doigts et me donna un baiser sur la bouche. Puis, sans rien dire, elle descendit de voiture. Quelques secondes plus tard, elle avait disparu derrière une porte en bois ciré.

Je m'envoyai deux petits coups de poing au visage, d'un côté puis de l'autre. Puis je redémarrai et m'éloignai après avoir mis la musique à fond.

Dix ans plus tard, j'étais seul dans mon cabinet désert, avec mes souvenirs et leur mélodie lancinante.

Ça faisait bien longtemps que je n'étais plus capable d'apprendre par cœur – en les écoutant ou en les lisant une seule fois – les chansons, les citations, les répliques de films.

Au milieu de tout ce gâchis, ce don avait lui aussi disparu.

Je dus alors rentrer à la maison, en espérant que parmi les livres que j'avais récupérés figurait *Le Petit Prince*. Parce qu'à cette heure-ci, aucune librairie n'était ouverte. Et moi j'avais hâte, je ne pouvais pas attendre le lendemain matin.

Le livre était là. J'allai aux dernières pages, quand le Petit Prince va être mordu par le serpent et salue son ami l'aviateur.

« Toi, tu auras des étoiles comme personne n'en a… Quand tu regarderas le ciel, la nuit, puisque j'habiterai dans l'une d'elles, puisque je rirai dans l'une d'elles, alors ce sera pour toi comme si riaient toutes les étoiles. Tu auras, toi, des étoiles qui savent rire ! Et quand tu seras consolé (on se console toujours), tu seras content de m'avoir connu. Tu seras toujours mon ami. Tu auras envie de rire avec moi. Et tu ouvriras parfois ta fenêtre, comme ça, pour le plaisir… Et tes amis seront étonnés de te voir rire en regardant le ciel. Alors tu leur diras : "Oui, les étoiles, ça me fait toujours rire !" Et ils te croiront fou [1]. »

---

1. Antoine de Saint-Exupéry, Éditions Gallimard (Folio), 1999, p. 92. *(N.d.T.)*

12

Je dormis exactement deux heures.

Je me glissai dans mon lit quelques minutes avant trois heures, j'ouvris les yeux à cinq heures pile et je me levai étrangement reposé.

Ce matin-là, je n'avais pas de rendez-vous. Je décidai de sortir pour marcher. Douche et rasage. J'enfilai un vieux et large pantalon en toile, une chemise en jean et une polaire. Ainsi que des tennis et une veste.

Dehors, il commençait à faire clair.

J'étais au niveau de la porte quand j'eus l'idée de prendre un livre, pour m'arrêter lire quelque part. Dans un jardin, dans un café, comme il y a si longtemps. Je passai donc en revue les livres que je n'avais jamais rangés et qui se trouvaient dans mon appartement. Partout. Éparpillés, provisoires.

L'espace de quelques secondes, je songeai que ces bouquins étaient aussi provisoires que moi dans cette baraque, mais je me dis aussitôt que c'était une réflexion banale et pleine de pathos. Je cessai donc de philosopher et je revins tout simplement choisir un livre.

J'optai pour *La Nouvelle rêvée*, en édition brochée, qui avait l'avantage de tenir dans la poche de ma veste.

Je pris mes cigarettes, j'oubliai *délibérément* mon portable et je sortis.

J'habitais via Putignani et, immédiatement à droite en sortant, on voyait le théâtre Petruzzelli [1]. De l'extérieur, le bâtiment paraissait normal, avec sa coupole et tout le reste. Mais pas dedans. Une nuit, le feu l'avait dévoré, il y a presque dix ans de cela. Et depuis, il était là, en attente d'être reconstruit. Y vivaient pour l'instant des chats et des fantômes.

Je me dirigeai vers le théâtre en sentant sur mon visage l'air frais et propre du petit matin. Quelques très rares voitures. Personne.

Je pensai au temps où, alors que je finissais l'université, il m'arrivait souvent de rentrer à cette heure-là.

La nuit, je jouais au poker, ou je sortais avec des filles. Ou, tout simplement, je restais boire des coups, fumer et parler avec mes amis.

Un matin, vers six heures, au bout d'une de ces nuits, j'étais dans la cuisine à boire un verre d'eau avant d'aller me coucher. Mon père arriva pour se préparer un café.

« Pourquoi tu t'es levé si tôt ?

– C'est pas ça, papa, je viens de rentrer. »

Il me regarda une seconde, une seule, les yeux mi-clos.

« Je n'arrive pas à comprendre comment il te vient à l'idée de dire des choses aussi idiotes à une heure pareille. »

Puis il se tourna en haussant les épaules, résigné.

---

1. Le théâtre Petruzzelli de Bari était l'un des plus beaux et importants d'Italie, notamment pour l'art lyrique, avant d'être ravagé par un incendie criminel en 1991. *(N.d.T.)*

J'arrivai jusqu'au corso Cavour, juste devant le Petruzzelli, et je continuai en direction de la mer. Deux pâtés de maisons plus tard, je m'arrêtai dans un bar, pris mon petit déjeuner et allumai ma première cigarette de la journée.

J'étais dans le quartier où s'élevaient les plus belles bâtisses de Bari. C'est par là qu'habitait autrefois Rossana, ma fiancée du temps de la fac.

On avait vécu une histoire plutôt mouvementée, par ma faute. Au bout de quelques mois, j'avais déjà l'impression que ma liberté était, comme on dit, bridée par notre liaison. Alors, parfois, je ratais nos rendez-vous et quand je ne les ratais pas, j'arrivais presque toujours en retard. Rossana se mettait en colère et je soutenais que tout ça n'était pas important. Elle disait que si, que la bonne éducation c'était important, et je me mettais à lui expliquer, avec pléthore d'arguments des plus sophistiqués, la différence entre bonne éducation formelle – la sienne – et bonne éducation substantielle. La mienne, évidemment.

À l'époque, l'idée selon laquelle j'étais juste un type insolent et arrogant ne m'effleurait pas le moins du monde. En revanche, comme j'étais plutôt doué pour embobiner les gens avec mes discours, j'allais jusqu'à me persuader que j'avais raison. Ce qui me poussait à me comporter de la pire des manières, le concept de « pire » incluant également une série de vilaines amours clandestines avec des demoiselles à la moralité douteuse.

Je m'en aperçus alors qu'on s'était déjà quittés. J'avais souvent pensé à notre histoire et, j'en étais désormais convaincu, je m'étais vraiment comporté comme un con. Si j'en avais l'occasion, je devrais l'admettre et lui demander pardon.

Quelque sept ou huit ans plus tard, je tombai par hasard sur Rossana qui, entre-temps, était allée travailler à Bologne.

Rencontre chez des amis pendant les vacances de Noël. Elle me demanda si j'avais envie de prendre un thé avec elle, le lendemain. Oui, ça marche. On a donc pris notre thé et on a bavardé pendant au moins une heure.

Elle avait eu une petite fille, s'était séparée de son mari, possédait une agence de voyages qui lui rapportait beaucoup d'argent. Et puis, elle était encore très belle.

J'étais content de l'avoir revue et je me sentais en confiance. Il me sembla donc naturel de lui dire combien j'avais pensé au temps où nous étions ensemble, combien mon comportement avait été coupable. Je voulais le lui dire, pour ce que ça valait. Elle sourit et, avant de parler, elle me regarda d'un air bizarre pendant quelques secondes. Elle ne dit pas exactement ce à quoi je m'attendais.

« Tu étais un enfant gâté. Tu étais tellement centré sur toi-même que tu ne t'apercevais même pas de ce qui arrivait autour de toi, tout près de toi.

– Qu'est-ce que tu veux dire ?

– Tu ne t'es jamais douté que pendant presque un an, j'ai eu quelqu'un d'autre. »

J'aurais voulu voir ma gueule à ce moment-là. Je devais faire une drôle de tête, parce que Rossana souriait et avait l'air de s'amuser en me regardant.

« Tu avais *aussi* quelqu'un d'autre ? Excuse-moi, mais dans quel sens ? »

Elle cessa de sourire et se mit à rire. Comment lui donner tort ?

« Comment ça, dans quel sens ? On était ensemble.

– Ça veut dire quoi, on était ensemble ? T'étais avec *moi*. Quand est-ce que vous vous voyiez ?

– Le soir, presque tous les soirs. Quand tu me raccompagnais à la maison. Il m'attendait au coin de la rue, dans sa voiture. Et moi j'attendais derrière le portail et une fois que tu étais parti, je tournais le coin de la rue et je montais dans sa voiture. »

Je fus pris d'une espèce d'étrange tournis.

« Et où… où est-ce que vous alliez ?

– Chez lui, sur la Muraille, dans la vieille ville.

– Chez lui. Dans la vieille ville. Et vous faisiez quoi chez lui, sur la Muraille, dans la vieille ville ? »

Je me rendis compte un peu tard que j'avais dit une grosse connerie, mais j'étais un peu déconnecté.

Rossana s'en aperçut elle aussi, et ne fit rien pour m'épargner.

« Ce qu'on faisait ? Tu veux dire la nuit, dans son appartement, sur la Muraille ? »

Elle se marrait franchement. Moi pas. J'étais sorti prendre un thé avec une ex-copine et voilà que, soudain, il me fallait réécrire l'histoire.

J'appris qu'il s'appelait Beppe, qu'il était représentant en bijoux, qu'il était marié, qu'il était riche. Pour être plus précis, la maison de la Muraille, c'était pas chez lui mais une garçonnière. À l'époque des faits, il avait trente-six ans et une gentille petite femme.

À l'époque des faits, j'avais vingt-deux ans, mes parents me donnaient quarante mille lires par semaine, je partageais ma chambre à coucher avec mon frangin et, je le découvrais avec un certain retard, ma copine était une pétasse.

J'arrivai en bord de mer, je tournai à gauche en direction du théâtre Margherita et je me dirigeai vers la cathédrale San Nicola en longeant le début de la Muraille. Justement là où monsieur Beppe avait sa garçonnière. Où il emmenait *ma* fiancée.

Maintenant, il faisait jour. L'air était frais et propre et c'était vraiment la journée idéale pour faire une promenade. Je continuai jusqu'au Castello Svevo et plus loin, jusqu'au Palais des expositions pour arriver, peut-être deux heures plus tard et à plusieurs kilomètres de chez moi, au niveau de la pinède San Francesco.

L'endroit était semi-désert. Juste quelques messieurs ; certains couraient, d'autres étaient assis, préférant laisser gambader leur chien.

Je choisis un beau banc, vert, en bois, muni d'un dossier, et exposé au soleil. Je m'assis et me mis à lire mon livre.

Lorsque je l'eus terminé, au bout de deux heures environ, je me sentais bien et je me dis que je pouvais me reposer encore dix minutes avant de rebrousser chemin et rentrer à la maison. Ou avant de regagner mon cabinet, où les autres commençaient certainement à se demander ce que j'étais devenu.

J'ôtai ma veste parce qu'il commençait à faire chaud, et je la pliai pour confectionner une sorte d'oreiller. Puis je m'étendis, le visage au soleil.

Je me réveillai à midi passé. Les joggeurs s'étaient multipliés, il y avait des couples de jeunes, des femmes avec des enfants et des petits vieux qui tapaient le carton sur des tables en pierre. Il y avait aussi deux témoins de Jéhovah qui essayaient de convertir tous ceux qui n'affichaient pas une mine trop hostile.

Là, il était temps de partir. Vraiment.

13

En rentrant chez moi, je vis mon téléphone mobile, que j'ignorai. Quand je me rendis à mon cabinet, dans l'après-midi, il était dans ma poche mais toujours éteint.

Maria Teresa me bouscula au moment même où j'ouvrais la porte. On avait cherché à me joindre toute la matinée, à la maison et sur mon portable. Chez moi, personne ne répondait et le téléphone était constamment éteint.

Évidemment, pensai-je, puisque j'étais à la pinède en train de prendre le soleil sans ce maudit portable. Et je vous emmerde.

Ce matin-là, il y avait eu un branle-bas de combat.

Je n'avais tout de même pas oublié une de mes audiences ? Non, heureusement, c'est bien ce qu'il me semblait. Des gens m'avaient cherché ? Eh bien, ils rappelleront. Non, bien sûr que je n'avais pas oublié que le lendemain, expirait le délai pour l'appel de Colaianni.

Faux, j'avais complètement oublié, et heureusement que j'avais une secrétaire qui faisait bien son travail.

Depuis midi, on avait appelé trois fois de la prison ? Et pourquoi ?

Maria Teresa n'en savait rien. Il s'agissait de quelque chose d'urgent, avaient-ils dit, mais ils n'avaient pas précisé quoi. Le dernier appel était d'un certain inspecteur Surano. Il avait demandé à être rappelé dès qu'on aurait réussi à me mettre la main dessus.

J'appelai le standard de la maison d'arrêt, demandai l'inspecteur Surano et, après avoir attendu au moins trois minutes, j'entendis une voix basse, rauque, avec l'accent de la province de Lecce.

Oui, j'étais bien maître Guerrieri. Oui, l'avocat du détenu Thiam Abdou. Oui, je pouvais venir à la prison, si éventuellement il m'en expliquait la raison.

Il m'en expliqua la raison. Ce matin-là, après le parloir, le détenu Thiam Abdou avait fait une tentative de suicide par pendaison.

On l'avait sauvé alors qu'il se balançait déjà au bout d'une corde fabriquée à l'aide de lambeaux de draps tressés entre eux. Il se trouvait maintenant à l'infirmerie de la prison, et était placé sous surveillance vingt-quatre heures sur vingt-quatre.

Je dis à l'inspecteur que j'arrivais au plus vite.

Au plus vite est une notion relative si l'on envisage d'aller du centre de Bari jusqu'à la prison, l'après-midi d'un jour de semaine.

Cependant, un peu plus d'une demi-heure plus tard, je sonnais à la grille de la maison d'arrêt après m'être garé. En stationnement interdit, cela va de soi.

Le surveillant qui se trouvait au poste de garde avait été prévenu de mon arrivée. Il me pria d'attendre et appela l'inspecteur Surano, qui se présenta avec une surprenante rapidité. Celui-ci me dit que le directeur voulait me parler et qu'on pouvait y aller. Je lui demandai comment allait mon client. Assez bien, me répondit-il, physiquement. Il m'accompagnerait lui-même à l'infirmerie aussitôt après la rencontre avec le directeur.

On s'enfonça dans les couloirs jaunis, plongés dans une lumière glauque, où se répandait l'odeur fade – et reconnaissable entre toutes – du rata des prisons, des casernes, des hôpitaux. De temps à autre, on croisait un détenu qui maniait un balai ou poussait un chariot. Enfin, on emprunta un couloir fraîchement repeint et orné de plantes, au bout duquel se découpait la porte du bureau du directeur.

L'inspecteur Surano frappa, passa la tête par l'ouverture et dit quelque chose que je n'entendis pas. Puis il poussa le battant, me fit entrer et me suivit.

Le directeur était un monsieur d'environ cinquante-cinq ans, au physique banal, la peau fine et opaque, le regard fuyant.

Il était désolé, dit-il, pour ce qui était arrivé, mais heureusement, grâce à la présence d'esprit d'un de ses hommes, la tragédie avait été évitée.

Une nouvelle tragédie, pensai-je en me remémorant le suicide d'un de mes clients – un toxicomane de vingt ans – et les rumeurs, jamais confirmées, de violences exercées sur les détenus pour maintenir la discipline.

Le directeur voulait m'assurer qu'il avait déjà pris des dispositions fermes afin que le détenu Thiam Abdou soit constamment surveillé, ceci pour empêcher toute autre tentative de suicide, ou des gestes d'automutilation. Il était persuadé que ce déplorable incident n'aurait aucune suite et ne serait pas divulgué, afin de préserver la sérénité de l'établissement pénitentiaire et celle du détenu. De son côté, il était à ma disposition si j'avais besoin de quelque chose.

Traduction : ne m'emmerde pas, ça vaut mieux pour

tout le monde. Y compris pour ton client qui est au gnouf et qui y reste.

J'avais envie de l'envoyer paître, mais j'étais pressé de voir Abdou. Et puis, je me sentais soudain fatigué. Je le remerciai donc pour sa disponibilité et le priai de me faire accompagner à l'infirmerie.

On ne se serra pas la main et, sur le chemin du retour, l'inspecteur Surano m'escorta dans des couloirs ponctués de grilles encore plus sinistres. Et toujours cette puanteur de soupe qui semblait pénétrer par la moindre fissure.

L'infirmerie était une vaste pièce comprenant une dizaine de lits, presque tous occupés. Je ne voyais pas Abdou et regardai Surano. Celui-ci fit un signe de la tête et m'indiqua le fond de la pièce. Puis il me précéda.

Abdou était couché dans un lit, les bras attachés avec des sangles, les yeux mi-clos. Il respirait par la bouche. Auprès de lui était assis un gros surveillant moustachu qui fumait, l'air las.

Surano voulut se la jouer :

« Bordel, est-ce qu'on fume dans une infirmerie, Abbaticchio ? Éteins ça, éteins ça et laisse ta chaise à Monsieur l'avocat. »

Quelle urbanité ! Du jamais-vu. De toute évidence, le directeur avait donné des instructions pour qu'on me traite avec tous les égards.

Le surveillant Abbaticchio observa l'inspecteur d'un air obtus. Il s'apprêtait à dire quelque chose mais se rendit compte qu'il valait mieux s'abstenir. Il éteignit sa cigarette et s'éloigna en m'ignorant complètement. Surano me dit que je pouvais prendre mon temps. Il me raccompagnerait à la sortie quand j'aurais terminé. Lui aussi s'éloigna jusqu'à la porte de l'infirmerie.

J'étais maintenant seul à côté du lit d'Abdou qui ne semblait pas s'être aperçu de ma présence.

Je me penchai un peu et essayai de l'appeler, mais il ne donna aucun signe de réponse. J'allais lui toucher le bras lorsqu'il parla, presque sans bouger les lèvres.

« Qu'est-ce que tu veux, maître ? »

J'ôtai ma main dans un léger sursaut.

« Qu'est-ce qui s'est passé, Abdou ?

– Tu sais ce qui s'est passé. Sans ça, pourquoi tu serais ici ? »

Il avait les yeux ouverts, maintenant, et scrutait le plafond. Je m'assis et m'aperçus que je ne savais absolument pas quoi dire.

Étant au niveau du lit, je remarquai des écorchures sur son cou.

« Abagiage est venue ce matin ? »

Il ne me répondit pas, ne me regarda pas. Il ferma la bouche et serra la mâchoire, parvenant à déglutir au bout de deux tentatives. Puis, comme dans une scène au ralenti, je vis dans le coin intérieur de son œil gauche une larme – une seule – qui se formait, qui gonflait, qui se détachait en coulant lentement sur tout son visage, jusqu'à disparaître au bord de sa mâchoire. J'eus moi aussi du mal à déglutir.

Pendant un temps indéfinissable, aucun de nous deux ne parla. Puis je m'aperçus que je n'avais qu'une chose sensée à lui dire :

« Tu es resté seul et tu penses que maintenant, c'est vraiment la fin. Je sais. Et tu as probablement raison. »

Les yeux d'Abdou, qui regardait fixement le plafond, se tournèrent lentement vers moi. Il bougea aussi – un peu – la tête. J'avais capté son attention. Je continuai mon discours et ma voix était étrangement calme.

« En effet, comme je vois les choses, tu as une seule possibilité, plutôt faible d'ailleurs. Et la décision n'appartient qu'à toi. »

Maintenant, il me regardait et je savais que je contrôlais la situation.

« Si tu as envie de te battre pour cette possibilité, tu me le dis.

– Quelle possibilité ?

– On ne choisit pas le jugement abrégé. On va en cour d'assises et on essaye de gagner ce procès, c'est-à-dire d'obtenir ton acquittement. On n'a pas beaucoup de chances et je confirme ce que je t'ai dit l'autre jour. Je te conseille encore de choisir le jugement abrégé. Mais c'est toi qui vois. Si tu ne veux pas de jugement abrégé, je te défendrai en cour d'assises.

– Je n'ai pas d'argent.

– On s'en fout de l'argent. Si j'arrive à te faire acquitter, ce qui est improbable, tu trouveras le moyen de me payer. Si on te condamne, tu auras des problèmes autrement plus graves que l'argent que tu me devras. »

Abdou cessa de me dévisager et détourna les yeux. Il se remit à regarder le plafond, mais de manière différente. J'eus aussi l'impression de voir l'ombre d'un sourire, amer, flotter sur ses lèvres. Il parla enfin, toujours sans me regarder, mais d'une voix ferme.

« Tu es intelligent, maître. Moi, j'ai toujours pensé être plus intelligent que les autres. Ça n'est pas une chance, mais c'est difficile à comprendre. Si on pense être plus intelligent que les autres, il y a plein de choses qu'on ne comprend pas, jusqu'à ce qu'elles te tombent dessus. Mais alors, c'est trop tard. »

Il voulut soulever son bras droit, mais celui-ci était bloqué par la sangle. J'eus envie de lui demander s'il voulait être détaché, mais je n'en fis rien. Abdou reprit : « Aujourd'hui, j'ai l'impression que tu es plus intelligent que moi. Je pensais être mort et maintenant, après tes paroles, je pense que je me trompais. Tu as fait quelque chose que je ne comprends pas. »

Il s'interrompit et respira profondément, par le nez, comme pour rassembler toutes ses forces.

« Je veux qu'on aille au procès. Pour être acquitté. »

Je sentis un frisson naître au sommet de mon crâne et parcourir tout mon dos. Je voulais ajouter quelque chose, mais je savais que ça serait de toute façon un loupé.

« OK, fis-je, on se voit bientôt. »

Il contracta à nouveau sa mâchoire et hocha la tête, sans quitter le plafond du regard.

Quand j'arrivai à ma voiture, je trouvai sur le pare-brise le papillon blanc de la contravention pour stationnement interdit.

14

L'audience préliminaire eut lieu deux semaines plus tard.

La Carenza arriva en retard. Comme d'habitude.

J'attendais hors du prétoire en bavardant avec quelques collègues et avec les journalistes qui se trouvaient là pour suivre mon procès. Cervellati, en revanche, n'était pas là.

Il n'aimait pas attendre le juge devant la salle avec les avocats. Aussi chargeait-il son secrétaire de demander au greffier qu'on l'appelle lorsque l'audience commencerait.

La Carenza entra dans la salle, suivie par le greffier et un commis-greffier qui poussait un chariot croulant sous les dossiers. J'entrai à mon tour et m'assis à ma place, sur le banc de droite, réservé à ceux qui se tiennent devant le juge. Je consultai mes papiers, histoire de faire quelque chose et de calmer ma nervosité.

Quelques instants plus tard, je m'aperçus que mon collègue Cotugno, qui devait se constituer partie civile pour les parents de l'enfant, était également dans la salle. C'était un avocat âgé, un peu hâbleur, sourdingue, à l'haleine fétide.

Les conversations avec Cotugno étaient surréalistes. Cotugno, dont l'ouïe était défaillante, avait tendance à se rapprocher. En revanche, son interlocuteur, dont l'odorat avait tendance à fonctionner, reculait instinctivement. Autant que l'espace et la courtoisie le lui permettaient. Ensuite, il fallait subir.

Ainsi, lorsque je vis Cotugno assis sur le banc du ministère public – comme c'est l'habitude pour les avocats de la partie civile –, je mis en œuvre une stratégie complexe pour éviter son haleine. Je me levai à moitié en m'appuyant sur mon banc, j'allongeai mon bras au maximum, et je lui tendis la main en me tenant dans un équilibre précaire. Évidemment incompatible avec toute forme de conversation. Je pus donc me rasseoir.

La juge demanda au greffier d'appeler les surveillants en poste dans les cellules de sûreté, afin qu'ils amènent le détenu.

C'est à ce moment-là que Cervellati se matérialisa sur ma droite. Il portait un costume gris et son pantalon tombait sur des mocassins marron à pompons. Il me demanda comment je comptais aborder ce procès.

Je mentis. Mon client – dis-je – avait voulu réfléchir jusqu'au dernier moment et je saurais donc ce matin si on demandait le jugement abrégé ou pas.

Cervellati me regarda. Il sembla sur le point de répliquer, mais il secoua la tête et s'assit à sa place. Il ne m'avait pas cru et avait l'air tout sauf amical.

Deux minutes plus tard, d'une porte latérale et entouré par quatre surveillants, Abdou, menotté, entra. Il était vêtu d'un pantalon de toile kaki et d'une chemise blanche ; sur son avant-bras, il portait une veste ou un blouson. Il avait l'air propre. Rasé de près, sa chemise semblait avoir été repassée le matin même.

« Madame le juge, puis-je conférer avec mon client avant de commencer l'audience ?

– Je vous en prie, maître. Veuillez enlever les menottes. »

Le plus âgé des surveillants sortit une clé et libéra les mains d'Abdou. Je m'approchai de lui tandis qu'il se massait les poignets. Je parlai à mi-voix.

« Alors Abdou, si tu as changé d'idée, il est encore temps. C'est juste, mais il est encore temps. »

Il fit non de la tête. Je l'observai un instant, il fit de même. Puis je retournai à ma place en sentant le rythme de mes pulsations s'accélérer tandis que la peur déferlait, telle une vague.

Les formalités d'ouverture d'audience furent rapidement expédiées. Arriva le moment décisif.

« Avons-nous des requêtes de jugements alternatifs ? » demanda la Carenza.

Je me levai en boutonnant ma veste. Je jetai un dernier coup d'œil du côté d'Abdou.

« Madame le juge, nous avons, avec mon client, longuement évalué l'opportunité de demander un jugement abrégé ; mais ensemble, nous avons finalement retenu que ce procès devait faire l'objet d'un débat. Par conséquent, non, nous n'entendons pas recourir à des procédures alternatives. »

Je m'assis sans regarder Cervellati.

La juge invita donc les parties à formuler leurs conclusions.

Cervellati parla brièvement. Le procès présentait de multiples preuves à charge pour l'accusé Thiam Abdou. Ces preuves conduiraient certainement, en conclusion des débats, à la reconnaissance de la responsabilité pénale de l'accusé pour ce qui concernait l'ensemble des imputations criminelles – imputations criminelles gravissimes et odieuses – figurant parmi les chefs d'inculpation. L'audience préliminaire ne pouvait donc que se conclure par un renvoi en jugement de l'accusé devant la cour d'assises, pour répondre des crimes d'enlèvement et d'homicide volontaire. Il fallait seulement ajouter l'imputation contenue à l'alinéa B. Conformément à l'article 423 du code de procédure pénale, le ministère public entendait requalifier l'imputation d'homicide simple en homicide aggravé.

Cervellati fit dresser procès-verbal de la nouvelle imputation.

Il avait tenu parole. Mon client était maintenant lesté d'une accusation qui, en cas de condamnation, le conduirait directement à perpète.

La juge me demanda si je voulais un délai pour la préparation de ma défense. C'était un geste de pure courtoisie qu'elle n'était pas tenue de faire. Je la remerciai et lui dis que non, que je n'entendais pas demander de délai.

Ce fut alors au tour de Cotugno, qui fut encore plus bref que Cervellati. Il s'associait aux requêtes du ministère public et demandait lui aussi un renvoi en jugement.

Je n'avais quant à moi pas grand-chose à dire, parce que dans un procès comme celui-ci, il n'y avait évidemment pas la moindre possibilité d'acquittement au cours d'une audience préliminaire.

Alors je me contentai de déclarer que je n'avais pas d'observation sur la requête de renvoi en jugement.

La juge prononça le décret : les débats du procès de Thiam Abdou, né à Dakar, Sénégal, le 4 mars 1968, et accusé d'enlèvement et d'homicide aggravé, étaient fixés au 12 juin, devant la cour d'assises de Bari.

TROISIÈME PARTIE

1

J'avais quitté mon cabinet et je rentrais à la maison. Je songeais qu'il me fallait faire quelques courses pour éviter de manger dehors pour la énième fois, quand j'entendis une voix de femme, légèrement gutturale, derrière moi.

« Vous pouvez me donner un coup de main, s'il vous plaît ? Je vais m'écrouler. »

Ma voisine Margherita. Il était même étonnant qu'elle ne se soit pas *déjà* écroulée. Elle portait une besace bourrée, différents sacs en plastique pleins de nourriture, et un de ces longs tubes à dessin semblables à ceux qu'utilisent les architectes.

Je lui donnai un coup de main, dans le sens où je lui portai toutes ses courses. C'est ainsi qu'on a commencé à marcher ensemble.

« Heureusement que je vous ai rencontré. Il y a une semaine, j'étais plus ou moins dans la même situation et j'ai rencontré ce vieux professeur, monsieur Costantini, qui a proposé de m'aider. Je lui ai donné mes sacs, mais au bout d'un pâté de maisons, il a frôlé l'infarctus. »

Je souris, l'air vaguement idiot. Évidemment, j'aurais dû savoir qui était ce professeur Costantini.

« C'est qui, le professeur Costantini ?

– Celui qui habite au deuxième étage de notre

immeuble. Excusez-moi, mais vous, depuis quand habitez-vous ici ? »

Je vivais dans cet immeuble depuis plus d'un an. Et je ne connaissais le nom d'aucun locataire.

« J'y habite depuis environ un an.

– Eh bien, bravo. Vous êtes quelqu'un de sociable, vous. Qu'est-ce que vous faites ? Vous dormez le jour, et la nuit vous sillonnez la ville avec une combinaison, une cape et un masque pour libérer Bari des criminels ? »

Je lui répondis que j'étais avocat et, après avoir fait une légère moue, elle me dit qu'elle aussi, autrefois, se destinait au même métier. Elle avait fait son stage, passé ses examens et s'était inscrite au barreau. Mais elle avait choisi une autre voie. Complètement différente. Maintenant, elle s'occupait de publicité et d'autres trucs. Mais d'une certaine façon – on en convint –, nous étions tout de même collègues et on pouvait donc se tutoyer. Elle déclara se sentir davantage à l'aise comme cela.

« J'ai toujours eu des problèmes avec le vouvoiement. Ça n'est vraiment pas naturel pour moi. Il faut que je me force. On a essayé de m'expliquer il y a quelques années qu'une fille bien élevée ne tutoie pas les inconnus, mais j'ai toujours fortement douté d'être une fille bien élevée. Et toi ?

– Si je ne suis pas sûr d'être une fille bien élevée ? J'ai effectivement quelques doutes. »

Elle émit un petit rire – ressemblant à un gargouillement – puis reprit : « De manière générale, on voit que tu doutes. Tu as toujours un air… je ne sais pas. Je ne trouve pas les mots pour définir ça. C'est comme si tu ressassais des questions et que les réponses ne te plaisaient pas beaucoup. Ou ne te plaisaient pas du tout. »

Je me retournai pour la regarder, légèrement interloqué.

« Comme c'est la deuxième fois qu'on se voit, puis-je savoir sur quoi repose ce diagnostic ?

– C'est la deuxième fois que *toi*, tu me vois. Moi, je t'ai vu au moins quatre ou cinq fois depuis que je suis venue habiter l'immeuble. On s'est croisés deux fois dans la rue et tu ne m'as littéralement pas vue. Si bien qu'il ne m'est même pas venu à l'idée de te dire bonjour. Cela n'a pas été flatteur pour mon ego, mais tu étais ailleurs. »

On marcha en silence pendant une dizaine de mètres. Puis elle reprit à nouveau la parole.

« J'ai dit quelque chose qu'il ne fallait pas ?

– Non. Je pensais justement à ce que tu as dit. Je me demandais si c'était aussi évident.

– Ça n'est pas si évident. C'est moi qui suis observatrice. »

On était arrivés devant la porte de l'immeuble et on a grimpé ensemble les quelques marches conduisant à l'ascenseur. J'étais désolé que le moment de se quitter soit déjà arrivé.

« Tu as réussi à m'intriguer. Qu'est-ce que je dois faire pour avoir une consultation plus approfondie ? »

Elle réfléchit quelques secondes. Elle était en train de décider.

« Ça prête à équivoque si tu es invité à dîner chez une fille qui habite seule ?

– Autrefois, j'étais un professionnel de l'équivoque, mais je me suis calmé, je crois. J'espère.

– Bon alors, s'il n'y a pas de sous-entendu et que tu n'es pas pris ce soir, pour moi ça irait parfaitement.

– Ce soir, ça sera parfait aussi pour moi. Tu es au sixième ou au septième ?

– Septième. J'ai même une terrasse. Dommage que les soirées soient encore trop fraîches, sans ça on aurait pu dîner dehors. Alors à neuf heures, d'accord ?

– Oui. Qu'est-ce que j'apporte ?

– Du vin si tu en bois, parce que je n'en ai pas.

– D'accord, alors à ce soir.

– Tu ne prends pas l'ascenseur ?

– Non non, je monte à pied. »

Elle me regarda un instant sans rien dire, l'air vaguement interrogateur, puis elle hocha tête, prit ses courses et me dit au revoir.

Je ne me rappelle pas précisément ce que j'ai fait à mon cabinet cet après-midi-là, mais je me souviens d'une sensation de légèreté. Une sensation que je n'éprouvais plus depuis bien longtemps. Je me sentais comme ces après-midi de mai, les dernières années du lycée. Hormis ceux – et quelques autres – qui devaient suivre des cours de rattrapage et se taper des interrogations, on n'allait pour ainsi dire plus en cours.

Pour nous, c'étaient les premiers jours de vacances. Les meilleurs. Parce qu'illégaux, en un certain sens. La règle aurait exigé qu'on continue d'aller en cours, mais on ne le faisait pas. C'étaient des jours volés, un à un, au calendrier de l'école et rendus à la liberté.

Peut-être est-ce pour cette raison qu'il y avait cette électricité, cette étrange tension chargée d'attente durant ces après-midi de mai, à cheval entre l'école et les mystères de l'été.

Quelque chose allait arriver – *devait* arriver – et on le

sentait. Le temps se bandait comme un arc, prêt à nous expédier Dieu sait où.

Cet après-midi-là, je me sentais comme ça, comme dans ces graffitis de mon adolescence.

Je sortis vers sept heures et demie et j'allai chez un caviste acheter une bouteille de vin. Je ne savais pas ce qu'on mangerait et j'ignorais les goûts de Margherita. Je ne pouvais donc pas prendre uniquement du vin rouge, comme je l'aurais fait spontanément. Je n'aime pas le vin blanc.

Je pris donc un Primitivo de Manduria et, histoire de me la jouer provincial, un blanc californien de la Napa Valley.

Après avoir choisi le vin, j'avais encore du temps devant moi et j'allai me promener via Sparano.

Je voyais les gens qui marchaient tout autour de moi et j'avais l'impression de sentir comme une suspension du temps.

L'air semblait traversé par un sentiment de douce mélancolie ou par quelque chose d'autre que je ne parvenais pas à saisir parfaitement.

Je rentrai chez moi vers neuf heures moins le quart, pris une douche et m'habillai. Pantalon chino de couleur claire, chemise en jean, chaussures souples en cuir léger.

Je fermai la porte en serrant dans une main les deux bouteilles par le goulot, puis je bondis dans l'escalier genre Alberto Sordi dans *Un Américain à Rome*. Je trébuchai et il s'en fallut de peu que je ne me fracasse avec mes bouteilles. J'eus envie de rire et lorsque je frappai à la porte de Margherita, deux étages plus haut, je devais encore avoir sur les lèvres une espèce de sourire un peu niais.

« Qu'est-ce qu'il y a ? me demanda-t-elle un peu perplexe en plissant légèrement les paupières après m'avoir salué.

– Rien. J'ai failli me casser la figure dans l'escalier et, étant donné que je suis mentalement dérangé, j'ai trouvé la chose amusante. Mais pas de panique, je suis inoffensif. »

Elle éclata de rire, toujours avec cette espèce de gargouillement.

Dans la maison, il flottait une bonne odeur de meubles neufs, de propre, de nourriture cuisinée avec soin. L'appartement était plus grand que le mien et on avait de toute évidence abattu des cloisons, parce qu'il n'y avait pas d'entrée et qu'on pénétrait directement dans une sorte de salon doté d'une vaste baie vitrée donnant sur une terrasse. Quelques meubles. Une espèce d'armoire de style japonais, des étagères en bois clair, une table en métal et en verre avec quatre chaises également en métal. Par terre, un grand tapis en raphia et, de part et d'autre de la pièce, quelques grosses bougies colorées de différentes hauteurs, des petits vases en verre bleu contenant une sorte de gravier, et une chaîne hi-fi noire.

Les étagères étaient chargées de livres et d'objets ; tout cela donnait l'impression d'une maison habitée depuis longtemps déjà.

Sur les murs, deux reproductions de Hopper. *Soirée à Cap Cod* et *Gas*. Le tableau figurant des pompes à essence dans la campagne. Deux images magnifiques et émouvantes.

Je le lui dis et elle me regarda un instant, comme pour vérifier si je disais cela seulement pour me donner un genre. Puis elle hocha la tête, l'air sérieux, et demeura silencieuse quelques secondes.

« Tu manges piquant ?

– Je mange piquant.

– Je vais à la cuisine finir de préparer. Tu peux visiter ; c'est prêt dans cinq minutes. On bavardera à table. J'ouvre le vin rouge parce que ça va bien avec ce qu'on va manger. Et puis le blanc n'aurait pas le temps de rafraîchir. »

Elle disparut dans la cuisine. Je commençai à examiner les livres sur les étagères, comme j'ai l'habitude de le faire quand je vais dans une maison inconnue.

Il y avait beaucoup de romans et des recueils de nouvelles. Américains, français et espagnols, en langue originale.

Steinbeck, Hemingway, Faulkner, Carver, Bukowski, Fante, Montalbán, Lodge, Simenon, Kerouac.

Il y avait une vieille édition, fort usée, du *Traité du zen et de la motocyclette*. Il y avait des livres de voyages d'un journaliste américain – Bill Bryson – que j'aimais beaucoup et que je pensais être à peu près le seul à connaître.

Et puis des livres de psychologie, des ouvrages sur les arts martiaux japonais, des catalogues d'expos, surtout photographiques.

Je pris sur l'étagère le catalogue d'une exposition Robert Capa à Florence et je le parcourus. Puis je m'emparai de Bruce Chatwin et de Doisneau, avec ses baisers en noir et blanc dans le Paris des années cinquante. Il y avait un livre sur Hopper. En l'ouvrant, je vis une dédicace et je tournai immédiatement la page, gêné.

Je lus quelques lignes de l'introduction.

« Images de la ville ou de la campagne presque toujours désertes où fusionnent le réalisme de la vision et un sentiment bouleversant du paysage, des personnes, des objets. Les tableaux de Hopper, sous l'apparence de l'objectivité, expriment un silence, une solitude, une stupeur métaphysique. »

Je quittai Hopper, pris *Demande à la poussière*, de John Fante, et j'allai sur la terrasse avec mon livre. L'air était frais et sec. Je circulai un peu parmi les plantes et je me penchai pour regarder la rue ; je m'arrêtai pour toucher d'étranges petites fleurs à la consistance cireuse. Puis, appuyé contre le mur sous une espèce de lanterne en fer forgé, je tournai les pages du livre jusqu'à la dernière parce que j'avais envie de relire la fin.

« Au loin sur le Mojave, la chaleur montait en faisant des vagues. J'ai remonté le chemin jusqu'à la Ford. Sur le siège, l'exemplaire de mon livre était toujours là. Mon premier livre. J'ai trouvé un crayon, j'ai ouvert le livre à la page de garde et j'ai écrit :

À Camilla, avec tout mon amour
Arturo

Toujours avec le livre, j'ai fait une centaine de pas vers le sud-est, là où tout n'était que désolation. De toutes mes forces je l'ai jeté le plus loin que j'ai pu dans la direction qu'elle avait prise. Sur ce, je suis monté en voiture, j'ai fait démarrer le moteur, et je suis rentré à Los Angeles [1]. »

---

1. Traduit de l'anglais (États-Unis) par Philippe Garnier, Christian Bourgois éditeur, 10/18 « Domaine étranger », 1986, p. 272.

« C'est prêt, à table. »

Je sortis de ma torpeur non sans un petit sursaut et je rentrai à l'intérieur. La table était mise.

Le Primitivo était dans une carafe, et dans une autre carafe, identique, de l'eau. Il y avait une soupière de chili con carne et un plat en terre avec du riz. Sur une assiette étaient disposés quatre épis de maïs et, au centre, des copeaux de beurre.

On commença par le maïs et le beurre. Je pris la carafe de vin et m'apprêtai à en verser dans le verre de Margherita. Mais elle refusa. Elle ne buvait pas.

« J'avais, comme on dit, un rapport compliqué avec la boisson. Il y a quelques années de ça… Puis c'est devenu *très* compliqué. Maintenant, je ne bois plus.

– Excuse-moi, je n'aurais pas apporté de vin, si j'avais su…

– Mais c'est moi qui t'ai dit d'apporter du vin. Pour toi.

– Si ça t'embête, on peut boire de l'eau.

– Ça ne m'embête pas. »

Elle dit cela en souriant, mais sur un ton qui signifiait : là-dessus, les débats sont clos.

Dont acte, fin des débats. Je remplis mon verre et j'attaquai mon épi de maïs.

On parla peu durant le dîner. Le chili était *vraiment* piquant, et le vin l'accompagnait à merveille. Pour le dessert, il y avait un gâteau aux dattes et au miel, également une spécialité mexicaine.

Ça n'avait pas été un dîner à proprement parler diététique et à la fin, j'eus envie de quelque chose de fort. Bien sûr, je ne dis rien, mais Margherita alla à la cuisine et revint avec une bouteille de tequila Brown qui n'avait pas été ouverte.

« Je l'ai achetée pour toi cet après-midi. On ne peut pas manger mexicain sans finir avec de la tequila. Après, tu embarques la bouteille. Ainsi que celle de vin blanc. »

Je me servis de la tequila, puis je sortis mes cigarettes en pensant – trop tard – que la fumée n'était peut-être pas appréciée. Mais Margherita m'en demanda une et prit une espèce de mortier en lave en guise de cendrier.

« Je n'achète pas de cigarettes. Sinon, je les fume. Mais dès que je peux, j'en tape aux autres.

– Je connais la méthode », répondis-je. Pendant des années, ça avait été *ma* méthode. Puis les amis commencèrent à refuser de me donner des cigarettes et j'étais devenu passablement impopulaire. Bon, à la fin, j'avais dû les acheter, mes clopes.

Je bus une gorgée de tequila et je restai silencieux quelques secondes de trop. Elle lut dans mes pensées.

« Tu veux connaître la nature de mon problème avec l'alcool ? »

Ça n'était pas une question. J'allais dire non, mais qu'aurait-elle pensé ? j'étais justement en train de siroter ma tequila.

Je dis donc oui.

Elle tira avec force sur sa cigarette avant de commencer.

« J'ai été alcoolique pendant environ trois ans. Après ma licence, mes parents m'ont offert trois mois de vacances aux États-Unis, à San Francisco. Ce fut la période la plus amusante de ma vie. Quand je suis rentrée, je me suis rendu compte pour la première fois que mon avenir se résumait à être avocate dans le cabinet de mon père… Non, ça n'est pas exact. Dit comme ça, on ne comprend pas. Maintenant, je sais que c'était ça la raison, mais à l'époque, je ne me suis aperçue de rien, et ce volontairement. Mais je percevais les choses de manière différente, même si c'était inconscient. Bref, la récré était terminée et je n'étais pas prête à rentrer en classe. Tout au moins pas dans celle qui m'était destinée.

« Pour ne pas arranger les choses, je me suis trouvé un fiancé à mon retour des États-Unis. C'était un gentil garçon qui avait huit ans de plus que moi. Notaire. Il avait des belles manières et il a tout de suite plu à mes parents. Un excellent parti. Ils n'avaient pas aimé la plupart de mes précédents petits copains. Ce n'était pas le genre de types auxquels ils auraient confié pour toute la vie leur fille unique. J'avais toujours été, comment dire, un peu turbulente et un peu inconstante, ce qui était assez mal vu. Non que mes parents m'aient fait des reproches. Bon, on se disputait parfois avec maman, mais mes parents ne m'ont jamais posé de problèmes particuliers. C'est ce que je croyais…

« De toute façon, lorsque Pierluigi a fait son apparition, il fut clair que c'était le bon. Et qu'il ne fallait pas le laisser filer. J'ai commencé à boire peu après le commencement de notre histoire. Je buvais – beaucoup – surtout le soir, quand on sortait. Je buvais et je devenais plus sympathique. Tout le monde riait de mes bons mots et mon fiancé était visiblement fier de sortir avec moi. De me montrer.

« Puis on a décidé – il a décidé – que le moment était venu de se marier. Je travaillais avec mon père et je serais rapidement devenue avocate. Lui était notaire et, comment dire, il n'était pas pauvre. Il n'y avait pas de raison de rester éternellement fiancés. Voilà ce qu'il a dit et moi j'ai dit qu'il avait raison.

« Après cette décision, j'ai commencé à boire *avant* de sortir. Il passait me chercher et moi, à l'interphone, je lui disais que j'en avais pour cinq minutes. Alors je descendais ce qui me tombait sous la main : de la bière, du vin, des alcools forts. Ce qui me tombait sous la main. Je me lavais les dents, à cause de l'haleine, je me parfumais et je descendais. On rencontrait nos amis et j'étais toujours tellement sympathique. Et je buvais. Je buvais un apéro, du vin, de la bière pendant le repas, et puis un petit pousse-café – ou deux, ou trois – après le dessert. J'aimais beaucoup la tequila Brown, exactement la marque que tu es en train de boire. Mais je ne faisais pas de discrimination. Je buvais tout ce qui se trouvait à ma portée. J'avais quelquefois la déplaisante sensation que je perdais le contrôle de la situation. Je pensais parfois que je devais réduire, mais j'étais surtout persuadée que j'arrêterais sans problème quand je le déciderais. Tu veux bien me donner une autre cigarette, s'il te plaît ? »

Je lui donnai sa cigarette et m'en allumai également une. Elle aspira avec force deux bouffées et alla mettre un CD.

Making movies. Dire Straits.

Elle tira encore deux ou trois fois sur sa cigarette avant de reprendre son récit.

« À ce train-là, on est arrivés joyeusement au mariage. Durant mes rares moments de lucidité, j'étais envahie par un sentiment de désespoir indescriptible. Je ne voulais pas me marier. Je n'avais rien à voir avec ce monsieur qui faisait le notaire. Je ne voulais pas être avocate ; je voulais retourner à San Francisco ou m'enfuir n'importe où. Mais j'étais dans un train lancé à pleine vitesse et j'étais incapable de tirer le signal d'alarme. Deux ou trois fois, j'ai cru que j'avais rassemblé assez de courage pour dire à mes parents que je ne voulais pas me marier – ma plus grande peur était la réaction de mes parents, pas celle de Pierluigi – ; que j'étais désolée, mais que je pensais qu'il valait mieux prendre ce genre de décision avant le mariage, plutôt que six mois ou un an plus tard.

« Et puis maman passait la tête à la porte de ma chambre et me disait de me dépêcher, qu'on devait sortir pour choisir, que sais-je, le menu de la réception ou les fleurs pour l'église. Alors je disais "oui maman", j'éclusais rapidement une quelconque petite bouteille de liqueur, je me lavais les dents – je me lavais très souvent les dents – et je sortais. Je me rappelle qu'au cours d'une de ces sorties, j'avais laissé ma mère dans le énième magasin pour filer prendre une bière dans le premier bar venu. Ensuite j'ai été terrorisée tout l'après-midi parce que j'avais peur qu'elle sente mon haleine.

« Tu ne devines pas comment je suis arrivée à mon mariage ? Saoule. J'ai bu la veille, j'ai mélangé alcool et anxiolytiques pour dormir. Le matin suivant, je me suis remise à boire. Quelques bières, juste pour me sentir bien. Et aussi un petit verre – ou deux – de whisky. Je me suis lavé les dents consciencieusement. En entrant dans l'église, j'ai trébuché parce que j'étais bourrée. Les gens ont pensé que c'était l'émotion. Pendant toute la cérémonie, j'ai pensé au moment où commencerait la réception. Pour boire mon coup. »

Elle aspira une dernière bouffée, jusqu'au filtre ; puis, d'un geste dur, elle éteint sa cigarette dans le mortier. J'eus soudain envie de lui toucher la main, ou l'épaule, ou le visage. Pour lui montrer que j'étais là. J'en fus incapable et elle poursuivit son récit.

« Aujourd'hui encore je me demande comment ils ont fait, tous, pour ne s'apercevoir de rien. Jusqu'au mariage et même pendant les quelques mois suivants. La situation a dégénéré quand j'ai obtenu mon diplôme d'avocat. Avant de me marier, j'avais passé l'écrit et quelques mois plus tard, l'oral. Je suis arrivée en deuxième position au concours. Pas mal pour une alcoolo, hein ? J'ai fêté ça à ma manière. Puis je suis rentrée à la maison et je me suis sentie mal. Mon mari m'a retrouvée au lit. J'avais vomi à plusieurs reprises et je puais. Pas seulement l'alcool, mais certainement *aussi* l'alcool. C'est à ce moment-là que le pire a commencé. Il s'est mis à comprendre. Pas d'un seul coup, mais en l'espace de quelques mois, il s'était rendu compte qu'il avait une femme alcoolique. À sa manière, il s'est bien conduit ; il a essayé de m'aider. Il a fait disparaître tout l'alcool de la maison et il m'a conduite chez un spécialiste, dans une autre ville. Pour éviter le scandale, évidemment. J'ai promis que j'arrêterais et je me suis mise à boire en cachette. Surveiller un alcoolique, c'est impossible. Les alcooliques sont malins et menteurs, comme les drogués, et même pire, parce qu'il est plus facile de se procurer de la bibine que de la came. Un jour, quelqu'un m'a vue dans un bar du centre descendre d'un trait un demi, et l'a dit à Pierluigi. J'avais juré que j'arrêterais et une demi-heure plus tard, j'étais en train de boire. En cachette. Il en a parlé avec mes parents qui, au début, n'arrivaient pas y croire. Puis ils ont bien dû se rendre à l'évidence. On est allés ensemble chez un autre spécialiste, dans une autre ville encore. Résultat : pareil. Je vais faire court. Cette histoire a duré encore un an. Puis mon mari est parti. Comment lui donner tort ? J'avais des gros bleus ou des égratignures sur le visage, parce que je me levais la nuit pour faire pipi après m'être endormie avec d'excellents cocktails de tequila ou de vodka plus anxiolytiques, et j'allais me cogner dans les portes. Ou je tombais par terre, directement. Le sexe, les rares fois où ça arrivait, n'était pas très amusant pour lui, je crois. Pour moi, absolument pas. J'avais envie de pleurer et de boire. Bref, à la fin il est parti et il a bien fait.

« Après son départ, mes souvenirs deviennent vraiment flous. Ils redeviennent plus nets je ne sais pas combien de temps plus tard. J'étais dans une clinique, dans le Piémont, spécialisée dans le traitement des dépendances en tout genre. Il y avait des toxicos classiques, des accros aux médicaments, il y avait les malades du jeu et puis il y avait nous, les alcooliques. La majorité.

« Ça a été la période la plus dure de ma vie. Ils étaient impitoyables, là-bas, mais ils m'ont aidée à me sortir de la merde où je m'étais mise. Maintenant, ça fait presque cinq ans que je ne bois plus. Les deux premières années, je comptais les jours. Puis j'ai arrêté et me voilà. Durant ces cinq dernières années, tant d'autres choses sont arrivées. Mais c'est une autre histoire. »

Je la regardais droit dans les yeux, ne sachant que dire, ou que faire. J'imaginais que tout sonnerait faux et je restai silencieux. Elle continua.

« Tu penses peut-être que je raconte cette histoire à tous ceux que je croise, comme ça. Si tu as remarqué, je ne te connais pratiquement que depuis aujourd'hui. C'est ça que tu penses ?

– Non.

– Pourquoi ?

– Je ne sais pas. Mais j'aime à croire que tu ne la racontes pas à tout le monde, cette histoire. »

Pour une fois, je ne m'étais pas trompé de réplique. Elle hocha la tête, comme pour dire : ça va.

Puis on a continué de parler, encore, jusque tard dans la nuit.

2

Les semaines qui me séparaient du procès passèrent rapidement.

Le 12 juin, vers neuf heures du matin, l'air était encore frais. En allant au tribunal, je vis que le thermomètre à cristaux liquides d'un magasin d'ordinateurs indiquait vingt-trois degrés. En dessous des moyennes saisonnières, pensai-je.

La température semblait être la seule bonne nouvelle de la journée.

La nuit précédente, je m'étais couché sans réussir à m'endormir. À deux heures du matin passées, j'avais bien essayé de prendre un cachet, mais rien n'y fit. Je m'étais juste écroulé vers quatre heures et demie et réveillé deux ou trois heures plus tard. Comme aux pires moments.

Je m'arrêtai dans un bar pour prendre un café – un vrai café – et fumer une clope. Je me sentais affreusement mal.

Depuis quelques jours, j'étais hanté par l'idée que les choses finiraient mal, pour moi et surtout pour Abdou.

Le procès approchait et je pensais de plus en plus avoir fait une grosse bêtise en me laissant prendre par les sentiments. Je m'étais comporté comme le personnage d'une mauvaise fiction télé. Une espèce de *Case de l'oncle Tom* tournée à Bari en l'an 2000.

Courage, homme noir ; moi, avocat blanc et progressiste, je me battrai en cour d'assises pour te faire acquitter. Ça sera dur, mais la justice finira par triompher et ton innocence sera démontrée.

Innocence ? Ces derniers jours, avant le début des débats, j'avais été assailli par des doutes qui me taraudaient le cerveau. Qu'est-ce que je savais vraiment d'Abdou ? Qui me disait, hormis un douteux instinct, que mon client n'avait rien à voir avec l'enlèvement et la mort de l'enfant ?

Aujourd'hui, je pense que je cherchais un alibi en vue d'une possible – ou mieux, d'une probable – défaite. À l'époque, je n'étais pas assez lucide pour formuler une hypothèse de ce genre, donc je tournais tout simplement à vide.

Il n'est pas bon, pour un avocat, d'avoir ce genre de craquements dans la tête à la veille d'un procès pareil. Et ce n'est surtout pas bon pour le client dudit avocat. L'avocat se prépare à s'étaler. Le client s'achemine vers l'abattoir.

Les jours précédents, j'avais eu deux entretiens avec Abdou afin de préparer sa défense. Je cherchais quelques éléments de preuve à décharge, un semblant d'alibi, quelque chose. On ne trouva rien.

Un matin, je fis un tour sur les lieux de la disparition puis de la découverte du corps de l'enfant. Une idée cinématographique, pitoyable. Je plaçais mes espoirs dans une intuition décisive. Bien sûr, je n'en eus aucune.

J'étais arrivé au jour de l'audience ; le procès allait commencer et je n'avais pas un seul témoin, pas une seule preuve à décharge, rien.

Le procureur amènerait ses témoins, des preuves

matérielles, et il allait certainement nous enterrer. Je pouvais juste espérer déstabiliser l'un de ces témoins quand viendrait mon tour de les interroger.

Si j'y parvenais, je n'aurais de toute façon aucune certitude quant à une issue positive, mais je pouvais jouer cette carte.

Si je n'y parvenais pas – comme c'était plus que probable –, les jeux étaient déjà faits. Et sur le registre de la prison, auprès du nom d'Abdou, bien en vue, serait tamponnée l'inscription « fin de la peine : jamais ».

J'écrasai ma cigarette sous ma chaussure, après l'avoir fumée jusqu'au filtre, et je repris ma route vers le tribunal.

Devant la salle de la cour d'assises, se tenaient des journalistes et des caméras. Une chroniqueuse de la *Gazzetta del Mezzogiorno* m'aperçut la première et s'approcha. Comment je monterais ma défense ? Avais-je des témoins à décharge ? Est-ce que le procès durerait longtemps ?

J'eus un accès de nausée que je parvins assez bien à maîtriser, du moins je le pense. Le ministère public – dis-je – n'avait pas de preuves mais des conjectures. Plausibles certes, mais des conjectures. Nous le démontrerions durant le procès, c'est pourquoi, pour le moment, nous n'avions pas besoin de témoins à décharge.

Tandis que je parlais, les autres journalistes s'étaient approchés. Ils prirent quelques notes et les caméras cadrèrent rapidement mon visage. Puis on me laissa entrer dans la salle.

Il n'y avait que quelques carabiniers, le greffier et l'huissier. Je m'assis à ma place, derrière la table de la défense, à droite face à la cour. Je ne savais pas quoi faire et je n'avais même pas envie de faire semblant d'être occupé. On entendait le ronronnement de la climatisation qui, ce jour-là, n'était pas vraiment nécessaire. Au bout d'un moment, quelques personnes du public commencèrent à entrer.

Au fond de la salle, l'escorte des uniformes bleus de la police pénitentiaire fit son apparition. Au milieu d'eux, Abdou. Quand je le vis, je me sentis un peu mieux. Moins seul, avec moins de vide autour.

Les agents le firent entrer dans la cage, puis lui ôtèrent ses menottes. J'allai le saluer et lui parler. Plus pour moi que pour lui, c'est ce que je pense aujourd'hui.

« Alors Abdou, comment va ?

– Bien. Je suis content que le procès soit arrivé. Que l'attente soit terminée.

– On doit décider si on demande à ce que tu sois interrogé. Ça dépend surtout de toi.

– Pourquoi ne pas le demander ?

– Parce que ça peut être un risque. De toute façon, même si on ne le demande pas, le procureur le fera certainement ; bref, on doit décider si tu veux répondre personnellement aux questions. Tu as la possibilité de dire que tu ne veux pas répondre et on lira l'interrogatoire existant devant le ministère public.

– Je veux répondre.

– D'accord. Maintenant, écoute-moi. Le président te dira que, si tu le souhaites, tu peux faire une déclaration spontanée à n'importe quel moment du procès. Tu répondras merci et ensuite tu te tairas. Tu ne dis rien, à aucun moment, même si tu as envie de crier, sans en avoir d'abord parlé avec moi. Si tu veux dire quelque chose, tu me fais signe, tu me dis de quoi il s'agit, et je te dis si ça vaut le coup de parler, et quand. C'est clair ?

– Oui. »

C'est à ce moment qu'on ententit la cloche annonçant l'entrée de la cour.

« OK, Abdou, on y va. »

Je regagnai mon banc, tandis qu'on entendait le bruit des pas de la cour qui pénétrait dans la salle.

« Maître. »

Je me retournai, à quelques mètres de la cage. Le président avait déjà fait son entrée, suivi des autres juges.

« Oui ?

– Merci. »

Je restai sur place un instant, sans savoir que dire ni que faire. Entre-temps, les membres de la cour s'étaient installés derrière la grande table surélevée.

Je hochai la tête et retournai à ma place.

3

Les formalités d'ouverture des débats furent rapidement expédiées. Le président ordonna au greffier de lire les chefs d'accusation, puis il donna la parole au ministère public.

Cervellati se leva, ajusta sur ses épaules sa robe aux cordons dorés, mit ses lunettes et commença à lire ses notes.

« Le 5 août 1999 à dix-neuf heures cinquante, la disparition de Rubino Francesco, âgé de neuf ans, était signalée téléphoniquement aux carabiniers de Monopoli. L'appel venait du grand-père maternel de l'enfant, Abbrescia Domenico. Celui-ci avait constaté la disparition de l'enfant qui, un peu plus tôt, jouait devant la villa, plus précisément devant la villa de ses grands-parents maternels, dans le quartier de Capitolo. Les recherches, prévoyant également l'intervention de chiens, étaient immédiatement lancées et se poursuivirent sans résultat pendant toute la nuit. Dans le même temps, était lancée une enquête préliminaire, avec audition des témoins, des résidents, des vacanciers ou des personnes exerçant une activité commerciale dans la zone de la disparition.

« Les recherches se poursuivirent pendant toute la journée et la nuit suivantes, toujours sans résultat. Le 7 août, un signalement anonyme parvenait aux carabiniers de Polignano. On y indiquait que dans une zone située entre la nationale 16 bis et San Vito, le corps d'un enfant avait été retrouvé au fond d'un puits. Les recherches furent rapidement lancées dans cette zone, donnant hélas un résultat positif, dans la mesure où il s'avéra qu'il s'agissait du cadavre du petit Francesco. Le corps ne présentait pas de signes apparents de violences.

« L'autopsie effectuée par la suite a révélé que la mort était survenue par asphyxie.

« L'enquête menée près de la zone de la découverte a permis d'obtenir des éléments décisifs concernant les preuves à charge contre le citoyen sénégalais Thiam Abdou, aujourd'hui inculpé.

« Pour synthétiser, et afin de souligner les points sur lesquels sera axée l'instruction contradictoire [1], les éléments acquis sont les suivants :

« Différents témoins ont rapporté avoir vu – et ce à plusieurs reprises – l'accusé s'arrêter et parler avec le petit Francesco, non loin de l'établissement de bains [2] Duna Beach.

« Le propriétaire d'un bar, proche de la maison des grands-parents de l'enfant – et par conséquent du lieu où l'enfant a été vu vivant pour la dernière fois –, a rapporté avoir vu passer l'accusé quelques minutes avant

1. En Italie, le procès pénal est de type accusatoire et l'instruction est contradictoire, à l'image du système anglo-saxon. *(N.d.T.)*

2. En Italie perdure la tradition des « bains de mer » : les estivants peuvent louer des cabines, des matelas et des parasols dans les établissements généralement pourvus d'un bar et d'un restaurant. *(N.d.T.)*

la disparition de l'enfant. Abdou Thiam marchait en direction de la maison des grands-parents.

« Deux compatriotes de Thiam ont rapporté, respectivement, que ce dernier ne s'était pas rendu à la plage – toujours au niveau de l'établissement de bains Duna Beach – le jour suivant la disparition de l'enfant et que ce jour-là, il n'eut de cesse de faire laver sa voiture. De toute évidence pour éliminer toute trace suspecte.

« La perquisition effectuée au domicile de l'accusé a permis de retrouver une photographie polaroïd de l'enfant. L'importance de cet élément n'appelle aucun commentaire. Toujours à l'occasion de cette perquisition, on a retrouvé de nombreux livres pour la jeunesse dont la possession, en soi suspecte pour un adulte vivant seul, devient un élément inquiétant, si ce n'est significatif, dans le cadre probatoire de cette affaire.

« Enfin, le contenu de l'interrogatoire de l'accusé, durant l'enquête, se révèle être particulièrement significatif. Attendu qu'en ma qualité, je demande d'ores et déjà l'examen de Thiam dans ce débat, je veux signaler que l'accusé a nié connaître le petit Francesco lorsque la question lui a été posée. Quitte à fournir de pitoyables explications quand on lui a montré la photographie de l'enfant retrouvée à son domicile. »

Cervellati parlait – ou plutôt lisait – de sa voix nasale et monotone. Son rapport ne me réserverait aucune surprise, aussi me mis-je à observer les juges un à un.

Le président Nicola Zavoianni était un personnage bien connu du Bari qui compte, comme l'on dit. Bel homme, soixante-dix ans fort bien portés, membre du cercle de voile, grand joueur de poker et, disait-on, grand amateur de putes. Ce type ne s'était jamais tué à la tâche, mais il exerçait en tant que président de la cour d'assises depuis de nombreuses années et son métier, grosso modo, il le connaissait. Il ne m'avait jamais été sympathique et j'avais toujours eu le sentiment que la réciproque était vraie.

Le juge *a latere* [1] était un monsieur gris, chauve, myope, à la peau luisante. Il venait du civil et c'était la première fois que je le rencontrais au pénal. Il tenait fermé le devant de sa robe avec ses mains, comme pour se protéger de quelque chose. Je ne réussissais pas à distinguer ses yeux, cachés derrière des verres épais.

Le jury était composé de quatre femmes et de deux hommes. Tous avaient l'air un peu dépaysé des jurés à leur première audience. Deux dames entre cinquante et soixante ans étaient assises aux extrémités. L'une d'elles me rappelait presque hypnotiquement une grand-tante, une cousine de ma mère. Je m'attendais à ce que, d'un moment à l'autre, elle me convoque au banc des jurés pour m'offrir un de ces petits biscuits aux amandes confectionnés par les bonnes sœurs.

Les deux hommes étaient à côté du juge *a latere*. L'un d'eux avait des cheveux blancs très courts, un costume à la coupe démodée avec une veste à deux boutons, une cravate noire. Soixante ans ou guère plus, les yeux tels deux fentes, et l'allure d'un militaire de carrière à la retraite. Ça ne promettait rien de bon. L'autre était jeune, maximum trente ans. Il regardait autour de lui et avait un visage intelligent.

Du côté du président, il y avait les deux autres femmes. L'une qui ressemblait à une directrice d'école et l'autre, comme par hasard auprès du président,

1. Juge *a latere* : juge professionnel qui ne préside pas la cour d'assises. *(N.d.T.)*

bronzée, maquillée, lèvres tapageuses, sortant tout juste de chez le coiffeur.

J'interrompis mon tour d'observation quand je m'aperçus que le procureur s'apprêtait à conclure avec l'acte d'accusation.

« … je demande donc l'audition des témoins indiqués sur la liste, le versement au dossier des documents que j'ai précédemment indiqués, et l'examen de l'accusé, s'il l'accepte. Au cas où l'accusé refuserait de se soumettre à un interrogatoire, je demande d'ores et déjà que le procès-verbal de l'interrogatoire rendu au cours de l'enquête préliminaire soit versé au dossier des débats. En outre, comme les deux témoins de nationalité sénégalaise sont introuvables, et que leur présence dans ce débat est donc impossible, je demande – conformément à l'article 512 bis – le versement au dossier des déclarations qu'ils ont faites au cours de l'enquête préliminaire. »

Le président donna la parole à Cotugno, qui s'exprima brièvement. La partie civile, déclara-t-il, ne participait pas à ce procès par esprit de vengeance, mais seulement pour que justice soit faite. Et justice est faite lorsque, une fois les responsabilités rigoureusement avérées, sont prescrites avec tout autant de rigueur des peines correspondant à la gravité des faits. Il ne faisait pas de requêtes de preuve et s'associait à l'ensemble des requêtes du ministère public, dont il partageait pleinement la teneur.

C'était mon tour.

« Monsieur le président, monsieur le juge, mesdames et messieurs les jurés. Le ministère public s'est exprimé comme s'il exposait les motivations d'une condamnation. Au cours de l'instruction contradictoire, en procédant au contre-interrogatoire des témoins – oui, les témoins du ministère public –, nous vous démontrerons que cette sentence de condamnation, déjà inscrite dans l'esprit du représentant de l'accusation, n'est qu'un tissu de conjectures. Nous vous démontrerons que l'enquête a d'emblée été menée de sorte que l'on trouve non pas *le* coupable de cet horrible crime, mais *un* coupable. Nous vous démontrerons que l'urgence – par ailleurs sacro-sainte – de donner une réponse à l'exigence de justice des parents du pauvre Francesco Rubino, et de l'ensemble de la population, a conduit à une manipulation objective du matériel probatoire. Je désire être clair sur ce point. Nous n'entendons pas soutenir que les preuves ont été délibérément manipulées – ni par les carabiniers ni, encore moins, par le ministère public – pour nuire à mon client, monsieur Abdou Thiam. Nous entendons soutenir que le besoin désespéré de trouver au plus vite un coupable qui satisfasse cette exigence de justice a entraîné une myopie au niveau de l'enquête, des défauts de perspective, des erreurs de méthode…

Le président m'interrompit.

« Maître Guerrieri, vous devez faire vos requêtes de preuve, si vous en avez. N'anticipez pas votre plaidoirie.

– Avec tout le respect qui vous est dû, Monsieur le président, je vous fais remarquer que je me borne à indiquer les faits que j'entends prouver, conformément à ce qui est prévu à l'article 493 du code de procédure civile. J'entends plus particulièrement prouver qu'une mauvaise orientation de l'enquête – certes menée dans les meilleures intentions – a conditionné la qualité et la crédibilité du matériel probatoire rassemblé. J'ai presque terminé ; donc, si vous le permettez, je vais poursuivre.

– Maître, je vous laisse poursuivre, mais n'outrepassez pas vos prérogatives.

– Merci, Monsieur le président. Je disais donc que, du fait d'une série de coïncidences, l'identification presque immédiate d'un éventuel suspect a conduit les enquêteurs à transformer, par une sorte d'enchaînement inconscient, des soupçons en conjectures, et des conjectures en preuves présumées. L'objectif que nous poursuivrons au cours du débat consistera à dévoiler ce mécanisme, à faire le chemin à rebours, pour pointer les passages hasardeux, les déductions erronées et, quand bien même celle-ci serait involontaire, la substantielle, la flagrante injustice de l'enquête.

« Je n'ai pas de requête de preuve à formuler pour le moment, même si j'annonce qu'à l'occasion de certains contre-examens, j'utiliserai de nouveaux documents. Documents dont je demanderai ensuite qu'ils soient versés au dossier. Je veux conclure en signalant aux jurés que, dans un pays civilisé, le fait qu'une personne soit accusée ne prouve rien. Laissez-moi réitérer cette idée : l'accusé n'a rien à prouver. C'est l'accusation qui doit prouver, *au-delà de tout doute raisonnable*, la responsabilité de l'accusé. Je vous demande de vous en souvenir tout au long de ce procès. Merci. »

J'avais improvisé, mais lorsque je me rassis, j'étais assez satisfait. Le coup du chemin à rebours, des preuves présumées, des conjectures et des simples soupçons, ça m'avait bien plu. Et en cherchant à convaincre les autres – les juges –, j'avais commencé par me convaincre moi-même. Ça arrive, dans ce métier. Il faut que ça arrive.

Peut-être qu'on s'en tirerait. Peut-être que la situation n'était pas aussi désespérée que je l'imaginais ce matin et les jours précédents.

Peut-être.

Le président dressa procès-verbal d'une courte ordonnance où il recevait les preuves requises et renvoyait le procès au lendemain, pour le début de l'instruction contradictoire. Ce matin-là, nous expliqua-t-il hors procès-verbal, deux des jurés avaient des engagements auxquels ils ne pouvaient se soustraire, et dans ce cas le report était inévitable.

La cour quitta la salle, un agent de l'escorte passa les menottes à Abdou et l'emmena, le public se dispersa.

Je rangeai mes papiers. Pliai ma robe sur mon avant-bras et saisis mon porte-documents de ma main libre. Je me dirigeai le dernier vers la sortie.

4

Le premier témoin du ministère public était un lieutenant des carabiniers, le commandant de l'unité opérationnelle de Monopoli. C'était un garçon de vingt-six ou vingt-sept ans, à l'air sympathique, pas trop martial.

Le président lui demanda de prononcer la déclaration sous serment. Le lieutenant prit la feuille froissée que le greffier lui tendait et lut : « Conscient de la responsabilité morale et juridique qui m'incombe, je jure de dire toute la vérité. Je jure de ne rien cacher de ce que je sais. »

« Déclinez vos titres et qualités.

– Lieutenant Moroni Alfredo, né à Brescia le 12 septembre 1973, domicilié auprès de la compagnie des carabiniers de Monopoli. Je suis le commandant de l'unité opérationnelle et de la brigade mobile.

– Monsieur le procureur, vous pouvez procéder à l'examen direct. »

Cervellati prit dans le dossier posé devant lui une feuille couverte de notes et commença.

« Alors lieutenant, voulez-vous dire à la cour quel a été votre rôle durant l'enquête relative à l'enlèvement et au meurtre du petit Francesco Rubino ?

– Oui monsieur. Le 5 août 1999, vers dix-neuf heures cinquante, un appel est parvenu au central, au 112. On signalait la disparition d'un enfant de neuf ans, répondant au nom de Rubino Francesco. L'appel venait du grand-père de l'enfant, chez lequel le petit passait ses vacances, parce que, si je ne me trompe pas, ses parents sont séparés.

– Ça va lieutenant, essayez d'éviter les détails superflus. Tenez-vous-en aux faits. »

Le lieutenant sembla sur le point de répliquer. Il n'avait guère apprécié cette interruption. Mais c'était un carabinier. Il ne dit rien et après une courte pause, il reprit.

« Une fois le signalement parvenu au central, j'ai été personnellement informé et j'ai envoyé une patrouille de la brigade mobile à la villa des grands-parents…

– Où se trouve la villa ?

– J'allais le dire. La villa des grands-parents se trouvait… se trouve dans le quartier de Capitolo, non loin d'un établissement de bains, le Duna Beach. Les membres de la patrouille, une fois arrivés sur les lieux et en la présence des grands-parents, se sont rendu compte que l'affaire pouvait être grave car l'enfant avait disparu depuis presque deux heures. Ils se sont donc mis en contact avec moi. À ce stade, j'ai également communiqué l'information à mon collègue du commissariat afin que les forces de police participent aux recherches. Après quoi, je me suis rendu sur les lieux avec les hommes de l'unité opérationnelle.

– Comment les recherches ont-elles été organisées ?

– Outre la police d'État, les gardiens de la paix – enfin, la police municipale – ont participé aux recherches. J'ai bien sûr fait remonter l'affaire jusqu'à mes supérieurs, à Bari. Il faut préciser que le capitaine était en congé de maladie et que j'étais responsable de la compagnie de Monopoli. De toute façon, sauf durant la toute première phase, le personnel du chef-lieu s'est joint aux recherches. Le lendemain matin, nous faisions intervenir la brigade canine.

– Est-ce que des éléments importants ont émergé suite à l'intervention des chiens ?

– Oui monsieur. Nous avons amené les chiens près de la villa des grands-parents, et nous les avons fait partir de l'endroit exact où l'enfant jouait quand il a été vu pour la dernière fois. Les chiens sont partis sans hésiter ; ils ont traversé toute l'esplanade – qui se trouve derrière la grille de la villa – et ils sont arrivés sur la vicinale, qui part de la départementale de Capitolo et conduit à ce lotissement. Ils ont parcouru cette vicinale jusqu'à la départementale, puis ils se sont arrêtés. C'est-à-dire qu'au niveau de l'intersection entre la départementale et la vicinale, les chiens ont perdu la piste de l'enfant. Nous les avons amenés de l'autre côté de la route, puis à une centaine de mètres de là, des deux côtés, mais sans résultat. Le dernier endroit où, visiblement, ils sentaient encore l'odeur de l'enfant, c'était à l'intersection entre la vicinale et la départementale. Nous en avons donc conclu que l'enfant était monté à bord d'une automobile.

– Quand a-t-on retrouvé l'enfant ? Et selon quelles modalités ?

– Nous avons retrouvé le corps de l'enfant aux environs de Polignano, dans un puits, dans la campagne, non loin de la côte. Un appel anonyme était parvenu à la caserne des carabiniers de Polignano.

– Que disait la personne qui a téléphoné ?

– Elle disait que l'enfant que nous recherchions était dans un puits, au lieu-dit San Vito, sur le territoire de la commune de Polignano. La personne précisait à quel niveau se trouvait le puits. Je veux dire par là qu'elle a ajouté quelque chose comme : au niveau du kilomètre… maintenant, je ne me rappelle plus. De toute façon, elle parlait de la départementale 16.

– Pouvez-vous nous dire si cette personne avait un accent particulier ? »

C'était le moment d'intervenir.

« Objection, Monsieur le président. Je laisse pour le moment de côté le caractère anonyme de cet appel, et je me borne à observer que le lieutenant, d'après ce que je sais, n'a pas reçu personnellement cet appel. Ces questions sur la teneur de l'appel – en admettant que celles-ci soient recevables, mais nous en discuterons plus tard – doivent être posées au carabinier qui a reçu la communication. »

Le président déclara que j'avais raison et rejeta la question. L'interrogatoire se poursuivit, monotone, évoquant l'évolution de l'enquête jusqu'au moment de l'arrestation d'Abdou. Le lieutenant s'était borné à coordonner les opérations ; il n'avait pas pris part aux perquisitions ; il n'avait pas interrogé les principaux témoins et sa déposition était donc d'une importance secondaire, de mon point de vue.

Quand Cervellati eut fini, l'avocat de la partie civile déclara que l'examen du ministère public avait été exhaustif et qu'il n'avait pas de questions.

C'était à mon tour, si j'avais des questions, précisa le président.

En réalité, je n'avais pas grand-chose à demander au lieutenant et j'aurais parfaitement pu me passer de l'interroger. Mais il était nécessaire de faire sentir aux jurés que j'existais. Alors j'ai dit que oui, j'avais des questions à poser au témoin.

« Donc, lieutenant, vous avez dit que l'appel par lequel on signalait la disparition de l'enfant était arrivé à votre standard à…

– À dix-neuf heures cinquante.

– À dix-neuf heures cinquante, merci. Et la patrouille que vous avez envoyée, quand est-elle arrivée à la villa des grands-parents ?

– Le temps de faire le trajet. De la caserne de Monopoli jusqu'à Capitolo, je dirais un quart d'heure, vingt minutes au maximum.

– À quelle heure l'enfant a-t-il disparu ?

– Comment est-ce que je peux vous dire une heure précise ?…

– Écoutez lieutenant, je vous pose cette question parce que, en répondant à l'accusation, vous avez affirmé que la patrouille s'était rendu compte que l'enfant avait disparu depuis déjà deux heures.

– Oui, bien sûr. Je veux dire que ce sont mes hommes qui m'ont communiqué cet élément.

– S'il vous plaît, pourriez-vous donc dire – et ce, sur la base des éléments en votre possession – grosso modo vers quelle heure l'enfant a disparu ?

– Environ deux heures auparavant, comme je l'ai dit.

– Donc ?

– Vers six heures, plus ou moins.

– L'enfant a disparu vers dix-huit heures et le grand-père a appelé à dix-neuf heures cinquante, n'est-ce pas ?

– Approximativement.

– Alors, l'enfant a disparu approximativement à

dix-huit heures et le grand-père a appelé à dix-neuf heures cinquante. C'est cela ?

– Oui.

– Avez-vous, même de manière informelle, demandé au grand-père pourquoi il avait attendu près de deux heures avant de donner l'alarme ?

– J'ignore pourquoi il a attendu. Ils ont probablement dû faire des recherches…

– Excusez-moi si je vous interromps, lieutenant. Je ne vous ai pas demandé votre avis sur cet aspect. Je vous ai demandé si le grand-père aurait expliqué pour quelle raison il avait attendu – presque – deux heures. Pouvez-vous répondre à cette question ?

– Je ne me rappelle pas s'il a parlé de ça.

– Vous souvenez-vous le lui avoir demandé, même de manière informelle ?

– Non, je ne m'en souviens pas.

– Il est donc correct d'affirmer que vous ne savez pas ce qui s'est passé pendant les deux heures qui se sont écoulées entre la disparition de l'enfant et l'appel téléphonique ?

– Écoutez, maître, à ce moment-là, on s'est inquiétés de chercher l'enfant, d'organiser les battues, etc. Pas de comprendre comment et pourquoi le grand-père avait tardé à signaler la disparition. En admettant qu'il ait tardé.

– Certainement. Personne ne conteste la valeur de votre travail. Je voulais juste vous poser quelques questions. Vous avez fait allusion au fait que les parents de l'enfant étaient séparés, avant que l'accusation ne vous interrompe… »

L'accusation m'interrompit moi aussi.

« Objection, Monsieur le président, je ne vois pas en

quoi la séparation des parents de l'enfant a quelque chose à voir avec l'objet de ce procès. »

Cotugno intervint à son tour.

« La partie civile s'associe à l'objection. Il s'agit d'une famille qui a déjà vécu un drame ; nous ne voyons pas pourquoi la vie privée des parents devrait être remuée, alors que cela n'a aucun rapport avec le procès qui nous occupe. »

Normalement, je n'aurais pas insisté. J'avais posé la question histoire de sonder le terrain, et parce que le procureur avait interrompu le lieutenant sur ce point. Mais bon, la réaction de mes adversaires me semblait excessive. Je décidai donc d'insister là-dessus encore un peu. Pour voir ce qui se passerait.

« Monsieur le président, je ne comprends pas la réaction du ministère public et de la partie civile sur ce point. Je n'entends nullement manquer de respect à la famille de l'enfant ni à la douleur qui l'a frappée. Du reste, je ne vois pas en quoi ma question pourrait produire un tel effet. Mon seul objectif est de comprendre ce qui est arrivé dans les minutes et les heures qui ont immédiatement suivi la disparition, et de savoir si les parents de l'enfant ont participé aux recherches.

– Dans cette limite, vous pouvez continuer, maître.

– Merci, Monsieur le président. Nous étions en train de dire que les parents de l'enfant étaient – ou sont ? – séparés. C'est cela ?

– Je crois que oui.

– Quand l'avez-vous appris ?

– Quand je me suis rendu sur les lieux.

– Les parents de l'enfant étaient-ils là ?

– Non.

– Savez-vous où ils se trouvaient ?

– Non… bon, je crois que la mère était partie en vacances pour quelques jours… le père, je ne sais pas.

– Comment avez-vous eu ces informations ?

– C'est ce que m'a rapporté monsieur Abbrescia, c'est-à-dire le grand-père maternel, quand je suis arrivé sur les lieux.

– Monsieur Abbrescia vous a-t-il dit si les parents avaient été avertis de la disparition ?

– Oui. Il m'a dit qu'il avait joint sa fille sur son portable et qu'elle était en train de revenir, mais je ne sais plus d'où. À moins qu'on ne me l'ait pas dit. De toute façon, j'ai vu la mère de l'enfant tard dans la soirée, toujours à la villa, que nous utilisions comme QG pour nos recherches.

– Et le père ?

– Écoutez, je ne sais pas quoi vous dire à propos du père. J'ai vu monsieur Rubino le lendemain, mais j'ignore quand il est arrivé, et d'où…

– Vous savez s'il était lui aussi en vacances ?

– Je ne sais pas.

– Vous savez si, outre la mère de l'enfant, les grands-parents ont également appelé son père ?

– Je ne sais pas.

– Plus généralement, savez-vous qui a averti le père de l'enfant ?

– Non.

– De toute façon, le soir de la disparition, la mère est arrivée, mais pas le père. C'est juste ?

– C'est juste.

– Merci, je n'ai pas d'autres questions. »

En réalité, ces questions étaient inutiles. La séparation des parents n'avait rien à voir avec la disparition de l'enfant, avec le procès ni avec tout le reste. Le ministère public et la partie civile avaient probablement raison de faire objection.

Mais je n'avais guère de marge, c'était peu de le dire. Je devais donc faire quelque chose, même tirer des salves tous azimuts dans l'espoir d'entendre un écho et de comprendre où pouvait bien se situer la voie. Que j'essaierais d'emprunter.

Les manuels destinés aux avocats diraient que ce n'est pas ainsi qu'il faut procéder.

Ne posez pas de questions dont vous ne pouvez prévoir la réponse. On ne contre-examine pas à tâtons, sans un objectif précis à atteindre. Le contre-examen doit être rigoureusement planifié ; rien ne doit être laissé à l'improvisation, car dans le cas contraire, cela pourrait renforcer la position de l'adversaire. Et cetera, et cetera, et cetera…

J'aurais bien voulu les voir faire, ces messieurs qui rédigent les manuels. J'aurais bien voulu les voir au milieu du bruit, de la saleté, du sang, de la merde d'un vrai procès. Et j'aurais voulu les voir appliquer leurs théories.

On ne contre-examine pas à tâtons.

J'aurais bien voulu les y voir. Moi, je devais forcément y aller à tâtons. Et pas seulement pour ce qui était du procès.

S'ensuivit l'audition de différents témoins. Notamment celle du carabinier ayant reçu l'appel qui avait permis de retrouver le corps de l'enfant. Il déclara que l'accent de l'interlocuteur anonyme était *bizarre*. Le procureur voulait quelque chose de plus. Il aurait probablement voulu que le témoin affirme que c'était un accent *sénégalais*. Le carabinier ne lui fut cependant d'aucune aide. L'accent, pour lui, demeura simplement bizarre, ce qui voulait dire tout et n'importe quoi.

Vinrent les maîtres-chiens qui ne racontèrent rien de nouveau par rapport à ce qu'avait dit le lieutenant. Vint le pompier qui était descendu dans le puits pour hisser le corps de l'enfant et le remonter. Témoignage à la fois triste et inutile.

Puis on entendit quelques clients de l'établissement de bains, le Duna Beach. Ils connaissaient Abdou, quelques-uns avaient acheté sa marchandise, tous se rappelaient que, parfois, le Sénégalais s'arrêtait pour bavarder avec eux, sur la plage. Ils déclarèrent que parfois, ils l'avaient aussi vu bavarder avec l'enfant. Je leur demandai comment se comportait Abdou, et tous déclarèrent qu'il était toujours cordial et qu'il n'avait jamais eu de comportements étranges. Avec l'enfant, on aurait presque dit des amis.

On aurait dû entendre le médecin légiste qui avait effectué l'autopsie, mais il n'était pas là. Il avait envoyé un justificatif et demandait à être entendu lors d'une autre audience. Le président n'était pas mécontent de s'en aller un peu plus tôt que prévu. Le procès fut renvoyé au lundi suivant.

Je pensai qu'à cette date, la chaleur serait hélas arrivée. Au mois de juin, on ne pouvait pas toujours avoir une telle chance avec la température.

5

Depuis la soirée chez Margherita, environ deux semaines s'étaient écoulées. On ne s'était pas revus depuis, ni téléphoné. Il m'était arrivé quelque chose d'étrange le lendemain matin : je culpabilisais. Par rapport à Sara, j'imagine.

Chose étrange, parce que Sara m'avait quitté et vivait sa vie depuis plus d'un an et demi. Et pourtant, c'était absurde, je prenais conscience pour la première fois que je l'avais trompée. Du seul fait que je m'étais senti bien, ce soir-là, en compagnie de Margherita.

Quand on était mariés et qu'on vivait ensemble, j'avais fait pas mal de conneries. Ça me mettait mal à l'aise, et ça m'avait parfois conduit à éprouver du mépris pour moi-même. Mais je n'avais jamais vraiment culpabilisé, du moins pas comme au lendemain de cette soirée.

J'ai souvent repensé à ce phénomène. À l'époque, je ne comprenais pas. Maintenant, peut-être.

On s'attache même à la douleur, au désespoir. Quand on a énormément souffert pour une personne, le fait que la douleur s'apaise nous effare. Parce que nous croyons que cela veut dire, une fois encore, que tout, vraiment tout, a une fin.

Ça n'est pas vrai, mais là, je n'étais pas encore prêt à le comprendre.

Et je n'avais pas appelé Margherita. Je n'avais pas cherché à la revoir parce que j'avais peur de perdre ma douleur. Étranges créatures que nous sommes.

De toute façon, c'est elle qui m'appela. J'étais à la librairie, vers deux heures et demie de l'après-midi, mon heure préférée. Il n'y a jamais personne ; on réussit à écouter la musique d'ambiance et, sans les gens, on arrive même à sentir flotter dans l'air le parfum du papier neuf.

Je pris la communication sur mon mobile tandis que je me livrais à la lecture rapide d'un essai. Une vieille technique mise au point quand je n'avais pas suffisamment d'argent pour m'acheter tous les livres que je voulais.

Qu'est-ce que j'étais en train de faire ? Ah, j'étais à la librairie. Si j'avais envie qu'on prenne un café ensemble ? J'avais envie. Juste le temps d'arriver de chez Laterza jusqu'à la maison. Une dizaine de minutes. Non, je ne bois pas de déca ; plutôt un café normal. À tout de suite. Oui, moi aussi je suis content de t'entendre. Vraiment.

Tandis que je me dépêchais – sans en avoir conscience – de rentrer chez moi, je m'aperçus que je ne me souvenais pas de lui avoir donné mon numéro de portable ; que je ne me rappelais pas lui avoir parlé de mes problèmes de sommeil ni de café décaféiné ; que j'étais content qu'elle m'ait appelé.

Elle me salua d'une poignée de main en m'attirant légèrement vers elle, puis elle m'embrassa sur les deux joues. Un bonjour amical, un brin « salut mon pote ». Et pourtant quelque chose se fit sentir sous mon nombril et je rougis, un peu.

Margherita me fit asseoir sur la terrasse exposée au

nord, donc à l'ombre et fraîche. On a pris notre café et allumé des cigarettes. Elle portait un jean délavé et un T-shirt à manches mi-longues où on pouvait lire : *Ce que la chenille appelle la fin du monde, le reste du monde l'appelle un papillon. Lao Tseu.*

Elle était bronzée au niveau du visage et des bras, qu'elle avait beaux et musclés. Elle avait lu le journal qui parlait du procès d'Abdou, lequel, comme on dit, faisait les gros titres. Elle avait lu que j'étais son avocat et m'avait passé un coup de fil pour en savoir plus. J'eus une petite pointe de déception. Elle ne m'avait appelé que pour s'informer sur le procès, parce qu'elle était curieuse. L'espace d'un instant, j'eus la tentation de prendre la chose de haut. Mais ça me passa tout de suite, heureusement.

Je lui racontai. Le contenu de l'acte d'accusation ; le fait qu'il y avait *beaucoup* plus de conjectures que de preuves tangibles ; la manière dont j'avais hérité de cette affaire ; Abagiage et tout le reste.

La question, je m'y attendais, arriva sans crier gare.

« Tu crois que ce Sénégalais est innocent ?

– Je n'en sais rien. Dans un certain sens, ça n'est pas mon problème. Ces gens, il faut les défendre le mieux possible, qu'ils soient innocents ou coupables. La vérité, si elle existe, c'est aux juges de la trouver. Nous, nous devons défendre les prévenus. »

Elle éclata de rire.

« Bravo. Qu'est-ce que c'est ? La leçon inaugurale du cours : *Avocat ou la noblesse d'une profession* ? Tu veux faire de la politique ? »

Je me mis à chercher une réponse adéquate, que je ne trouvai pas. Elle avait raison et je me demandai pourquoi j'avais fait preuve de cette suffisance ridicule.

« Hé, t'es pas vexé au moins ? Je plaisantais. »

Elle me regarda droit dans les yeux en allongeant son cou et en s'interposant dans mon champ de vision. Je me rendis compte que j'étais resté silencieux un peu plus que de raison.

« D'accord, je suis ridicule. Je crois qu'Abdou est innocent, mais j'ai peur de le dire.

– Pourquoi ?

– Parce que je pense ça sur la base de mon intuition, de mon imagination. Je l'aime bien et donc je pense qu'il est innocent. Parce que je *voudrais* qu'il soit innocent. Et puis j'ai peur qu'il soit condamné. Si je suis trop convaincu de son innocence et qu'il est condamné – et il est probable qu'il sera condamné –, ça va être un coup dur pour moi. Bon, ça sera encore pire pour lui.

– Pourquoi est-ce que tu l'aimes bien ? »

Je fus surpris de réagir sans réfléchir. Et de découvrir ma réponse au moment même où je la formulais.

« Parce que je reconnais en lui quelque chose. Quelque chose de moi, enfin je crois. »

Cette réponse sembla la frapper, car elle ne répliqua pas et garda les yeux baissés, tournés vers la gauche. Elle est perdue dans ses pensées, me dis-je. Je la regardai jusqu'à ce qu'elle ait fini, jusqu'à ce qu'elle reprenne la parole.

« J'aimerais venir au procès. Je peux ?

– Bien sûr que tu peux. La prochaine audience a lieu lundi.

– Je peux lire les documents, avant ? »

J'eus envie de sourire, je ne sais pourquoi. Je ne sais pourquoi, je pensai qu'elle ne ratait jamais son coup. Je songeai aux manuels d'arts martiaux rangés dans sa bibliothèque. Je ne lui avais pas demandé pourquoi elle avait tous ces livres, si elle pratiquait une de ces disciplines, et laquelle. Ce que je fis sur-le-champ.

« Tu peux les lire quand tu veux. Je pourrais les apporter ici, mais ça serait peut-être mieux que tu viennes à mon cabinet. Ça représente un sacré tas de paperasse. Pourquoi as-tu tous ces livres sur les arts martiaux ?

– Je fais un peu d'aïkido. Depuis que j'ai arrêté de boire.

– Ça veut dire quoi : un peu ?

– Je suis ceinture noire deuxième dan.

– J'aimerais bien te voir.

– D'accord. Viens. »

Une fois rentrée à l'intérieur, elle prit une cassette dans une armoire, alluma le magnétoscope et m'invita à m'asseoir.

La vidéo commençait par l'image d'un gymnase de style japonais, vide, avec un tatami vert. On entendit alors une voix hors champ dire quelque chose que je ne compris pas. Puis une fille en kimono blanc et large pantalon noir entra dans le champ. Ses cheveux étaient réunis en une queue de cheval. Je mis quelques secondes avant de reconnaître Margherita. Elle regardait hors du cadre. Un homme vêtu de la même manière surgit de cette direction. Il la saisit par le col de son kimono ; elle lui prend la main et pivote sur ses jambes. On aurait dit qu'elle évoluait au ralenti, mais je ne compris tout de même pas comment l'homme, dans un bruissement, fut projeté sur le tatami. Sans s'arrêter, après avoir roulé sur ses pieds et s'être retourné, l'homme attaque de nouveau. Sa main ouverte s'abat sur la tête de Margherita. Encore une rotation, encore un mouvement incompréhensible, et l'homme s'envole à nouveau, tandis que son large pantalon noir dessine, dans l'espace des figures élégantes. Suivirent d'autres séquences où les adversaires avaient des bâtons, ou des couteaux, ou attaquaient deux par deux.

C'était un spectacle hypnotique qui dura une vingtaine de minutes. Puis Margherita ôta la cassette et la rangea. Elle n'avait fait aucun commentaire. Moi non plus. Après quoi, on est restés tous les deux muets, un temps indéterminé. Et pourtant, peut-être pour la première fois de ma vie, je ne me sentais pas mal à l'aise dans le silence. Je n'avais pas hâte de le remplir, d'une manière ou d'une autre, avec ma voix ou quelque autre bruit. J'avais l'impression d'en deviner la trame délicate, mobile. La musique, pensai-je à cet instant.

Quand arriva le moment de partir, je me rendis compte que pendant tout ce temps, avant et après la cassette, j'avais surtout regardé ses bras. J'avais regardé sa peau dorée et lumineuse, ses muscles effilés et forts. J'avais regardé le léger duvet blond de ses avant-bras qui se dressait légèrement quand se levait un coup de vent plus frais sur la terrasse.

« Tu as de très beaux bras, dis-je sur le seuil de la porte. » Puis je pensai que je ne pouvais pas faire les choses à moitié comme d'habitude. Alors je terminai :

« Tu es une très belle femme.

– Merci. Toi aussi tu es un très bel homme. Tu ne souris pas souvent, mais quand tu le fais, tu es magnifique. Tu as un sourire d'enfant. »

Personne ne m'avait jamais rien dit de tel.

6

Le lundi suivant était prévue la déposition du carabinier qui avait rédigé les principaux rapports d'enquête ; celle du médecin légiste qui avait pratiqué l'autopsie ; et surtout celle du propriétaire du bar Maracaibo. Celui qui disait avoir vu Abdou passer peu avant la disparition de l'enfant. C'était une audience fondamentale, si ce n'est décisive, et j'avais ainsi passé le samedi et le dimanche matin à potasser les procès-verbaux et quelques textes de médecine légale.

Le samedi matin, j'étais même allé à la papeterie voisine où l'on faisait des photocopies couleur. La propriétaire m'avait regardé d'un drôle d'air quand je lui avais dit ce dont j'avais besoin.

En sortant, j'étais pourtant satisfait du travail effectué par la dame et de ce que je rapportais. J'avais, me semblait-il, quelques cartes à jouer.

Margherita était passée à mon cabinet le vendredi après-midi. Elle avait lu les documents pendant plus de trois heures, toute seule dans la petite salle de réunion. Elle avait demandé à une Maria Teresa fort perplexe quelques photocopies, puis, vers vingt et une heures, elle était passée me dire bonsoir. Elle partait en week-end samedi et dimanche.

Avec qui ? pensai-je l'espace d'une seconde.

On se verrait donc lundi matin, à neuf heures trente,

en cour d'assises. « Bises », dit-elle en partant. Bises, aurais-je voulu répondre. Mais je fis juste un geste de la main et je restai à la regarder, refermant lentement ma paume suspendue en l'air quand elle eut quitté la pièce.

En cette fin de semaine heureusement encore assez fraîche, travailler ne fut pas trop pénible.

Dimanche, vers une heure et demie, j'estimai être arrivé au bout et je décidai de sortir. À cette heure-ci, je pouvais aller à la mer. Dans cette ville déserte aux rues dégagées, j'arriverais où bon me semblait. En un rien de temps. Je pris un sac où je fourrai une serviette, un maillot et un livre. Puis je descendis.

La ville était vraiment tout ce qu'il y a de plus désert ; en quelques minutes j'avais traversé le centre et je filai le long du front de mer en laissant derrière moi le vieil Albergo delle Nazioni. Ma Mercedes roulait en produisant un ronronnement apaisant et je m'engageai sur la voie rapide sans même m'en apercevoir. En sortant, j'avais envisagé de m'arrêter à une vingtaine de kilomètres de Bari. Que sais-je, à Cozze, ou au maximum à Polignano. Mais sur la route je changeai d'avis et je mis les gaz jusqu'à la sortie pour Capitolo.

Il y avait moins de monde que je ne l'aurais pensé et je trouvai facilement une place, sur le parking d'un établissement de bains qui – je m'en aperçus tandis que je descendais de voiture – devait être tout au plus à un kilomètre de l'endroit où l'enfant avait disparu.

Je payai le billet comprenant parking et accès à la plage, et je me dirigeai vers le rivage après avoir ôté mes chaussures. J'éprouvais une étrange sensation. Un an avait passé depuis l'été où j'avais cru devenir fou. L'année dernière encore, je détestais la lumière aveuglante du soleil, je détestais les plages, je détestais tous ces gens qui semblaient tellement à l'aise tandis que moi, je ne me sentais à ma place nulle part.

Aujourd'hui, j'avais l'impression d'être un convalescent. Je regardais les gens, la mer, le sable, tout ce que j'avais haï l'année précédente, et je m'étonnais que ce spectacle ne m'agresse plus. J'éprouvais une espèce de douce indifférence et j'avais quelque difficulté à croire que j'avais pu être aussi mal.

C'était une sensation étrange, un peu mélancolique, mais une bonne sensation.

Je me changeai dans une cabine commune, je louai une chaise longue et la fis placer juste au bord du rivage. La mer était exactement comme je l'aime. Calme mais pas d'huile ; le vent en ridait légèrement la surface. On était bien au soleil. Chaleur idéale pour fermer les yeux, pour s'endormir, un livre posé sur le sable à côté du transat. C'est bien ce que je fis, tandis que les clameurs de la plage se dissipaient dans l'étrange bien-être où j'étais plongé.

Je rêvai, comme l'on rêve durant cette phase curieuse située entre la veille et le sommeil, ou vice-versa.

Je rencontrais Sara dans la rue, à côté de chez nous. Enfin, je veux dire ce qui avait été chez nous et qui était maintenant chez elle. Elle venait à ma rencontre, elle me serrait dans ses bras et m'embrassait sur les lèvres. Je lui rendais son étreinte mais j'étais gêné. Au fond – dans le rêve –, on ne se voyait pas et on ne se parlait pas depuis quatre ans. Ce que je lui disais, en quelque sorte. Elle me regardait et me demandait si j'étais fou ; elle avait l'air effrayé, comme si elle allait se mettre à pleurer. Je lui répétais qu'on ne se voyait pas depuis quatre ans et alors là, elle fondait en larmes, éperdue. Elle me demandait pourquoi je lui disais pareille méchanceté et je ne savais que faire, parce qu'elle paraissait vraiment désespérée. La tristesse s'emparait de moi, je pensais que c'était juste un rêve et je voulais ouvrir les yeux. Pendant un laps de temps indéfini, je n'y arrivai pas et je demeurai là, à mi-chemin entre le rêve et les voix de la plage.

Puis je sentis des gouttes d'eau sur mon visage et sur ma poitrine, et j'entendis une voix que je reconnus tout de suite. Elena.

« Guido ! Guido, ça fait une éternité !

– Elena, comme ça me fait plaisir… »

Menteur, misérable menteur, pensai-je textuellement. Moi, Elena, je l'avais toujours détestée. Elle, son affreux mari et son affreux groupe d'amis. Elle était allée au lycée et à l'université avec Sara, et était persuadée d'être sa meilleure amie. Sara n'était pas du même avis, mais elle ne voulait pas se montrer désagréable. Ainsi étions-nous contraints, périodiquement, d'accepter l'invitation à dîner d'Elena, et parfois même de lui rendre la politesse.

Elle m'enveloppa dans un nuage d'Opium tandis qu'elle se penchait pour m'embrasser. Opium ? À la plage ? Je savais avec certitude qu'après la séparation, elle avait dit beaucoup de choses sur moi, et pas des plus gentilles. Maintenant, parfaitement cohérente avec son personnage, elle me serrait dans ses bras, elle m'embrassait, elle me demandait ce que j'avais fait pendant tout ce temps.

« Guido, comme tu es en forme ! Tu as fait du sport cet hiver ? Tu es seul ou tu as une fiancée ? » Œillade complice, genre *tu peux me le dire, je me bornerai à passer une petite annonce dans le journal et à coller une centaine d'affiches dans la ville.*

« C'est ça connasse, je suis seul et j'entends le rester. Mais vu que tu es venue ici me casser les burnes, j'ai quelque chose à te dire. Alors écoute-moi bien. Tes dîners ont toujours été une torture et en plus la bouffe était dégueulasse. Je sais, tout le monde disait que tu étais fine cuisinière et ça, ça restera toujours un mystère pour moi. Ton mari, c'est dingue, est encore pire que toi. Et vos amis, c'est dingue, sont encore pires que lui. Une fois, ils m'ont même proposé de m'inscrire au Rotary. Je voulais te dire que je suis *communiste*. Toutes ces soirées, toutes ces années, tu as eu un *communiste* à dîner. Pigé ? »

Ces choses-là, et tant d'autres, j'aurais voulu les dire. Évidemment, je lui répondis avec une politesse écœurante. Oui, j'étais seul ; non, je n'avais pas de fiancée ; bien sûr que c'est vrai ; non, ça fait longtemps que je n'ai pas vu Sara. Ah, elle était à la mer toute seule ? Il y avait un problème avec Mario ? Qui n'a pas eu de problèmes avec Mario ? Elle aussi, voilà tout. On se voit un de ces soirs ? Elle et moi ? Bien sûr. Si j'avais son numéro de portable ? Je crois bien que oui. Ah bon ? Ça n'est pas possible parce qu'elle en a un nouveau. Alors il fallait qu'elle me le donne... Bon, je l'appelle, d'accord ? Elle y comptait. Bien sûr qu'elle pouvait y compter. Bien sûr. Ciao, à bientôt, bisou, Opium, rebise et clin d'œil en guise de bouquet final.

J'allai me baigner pour tâter l'eau et pour me débarrasser de l'odeur d'Opium. L'eau était vraiment froide. Du reste, on était seulement à la mi-juin et il n'avait pas encore fait vraiment chaud. Quelques brasses et j'estimai que ça pouvait aller pour ma première baignade de la saison. Je décidai de faire une promenade sur la plage.

Il y avait des gens qui jouaient aux raquettes, mais ils n'étaient pas aussi nombreux qu'en juillet et en août. J'aurais voulu les tuer, mais j'étais disposé, vu qu'on était en début de saison, à leur accorder une mort rapide. En juillet ou en août, je les tuerais en leur infligeant d'atroces souffrances.

Je déteste les gens qui jouent aux raquettes, mais tandis que je marchais – je m'efforçais de les emmerder au maximum en me mettant délibérément dans la trajectoire de la balle –, je vis un genre de créature que je déteste encore davantage : le fumeur de pipe à la plage.

Je ne suis pas fou des gens qui fument la pipe d'une manière générale, et je deviens plutôt nerveux quand je croise quelqu'un qui fume la pipe dans la rue. Mais je deviens franchement hargneux quand je vois un type – comme cet après-midi-là – qui fume sur la plage, en regardant autour de lui avec une suffisance à la Sherlock Holmes. En caleçon.

En me livrant à ces réflexions sur les fumeurs de pipe et ceux qui jouent aux raquettes, je m'aperçus que j'allais peut-être vraiment mieux, puisque j'avais retrouvé un peu de ma saine intolérance.

C'est à ce moment-là qu'un Africain entra dans mon champ de vision. Il portait toutes sortes de babioles, certaines accrochées à une espèce de bâton flexible en équilibre sur son épaule, et d'autres dans un gros sac usé à moitié ouvert. Il était vêtu d'une longue tunique colorée lui arrivant jusqu'aux chevilles et d'un petit chapeau de forme cylindrique. Je m'arrêtai, les pieds dans l'eau, pour l'observer un instant. Je mis quelques secondes avant de comprendre pourquoi je le regardais.

Lorsque j'en eus pris conscience – et sans que la chose revête une signification particulière –, je décidai d'étudier un peu sa manière de se déplacer, de travailler. Je n'avais, naturellement, aucune intention précise. L'espace d'un instant, il me vint à l'idée de lui demander s'il connaissait Abdou. Mais je laissai tomber et me contentai de l'observer.

Il évoluait avec aisance entre les chaises longues et les serviettes posées sur le sable. À intervalles presque réguliers, il saluait de la main une dame qui lui rendait son geste. Une femme l'appela de loin par son nom, que je ne compris pas. Il se tourna et alla vers elle en souriant, puis il posa sa marchandise par terre, lui tendit la main et commença à discuter. Évidemment, je n'entendais pas ce qu'il disait, mais au mouvement de ses mains, il était clair qu'il vantait sa marchandise. Il resta plus de cinq minutes et à la fin, la dame lui acheta un sac. Il reprit sa tournée et je continuai de le suivre. Du regard d'abord, puis en marchant à une vingtaine de mètres de lui. La scène que j'avais vue se répéta à plusieurs reprises en l'espace d'une demi-heure. Sans raison aucune, je décidai de passer à côté de lui, histoire de le regarder, puis de m'en aller, car j'en avais assez de l'épier. Juste au moment où je marchais à ses côtés au point de pouvoir le toucher, j'entendis un sifflement perçant qui provenait de son gros sac. Il s'arrêta et sortit un vieux mobile Motorola dont la sonnerie était à l'évidence réglée au maximum.

Il dit « Pronto » comme les Noirs des films de série Z. *Brondo*. Comme ça. Je pensai que s'il avait été chinois, il aurait dit *plonto*. Ça ne volait pas très haut comme réflexion. Mais c'était exactement ce qui me passait par la tête à ce moment-là.

La conversation fut brève et se déroula en italien. Enfin… dans une espèce d'italien.

Oui, il était en train de travailler. Sur la plage, mon pote. Pas mal de gens. Oui mon pote, à Monopoli, plage de Capitolo. Il pouvait venir demain ; demain matin. OK mon pote, ciao.

Il ferma son portable et reprit sa route. Je restai immobile, dans le sable où je m'étais agenouillé pour écouter la conversation téléphonique. Je réfléchissais à quelque chose qui venait de me traverser l'esprit.

Et je me demandais pourquoi je n'y avais pas pensé plus tôt.

7

« Tu comprends, Guido, c'est l'âge idéal. On peut faire ce qu'on veut.

– Pardon, mais dans quel sens ?

– Merde, Guido, pas toi. Depuis que t'es seul, tu dois baiser à droite et à gauche sans aucun problème. Et tu me demandes dans quel sens !

– Baiser à droite et à gauche, ah bon… dis-je d'une voix neutre.

– Dis donc, Guido, mais qu'est-ce qui te prend, bordel ? On ne se voit pas depuis un an, peut-être plus, et t'as rien à me raconter ? »

Je marchais d'un pas plutôt rapide vers le tribunal, en trimballant deux gros sacs contenant le matériel qui me servirait à l'audience. Mon ami Alberto avait un peu de mal à me suivre, à cause de son embonpoint et de sa vie sédentaire. On s'était rencontrés dans la rue, et cela faisait plus d'un an qu'on ne s'était vus. Il venait de fêter ses quarante ans, et il se retrouvait avec deux gosses et une épouse trop grosse et aigrie.

Alberto possédait un cabinet d'avocat – hérité de son père – qui s'occupait de banque, d'assurances, et il gagnait un maximum de fric. Son sujet de prédilection, c'était *la baise*. À l'en croire, un vrai spécialiste.

Plus jeune, il était extrêmement sympathique. Un gars doté d'une veine comique naturelle, qui disait toujours des gros mots et faisait marrer tout le monde. Parce qu'il disait ça de telle façon qu'on ne pouvait s'empêcher de rire. Un type qui aurait dû exercer un autre métier. Peut-être aurait-il été heureux, ou quelque chose d'approchant. Mais il avait fait avocat. Avec les années, sa verve comique avait disparu, en même temps que ses cheveux et tout ce qui faisait sa valeur. Alberto disait encore des gros mots, mais – pensai-je ce matin-là – ça ne faisait plus rire personne depuis longtemps. C'était un homme aux abois, même s'il ne le savait pas.

« Je n'ai rien à raconter, Alberto. Vraiment. Je ne sors avec personne.

– Excuse-moi, mais maintenant que tu es seul, merde, tu peux faire ce que tu veux !

– Oui. C'est bizarre la vie, hein ?

– T'aurais pas viré pédale, hein ? »

Et le voilà qui me raconte l'histoire d'un gars que j'aurais dû connaître, ou dont j'aurais dû au moins me souvenir. Je ne m'en souvenais pas, mais je n'en dis rien à Alberto. Ce type – un dénommé Marco – dont je ne me souvenais pas était marié et avait un fils. Un jour, sa femme avait remarqué une série de choses troublantes et s'était persuadée qu'il avait quelqu'un d'autre dans sa vie. Elle lui avait – comme on dit – *collé un détective aux fesses*. Celui-ci avait bien fait son travail. Il avait découvert le pot aux roses et ainsi de suite. Il y avait juste un hic. Le gars n'avait pas une copine, il avait *un* copain. Qui exerçait le métier de boucher.

« Merde, t'as compris, Guido ? ! Sa femme pensait que c'était un chaud lapin qui s'envoyait des minettes, et lui, il se faisait péter la rondelle par un boucher. Tu te rends compte ? Un boucher. Si ça se trouve, il lui apportait des saucisses de cheval pour le goûter…

T'aurais tout de même pas viré pédé ? Tu te ferais quand même pas troncher, je sais pas moi, par un charcutier ? »

Je n'avais pas viré pédé – le rassurai-je – et j'essayais, dans la mesure du possible, d'éviter de me faire enculer par qui que ce soit.

Nous arrivâmes devant l'entrée du tribunal. Il était temps de se quitter et d'aller chacun à son travail. On devait absolument se voir un de ces soirs avec les copains. Il prononça des noms, donc l'écho résonna au loin. Une pizza ou alors un poker. C'est ça, pour de belles retrouvailles. Oui, on s'appelle cette semaine ; au plus tard la semaine prochaine. Ciao Guido – merde alors –, ça m'a fait plaisir de te voir. Ciao Alberto. Moi aussi, ça m'a fait plaisir.

Il s'éloigna vers l'ascenseur conduisant au cinquième étage, aux salles du civil. Je restai à le regarder, pensant que dans un lieu lointain, dans le gouffre du temps, on était amis.

Vraiment amis, pensai-je incrédule.

J'eus envie de dire : Adieu Alberto. Et c'est exactement ce que je fis. À voix basse, mais néanmoins audible pour quelqu'un qui se serait trouvé près de moi à ce moment-là.

Mais il n'y avait personne.

Avant que l'audience ne commence, je discutai avec Abdou. Il fallait que je vérifie si l'idée qui m'était venue à la plage avait un sens et pouvait être exploitée.

Elle pouvait être exploitée. Peut-être avions-nous une possibilité supplémentaire, mais je m'efforçai de réfréner toute forme d'enthousiasme. Quand il vous vient une idée qui semble particulièrement brillante, normalement, ça ne fonctionne pas. Et on l'a mauvaise.

J'en avais trop souvent fait l'expérience. Mais tout de même pas assez pour me résigner.

Margherita arriva à neuf heures et demie précises. Elle m'adressa un sourire depuis les bancs du public. Je lui fis signe de venir s'asseoir à côté de moi. Elle secoua la tête et fit un geste des deux mains, comme pour dire qu'elle était bien là où elle était. Je m'approchai.

« La robe te va bien, dit-elle.

– Merci. Viens t'asseoir à côté de moi. Tu as ton diplôme d'avocat. Tu as le droit.

Petit rire.

– Si c'est pour ça, je suis aussi inscrite au barreau. Mon père ne s'est jamais résigné et il a continué de payer la cotisation pour moi. Si je veux, je peux me mettre à exercer à tout moment.

– Parfait. Alors viens t'asseoir à côté de moi. Si tu veux voir comment se déroule ce procès, eh bien, il n'y a pas meilleur endroit. »

Elle hocha la tête, me rejoignit et s'assit à ma droite. J'aimais l'idée qu'elle soit là, ça me donnait un sentiment de sécurité.

On commença avec le médecin légiste. Il confirma les conclusions figurant dans son rapport d'autopsie. Il dit que l'enfant était mort par asphyxie. Il ne pouvait être plus précis, car les causes de l'asphyxie pouvaient être multiples. Toutefois l'enfant n'avait pas été étranglé, car il n'y avait pas de lésions en ce sens. Mais il pouvait avoir été étouffé avec un oreiller, dans un lieu très exigu, comme le coffre d'une voiture. Il était également possible – la littérature scientifique citait différents cas de ce genre – que l'asphyxie se soit produite au cours d'un rapport sexuel oral particulièrement violent.

Il n'y avait aucune trace de violence sexuelle et la recherche de liquide séminal avait donné un résultat négatif. L'enfant avait été trouvé entièrement habillé, avec les vêtements qu'il portait au moment de sa disparition.

Quand il avait été jeté dans le puits, il était déjà mort, puisque ses poumons ne contenaient pas d'eau.

Un contre-interrogatoire du médecin ne présentait pas d'intérêt particulier pour moi. Je me bornai donc à lui faire préciser si son allusion à un rapport sexuel oral violent était seulement le fruit de conjectures et s'il y avait un élément objectif permettant de conclure que cette forme – ou une autre – de violence sexuelle avait effectivement été infligée à l'enfant.

Après le médecin légiste, le procureur demanda à l'adjudant Lorusso, commandant adjoint de l'unité opérationnelle de Monopoli, de venir déposer. De tous les enquêteurs, c'était le principal témoin. C'est lui qui avait rédigé pratiquement tous les rapports d'enquête présentant une certaine importance. Je le connaissais depuis de nombreuses années. Je l'avais rencontré lors d'autres procès et je savais qu'il s'agissait d'un type coriace. On aurait dit un fonctionnaire, ou un professeur, avec ses petites lunettes, ses cheveux blondasses clairsemés, sa veste et sa cravate passe-partout achetées en grand magasin. Il avait l'air inoffensif, à première vue. Mais ses yeux, quand on les voyait derrière ses lunettes, étaient intelligents et froids. Avant, il travaillait à Bari dans la section Crime organisé. Mais il avait été impliqué, ainsi qu'un capitaine et un autre sous-officier, dans un épisode de violence sur une personne en état d'arrestation. Tous trois avaient été mutés, avec mention spéciale pour Lorusso qui s'était tapé deux ans dans un centre d'instruction pour jeunes recrues. Pour un flic comme lui, la punition était bien choisie.

L'examen mené par Cervellati dura plus d'une heure. Le témoin raconta la recherche de l'enfant, l'identification des témoins ; il raconta l'arrestation d'Abdou, la perquisition, tout.

Ce fut une déposition claire et efficace. L'adjudant Lorusso était quelqu'un qui connaissait son affaire.

L'avocat de la partie civile, comme à l'accoutumée, n'avait pas de questions. Ce que faisait le ministère public lui convenait toujours parfaitement. Le président me donna enfin la parole.

« Bonjour, adjudant.

– Bonjour, maître » répondit Lorusso sans regarder dans ma direction. Il était intelligent et il savait que ma cordialité ne concernait que les jurés.

Laisse tomber les conneries, maître, et voyons ce que tu sais faire. Voilà ce qu'il y avait derrière son bonjour.

D'accord, pensai-je.

« Pouvez-vous nous redire quelle est votre fonction ?

– Je suis le commandant adjoint de l'unité opérationnelle de la compagnie de Monopoli.

– Quelle était votre fonction précédente ? » Autant passer tout de suite à l'offensive, pensai-je.

« Qu'est-ce que ça a à voir, maître ? » Touché.

« S'il vous plaît, pouvez-vous dire à la cour quelle était votre précédente affectation ? »

Il hésita un instant ; il était sur le point de regarder le procureur, mais il serra les dents et finit par répondre.

« J'étais instructeur au bataillon des élèves carabiniers de Reggio de Calabre.

– Ce n'était pas un mandat de police judiciaire, si j'ai bien compris.

– Non.

– Et avant ? »

Là, Cervellati intervint.

« Objection, Monsieur le président. Je ne vois pas en quoi les précédentes fonctions de l'adjudant ont quelque chose à voir avec l'objet de sa déposition. »

Le président s'adressa à moi.

« Qu'est-ce que les précédentes fonctions du témoin ont à voir avec ce procès, maître ?

– Monsieur le président, je dois poser ces questions conformément à l'article 194, alinéa 2, du code de procédure. Les réponses, comme on le verra clairement par la suite, me serviront à évaluer la crédibilité de la déposition. »

Le président demeura un instant silencieux ; le juge *a latere* lui chuchota quelque chose à l'oreille. Enfin, après une nouvelle pause, il me dit de poursuivre d'un signe de la main.

« Alors, adjudant, quelle était votre charge avant celle d'instructeur pour jeunes recrues ? »

Tandis que je posais cette question, Lorusso se tourna un instant vers moi et me lança un regard haineux. Je m'apprêtais à faire quelque chose qu'on ne fait pas d'habitude. J'allais briser le pacte de non-agression tacitement passé entre les avocats et les flics lors des procès. Il l'avait compris. S'il en avait l'occasion, il me le ferait payer. C'était certain.

« J'appartenais à la première section des opérations spéciales de la police de Bari, unité opérationnelle du Crime organisé.

– C'est-à-dire à l'équipe formée par les meilleurs enquêteurs de la province. Donc, si j'ai bien compris, vous êtes passé d'un poste d'enquêteur de tout premier plan à celui… avons-nous dit, d'instructeur pour jeunes recrues à Reggio de Calabre. C'est cela ?

– Oui.

– S'agissait-il d'une mutation normale ou y avait-il une raison particulière à ce changement d'affectation ? »

Je n'aimais pas trop ce que j'étais en train de faire, mais j'avais besoin de le déstabiliser pour passer à ce qui m'intéressait véritablement.

« Maître, vous savez parfaitement que j'ai été muté et que je suis sorti de cette affaire la tête haute.

– Pouvez-vous nous dire à quelle affaire vous vous référez ? » dis-je sur un ton faussement cordial. Odieux.

Le président intervint, cette fois sans attendre le ministère public.

« Maître, essayez de ne pas abuser de la patience de la cour. Venez-en au fait.

– Adjudant, pouvez-vous nous dire pourquoi vous avez été muté à Reggio de Calabre ?

– Parce qu'un dealer arrêté en flagrant délit de détention d'un kilo de cocaïne destinée à la vente, et avec un casier judiciaire de trois pages, m'a accusé, de même qu'un capitaine et un autre adjudant, de l'avoir frappé. Nous avons tous les trois été mis hors de cause et ce monsieur a pris dix ans pour trafic de drogue. C'est suffisant ?

– C’est suffisant. Vous avez rédigé le procès-verbal du témoignage de monsieur Renna, propriétaire du bar Maracaibo, ainsi que celui de deux citoyens sénégalais, Diouf et… l’autre nom m’échappe. Est-ce exact ?

– Oui.

– Pouvez-vous dire à la cour selon quelles modalités vous avez rédigé le procès-verbal ?

– Dans quel sens, maître ?

– Vous avez effectué un enregistrement audio ou vidéo de ces déclarations ?

– Nous ne les avons pas enregistrées. Si vous lisez correctement ces procès-verbaux, il y est écrit que du fait de l’indisponibilité de moyens d’enregistrement, nous avons procédé à la rédaction du procès-verbal sous forme de synthèse.

– Ah, d’accord. Voyons donc si j’ai bien compris. Vous avez rédigé le procès-verbal sous forme de synthèse parce que vous n’aviez pas à votre disposition d’appareil d’enregistrement vidéo ou audio. C’est cela ? »

Lorusso comprit où je voulais en venir, mais il était trop tard.

« À ce moment-là, je ne crois pas… on travaillait dans l’urgence…

– J’ai une question toute simple à vous poser : l’unité opérationnelle des carabiniers de Monopoli ne dispose ni d’un magnétophone ni d’une caméra vidéo ?

– On en avait, mais à ce moment-là… je crois que le magnétophone était en panne. Je ne me souviens plus très bien, mais il y avait certainement un problème.

– Le magnétophone était en panne. Et la caméra vidéo ?

– Nous ne sommes pas équipés de caméra vidéo.

– Pardon. J'ai ici le procès-verbal du transport sur les lieux, relatif à la découverte du corps de l'enfant. Il y est écrit que *les activités de transport sur les lieux ont été documentées à l'aide d'un enregistrement vidéo.* De fait, une cassette vidéo est jointe au procès-verbal. Que pouvez-vous m'en dire ? »

Cervellati éleva son objection en criant presque. Il était en train de perdre son sang-froid.

« Objection, Monsieur le président, objection. Il est inadmissible de mener le contre-interrogatoire du témoin sur la manière dont il a rédigé un procès-verbal, sur le fait qu'il dispose ou non d'un magnétophone, d'un crayon, d'un ordinateur…

– Monsieur le président, que cela soit inadmissible relève de l'opinion du ministère public. Nous, nous avons intérêt à comprendre comment certaines déclarations ont été recueillies afin de vérifier si, même involontairement – car personne ne doute de la bonne foi des enquêteurs –, afin de vérifier, disais-je, si les témoins n'ont pas subi de pressions, ou si ce qu'ils ont effectivement déclaré n'a pas été l'objet d'une méprise. N'oublions pas que le ministère public vous a demandé de lire les déclarations faites durant l'enquête par deux citoyens sénégalais… »

Zavoianni m'interrompit. Il devenait nerveux. Il n'aimait pas toutes ces questions, il n'aimait pas ma manière de procéder et – je l'avais toujours subodoré mais j'en étais désormais certain – il ne m'aimait pas.

« Maître, passons à autre chose. J'ai toléré trop de questions totalement oiseuses. Tâchons enfin de poser quelques questions en rapport avec ce procès. »

Tandis que je regardais le président, je remarquai

que Lorusso inspirait et expirait avec force, pour se détendre.

« Monsieur le président, je crois qu'il est important de savoir pour quelle raison l'audition des témoins, et plus particulièrement celle des citoyens sénégalais que nous ne pourrons réentendre ici parce qu'on a perdu leur trace, n'a pas été intégralement enregistrée.

– Maître, ma décision est prise. Poursuivez sans discuter. »

Je contractai les muscles de ma mâchoire pendant quelques secondes. Puis je repris.

« Merci, Monsieur le président. Adjudant, je voudrais que vous nous parliez des perquisitions effectuées au domicile de l'accusé.

– Que voulez-vous savoir en particulier, maître ?

– Comment vous avez procédé, si vous cherchiez quelque chose de précis, dans quel état étaient les lieux, tout.

– Je ne comprends pas bien votre question. Du point de vue opérationnel, nous avons perquisitionné la chambre de Thiam que nous avons fouillée de fond en comble. Nous ne cherchions pas d'objets particuliers, nous cherchions n'importe quel élément utile à l'enquête. Puis nous avons trouvé la photographie de l'accusé avec l'enfant et des livres pour la jeunesse, dont la liste figure dans le procès-verbal.

– Vous avez trouvé d'autres choses importantes pour l'enquête ?

– Non.

– Sinon vous les auriez saisies.

– Sinon nous les aurions saisies, c'est clair.

– Vous avez trouvé un appareil Polaroïd ou un quelconque appareil photo ?

– Non.

– Écoutez, maintenant je voudrais parler un instant des livres. Nous lisons dans le procès-verbal de la perquisition et de la saisie qui s'ensuivit, que monsieur Thiam avait dans sa chambre trois romans de la série *Harry Potter*, *Le Petit Prince*, des contes pour enfants en français, le célèbre *Pinocchio* et un autre livre pour la jeunesse intitulé *L'extravagant docteur Dolittle*. C'est exact ?

– Oui.

– Monsieur Thiam n'avait que ces livres dans sa chambre ?

– Je ne m'en souviens plus très bien, maintenant. Peut-être qu'il y avait encore autre chose.

– Lorsque vous dites *encore autre chose*, vous entendez d'autres livres ?

– Oui, je crois qu'il y avait d'autres livres.

– Êtes-vous en mesure de préciser approximativement combien d'autres livres ?

– Je ne sais pas. Cinq, six, dix.

– Cela vous étonnerait si je vous disais que, dans cette chambre, il y avait plus d'une centaine de livres ?

– Objection, intervint le procureur, on demande au témoin d'exprimer une opinion.

– Je reformule ma question, Monsieur le président. Êtes-vous sûr, adjudant, qu'il n'y avait pas plus d'une dizaine de livres ?

– Une vingtaine peut-être, mais pas une centaine.

– Pouvez-vous décrire la pièce et nous dire en particulier s'il y avait des étagères ?

– C'était il y a presque un an. Mais il y avait un lit, une table de chevet… oui, peut-être qu'il y avait une étagère à côté du lit.

– Une seule étagère ou des rayonnages, une bibliothèque ?

– Peut-être… c'est possible… une petite bibliothèque.

– Je me rends compte que ça n'est pas facile au bout d'un an ou presque, mais je vous prierais de faire un effort, et de vous souvenir de ce qu'il y avait dans cette petite bibliothèque.

– Maître, je ne m'en souviens pas. Il y avait certainement des livres, mais je ne me rappelle pas quoi d'autre.

– Adjudant, vous avez certainement compris que je désire déterminer, en gros, combien de livres il y avait dans la pièce. Moi je le sais, mais je voudrais que vous vous en souveniez.

– La bibliothèque comprenait plusieurs étagères sur lesquelles il y avait des livres, je ne saurais pas dire combien.

– Vous n'avez saisi que ceux mentionnés au procès-verbal. Pourquoi ?

– Parce qu'à l'évidence, c'étaient ceux qui étaient en rapport avec l'enquête.

– Parce que c'était des ouvrages pour la jeunesse ?

– Bien sûr.

– J'ai compris. Je voudrais maintenant parler de la photographie : celle de monsieur Thiam en compagnie du petit Francesco. Que pouvez-vous me dire de cette photo ?

– Je ne comprends pas la question.

– C'était la seule photo détenue par monsieur Thiam ou y en avait-il d'autres ?

– Je ne me rappelle pas, maître. Nous étions trois à

perquisitionner, et je ne me rappelle pas si c'est moi qui ai trouvé la photo, ou un de mes coéquipiers.

– Je voudrais vous montrer quelque chose. »

Je sortis de ma serviette une enveloppe que j'ouvris sans hâte, et je demandai au président la permission de présenter des photographies au témoin. Celui-ci fit oui de la tête.

« Vous voyez ces photos, adjudant ? Pouvez-vous nous dire, en premier lieu, si vous reconnaissez les personnes qui y figurent ? »

Lorusso observa les clichés que je lui avais donnés – environ une trentaine – puis répondit.

« L'accusé figure sur de nombreuses photos. Je ne connais pas les autres personnes.

– Vous vous souvenez ou au contraire vous pouvez exclure que ces photos se trouvaient dans la chambre de l'accusé au moment de la perquisition ?

– Je ne m'en souviens pas et je ne peux pas l'exclure. »

C'était le moment d'arrêter. Il ne fallait surtout pas céder à la tentation de poser une question supplémentaire, la question de trop.

« Merci, Monsieur le président, j'ai terminé. Je demande que les photographies que j'ai présentées à l'adjudant soient versées au dossier en qualité de preuves documentaires. »

Je montrai les photos au ministère public et à la partie civile. Qui ne firent pas objection, même si Cervellati me regarda avec un dégoût tangible. Puis je les rangeai dans l'enveloppe et les remis au président.

Lorusso s'éloigna après avoir pris congé de la cour et du procureur. Il passa devant moi en m'ignorant ostensiblement. Je ne pouvais pas lui donner tort.

Le président décréta dix minutes de pause. C'est à ce moment-là, juste à ce moment-là, que je me rendis compte que Margherita était restée tout le temps auprès de moi, sans dire un mot.

Avait-elle envie d'aller prendre un café ? Elle acquiesça d'un signe de la tête. J'aurais aussi voulu lui demander ce qu'elle pensait de tout ça. Si je lui avais semblé bon et ainsi de suite. Mais c'était une question infantile – pensais-je – que j'évitai de poser. Ce fut elle en revanche qui se mit à parler alors qu'on entrait dans le bar du palais de Justice, célèbre pour servir le plus mauvais café de la ville.

C'était très intéressant, dit-elle, même si je paraissais être quelqu'un d'autre. J'étais bon, mais – comment dire ? – pas très sympathique. Était-il vraiment nécessaire d'humilier ainsi l'adjudant ?

Je n'avais pas l'impression, allais-je répliquer, de l'avoir humilié ; de toute façon, les procès de ce type étaient inévitablement brutaux. Cette brutalité était le prix à payer. On ne pouvait pas y couper. Et puis, il valait mieux humilier un carabinier ou un policier que de voir un innocent condamné.

Heureusement, je n'en dis rien. Mais je réfléchis quelques instants avant de répondre. Certes, je ne savais pas si c'était vraiment nécessaire, mais ces éléments, il fallait bien les ramener à la surface, parce que c'était important. Peut-être qu'on pouvait s'y prendre autrement, peut-être pas.

Quoi qu'il en soit, dans ce genre de situation, au cours des procès qui portent sur des affaires délicates et se retrouvent au centre de l'attention des médias, il est facile de donner le pire de soi-même. Il est aussi facile d'y prendre goût, de tourmenter les gens au prétexte que c'est parfois un sale boulot mais que quelqu'un doit s'en charger.

On a pris notre café, puis allumé une cigarette. Ce qui nous a permis d'interrompre cette conversation sur la déontologie des avocats. Fort heureusement. Je lui dis que le café du tribunal était aussi utilisé comme mort-aux-rats. Ça la fit rire. Elle ajouta que ça lui plaisait que je la fasse rire. Moi aussi, ça me plaisait.

Après quoi on est retournés au prétoire de la cour d'assises.

8

Le président demanda à l'huissier de faire entrer le témoin Renna Antonio.

Celui-ci traversa la salle en regardant autour de lui, l'air arrogant. Silhouette trapue de paysan, chemise à carreaux avec col pelle-à-tarte, teint olivâtre et regard fourbe. Une expression de ruse antipathique, genre *dès que je peux je te baise*. Il remonta un peu son pantalon en tirant sur sa ceinture avec un geste qui me sembla obscène, puis, le dos tourné à la cage où se trouvait Abdou, il s'assit calmement sur le banc des témoins que lui avait désigné l'huissier. Il s'installa bien à son aise, remplissant tout son siège et s'appuyant, relax, au dossier. Il avait un air satisfait et, pensai-je distinctement, je voulais que ça lui passe.

L'interrogatoire mené par Cervellati ne fut qu'une espèce de redite de l'enquête préliminaire. Renna déclara exactement les mêmes choses, dans le même ordre, plus ou moins avec les mêmes mots.

Quand ce fut son tour, Cotugno posa enfin quelques questions, tout à fait insignifiantes. Histoire de faire voir à ses clients, c'est-à-dire aux parents de l'enfant, qu'il existait et qu'il était en train de gagner ses honoraires.

J'allais commencer mon contre-interrogatoire

lorsque Margherita me murmura quelque chose à l'oreille.

« Je ne sais pas pourquoi, mais ce type est un connard.

– Je sais », répondis-je. Puis je m'adressai au témoin.

« Bonjour, monsieur Renna.

– Bonjour.

– Je suis maître Guerrieri et j'assure la défense de monsieur Thiam. Je vous poserai maintenant quelques questions auxquelles je vous prie de répondre brièvement, sans faire de commentaire. » Le tout sur un ton délibérément odieux. Je voulais le provoquer, pour voir si j'arriverais à trouver la faille et à asséner mon coup. Comme à la boxe.

Renna m'observa de ses yeux porcins. Puis il s'adressa au président.

« Monsieur le juge, je suis vraiment obligé de répondre aussi aux questions de l'avocat ?

– Vous devez répondre, monsieur Renna. » Le visage du président disait que, s'il avait pu, il se serait volontiers passé de moi, comme de la majeure partie des avocats. Hélas, il ne pouvait pas. Moi, de toute façon, j'avais pris un petit avantage. Le barman avait mordu à l'hameçon et il était maintenant plus vulnérable.

« Alors, monsieur Renna, vous avez dit avoir vu, l'après-midi du 5 août 1999, monsieur Thiam marcher vers le nord d'un pas rapide. Est-ce exact ?

– Oui.

– Vous rappelez-vous à quel moment, durant l'enquête, vous avez été entendu par le procureur ?

– Il m'a interrogé une semaine plus tard, je crois.

– Quand avez-vous été entendu par les carabiniers ?

– Avant. La veille.

– Votre bar est-il fréquenté par des étrangers ?

– Quelques-uns. Ils viennent, prennent un café, achètent des cigarettes.

– Pourriez-vous nous dire quelle est leur nationalité ?

– J'en sais rien. C'est que des nègres…

– Grosso modo, êtes-vous en mesure de nous dire combien de “nègres” fréquentent votre bar ?

– J'en sais rien. C'est ceux qui vendent sur les plages et aussi dans la rue. Des fois, ils s'installent même devant mon bar.

– Ah, ils s'installent même devant votre bar. Mais ils ne gênent pas vos activités, n'est-ce pas ?

– Ils gênent, un peu qu'ils gênent.

– D'accord, mais excusez-moi. S'ils dérangent, pourquoi n'appelez-vous pas la police ou les carabiniers ?

– Pourquoi je ne les appelle pas ? Je les appelle, mais vous les avez déjà vus venir ?

Maintenant, il était sincèrement indigné. Entre-temps, Cervellati avait compris où je voulais en venir. Un peu tard, toutefois.

« Monsieur le président, je vois qu'à chaque témoin, la défense continue de poser des questions dépourvues de toute pertinence quant à l'objet du procès. Je ne sais pas s'il est possible de continuer comme cela. »

Avant que Zavoianni ne puisse intervenir, je repris la parole.

« J'ai terminé sur ce point, Monsieur le président. Je vais passer à autre chose.

– Faites très attention, maître Guerrieri. Très attention, dit le président.

– Alors, monsieur Renna, j'ai encore quelques questions pour vous... Ah oui, je voudrais vous montrer des photos. »

Je sortis de ma serviette une série de photocopies couleur, avec une gaucherie parfaitement calculée.

« Monsieur le président, puis-je m'approcher du témoin et lui montrer ces photographies ?

– De quelles photos s'agit-il, maître ? »

Je m'apprêtais à danser sur la corde raide. Un mot de travers par ci et je me retrouvais avec une enquête disciplinaire aux fesses. Un mot de travers par là, et je fichais en l'air presque tout ce que j'avais fait jusqu'à maintenant.

« Ce sont des photographies d'Africains, Monsieur le président. Je désire vérifier si le témoin en reconnaît quelques-uns. » Neutre.

De son geste coutumier, le président me signifia que je pouvais continuer. J'espérais que Cervellati ne demande pas à voir les photos, ou ne réclame pas d'indications plus précises sur les personnes qui y figuraient, comme c'était son droit. Il n'en fit rien. Je m'approchai du témoin, mes photos à la main.

« Alors, monsieur Renna, voulez-vous observer ces dix photographies ? » Je sentis mon rythme cardiaque s'accélérer frénétiquement.

Renna regarda les clichés. Il n'était plus aussi serein qu'au début de l'audition. Il était maintenant assis sur le bord de sa chaise. Position de fuite, voilà ce que disent les psychologues.

« Reconnaissez-vous quelqu'un sur ces photographies ?

– Non, je ne crois pas. Ils sont nombreux, ceux qui passent dans mon bar ; je ne peux pas me souvenir de tout le monde. »

Je repris mes photos et revins à ma place, avant de poser la question suivante.

« Corrigez-moi si je fais erreur. Vous vous souveniez bien de monsieur Thiam, n'est-ce pas ?

– Bien sûr. Lui, il passait tout le temps.

– Si vous le voyiez, en chair et en os ou en photo, vous le reconnaîtriez, n'est-ce pas ?

– Oui, oui. C'est celui qui est dans la cage. » Ce n'est qu'à ce moment-là qu'il fit le geste de se retourner. Je restai silencieux quelques secondes, avant la conclusion.

« Savez-vous, monsieur Renna, je vous ai posé cette dernière question parce que parmi les dix photos que je vous ai montrées, deux représentaient le visage de monsieur Thiam, l'accusé. Mais vous ne l'avez, semble-t-il, pas reconnu. Comment expliquez-vous cela ? »

Des coups tels que celui-ci sont très rares dans un procès, tout comme dans la vie. Mais quand cela arrive, il est difficile de décrire la sensation qu'on éprouve. Je sentais le temps ralentir, une tension dans l'air et sur ma peau. Je sentais les yeux de Margherita posés sur moi, je savais qu'il était inutile de lui demander si j'avais été bon. J'avais été bon.

« Montre-moi ces photos… » Il était passé au tutoiement et ce n'était pas dans un élan de sympathie. Ça arrive aussi.

« Ne vous inquiétez pas pour les photos. Je vous assure que deux d'entre elles représentent l'accusé, comme la cour pourra le vérifier d'ici peu, quand je les lui remettrai. Je voudrais savoir comment vous expliquez – si toutefois vous l'expliquez – que vous n'ayez pas été en mesure de reconnaître monsieur Thiam. »

Renna, rageur, répondit quasiment en patois.

« Comment j'explique, comment j'explique... Ils sont tous pareils, ces nègres. Comment on fait pour dire, au bout d'un an... J'voudrais bien t'y voir, toi l'avocat, j'voudrais bien t'y voir... »

Arrête-toi, arrête-toi, arrête-toi, me répétais-je tandis que je sentais monter en moi le désir irrépressible de poser une autre question et de l'écrabouiller. Ou de faire des dégâts. *Arrête-toi.*

« Merci, Monsieur le président, j'ai terminé. Je demande à produire les photographies, ou plutôt les photocopies utilisées au cours de cet interrogatoire. Les deux clichés où figurent l'accusé présentent une annotation au verso. Les autres sont celles de personnes complètement étrangères au procès, et elles ont été tirées de différentes revues. »

Cervellati voulut encore poser quelques questions, comme la loi l'y autorisait. Le fait qu'il exploite cette possibilité montrait bien qu'il avait accusé le coup.

Il fit répéter à Renna son récit ; il lui demanda de préciser qu'un an auparavant il se souvenait clairement de l'accusé qu'il n'avait plus revu depuis, ni en réalité ni en photo. Il essaya vaguement de recoller les morceaux, mais nous savions l'un comme l'autre qu'il ne serait pas facile d'effacer de la tête des jurés l'impression qu'ils avaient eue ce matin-là.

9

Margherita ne vint pas à l'audience suivante – le mercredi 21 juin – parce qu'elle avait du travail à terminer. Mais elle avait dit qu'elle essaierait d'être présente pour l'audition d'Abdou, une semaine plus tard.

Ce matin-là, on entendit les parents et les grands-parents de l'enfant. Le procureur et le défenseur de la partie civile les interrogèrent longuement sur des détails négligeables... Ils auraient pu s'en dispenser.

Je ne posai que quelques questions, au grand-père. Possédait-il un appareil Polaroïd ? Il en avait un et se rappelait avoir fait des photos sur la plage, l'été dernier. Il était possible – mais il ne s'en souvenait pas – que l'enfant en ait pris quelques-unes. De toute façon, il était incapable de dire où avaient pu passer ces clichés.

Je ne demandai rien aux parents et tandis que je les observais, pendant l'examen du ministère public, j'eus honte d'avoir posé ces questions sur leur séparation à l'adjudant des carabiniers.

Ils avaient plus ou moins mon âge. Lui était ingénieur et elle, professeur d'éducation physique. Francesco était leur seul enfant. Ils répondaient aux questions de la même manière, se comportaient de la même manière. Éteints, même plus de colère en eux. Rien.

Abdou resta agrippé à la cage durant toute l'audition, le visage écrasé contre les barreaux, les yeux rivés sur les témoins comme s'il voulait attirer leur regard et dire quelque chose.

Mais les témoins s'en fichaient et une fois leur déposition terminée, ils s'en allèrent sans même jeter un coup d'œil à la cage où Abdou était enfermé.

Tout leur était indifférent. Y compris que l'auteur présumé de ce crime soit puni.

Je pensais que si on avait fait un enfant quand Sara en avait parlé, il aurait eu à peu près six ans.

Le procès fut renvoyé au lundi suivant pour l'audition de l'accusé et pour les éventuelles requêtes de preuves complémentaires. Et ce, avant que ne s'engagent les débats.

Je sortis de la salle, fraîche du fait de la climatisation, et je fus happé par la chaleur humide et assassine de ce mois de juin. En retard, la chaleur, mais elle avait fini par arriver. Je desserrai le nœud de ma cravate et déboutonnai le col de ma chemise tandis que je descendais l'escalier central du palais de Justice.

Je rentrai chez moi avec un bourdonnement bizarre dans la tête. Il va m'arriver la même chose que l'année dernière, pensai-je, et je songeai que je n'avais plus pris l'ascenseur depuis.

Mes pensées commencèrent à se brouiller et la peur se mit à serpenter. Je me sentais comme dans les scènes de certains films catastrophe, où le héros fuit désespérément, poursuivi par l'eau qui monte et inonde le souterrain.

Étrangement, cette idée m'aida. Je me dis que je n'avais plus envie de fuir. Que je m'arrêterais, que je retiendrais ma respiration, que je laisserais la vague m'emporter. Advienne que pourra.

Et c'est ce que je fis. Je veux dire que je me figeai en pleine rue. J'inspirai profondément et je restai immobile, le souffle suspendu pendant quelques secondes.

Il ne se passa rien, mais quand j'expirai, je me sentis mieux. Bien mieux. Avec un cerveau fonctionnant à nouveau, lucide, comme si on l'avait soudainement débarrassé de vieilles plaques de tartre et d'amas de scories.

C'est à ce moment-là que je décidai de passer par mon cabinet avant de rentrer à la maison. J'avais quelque chose à faire.

Sur le chemin du bureau, je me mis à respirer en poussant l'air sous mon diaphragme, comme si j'allais commencer un combat. En essayant de me vider la tête pour me concentrer sur ce que j'avais à faire.

Une fois arrivé devant le portail, je sortis mon trousseau de ma serviette, j'ouvris et remis les clés à leur place. Je boutonnai le col de ma chemise et refis mon nœud de cravate. Puis, au lieu de me diriger vers l'escalier comme je l'avais fait pendant presque un an, j'appuyai sur le bouton pour appeler l'ascenseur. Tandis que l'ascenseur descendait, je sentais s'accélérer mes pulsations ; des bouffées de chaleur montaient et se diffusaient sur mon visage.

Quand la cabine arriva, je me dis que je ne devais pas y penser, que je ne devais pas attendre. J'ouvris la porte métallique et les deux battants intérieurs. J'entrai, je refermai la porte métallique ainsi que les battants ; je regardai les boutons, posai l'index de ma main droite sur le numéro 8, fermai les yeux et appuyai.

J'entendis le déclic de la cage qui commençait à monter et me dis que ce n'était pas du jeu si je gardais les yeux fermés. J'ouvris grand les yeux, tandis que je sentais mon souffle se hacher, mes bras mollir et mes jambes flageoler.

Quand l'ascenseur fut arrivé au huitième étage, je restai encore quelques instants immobile. Je me dis que ça n'était pas du jeu si je n'étais pas capable de rester là encore dix secondes, sans bouger, au risque que quelqu'un d'autre appelle l'ascenseur.

Je comptai. Mille un. Mille deux. Mille trois. Mille quatre. Mille cinq. Mille six. Mille sept. Mille huit. Mille neuf. Je m'arrêtai à mille neuf, la main suspendue à la hauteur du pommeau d'un des battants intérieurs. L'ensemble de mon corps était pris d'un fourmillement qui devenait extrêmement intense au niveau de mon bras, de ma main levée.

J'avais arrêté le temps.

Mille dix.

J'ouvris lentement un battant. Puis l'autre. Puis la porte métallique. Je regardai devant moi, toujours depuis l'ascenseur, les grandes plaques de marbre qui pavaient le palier. Je devais veiller à mettre un pied sur une plaque et l'autre sur une autre plaque. C'était exactement ce que j'avais toujours fait – mais sans m'en rendre compte – en sortant de l'ascenseur, enfin tant que je l'avais pris.

Et merde !

Je posai mon pied exactement à cheval sur deux plaques. Je me désintéressai de mon autre pied, mais je refermai l'ascenseur avec une grande concentration. D'abord les deux battants intérieurs, puis la porte métallique que j'accompagnai délicatement jusqu'à ce que j'entende le clic de fermeture.

Je restai appuyé au mur du palier pendant peut-être dix minutes. Je tenais ma serviette devant moi, des deux mains, les bras tendus. De temps en temps, je balançais le porte-documents. Je regardais dans le vide les yeux mi-clos, avec un vague sourire aux lèvres, je crois.

Le moment venu, je m'éloignai du mur. Je me rappelai alors avoir rencontré M. Strisciuglio – comptable – un an auparavant et j'envisageai de frapper à sa porte. Pour lui raconter comment tout cela s'était terminé.

Je n'en fis rien. Je regagnai l'ascenseur, que personne n'avait appelé dans l'intervalle, et je redescendis.

Il était temps de rentrer à la maison.

10

Enfant, quand on me demandait ce que je voulais faire plus tard, je répondais : shérif. Mon idole, c'était Gary Cooper dans *Le train sifflera trois fois*. Quand on me disait qu'en Italie, il n'y avait pas de shérif, mais tout au plus des policiers, alors je répondais du tac au tac. Je serais un policier shérif. J'étais un enfant docile mais je voulais traquer les méchants, d'une manière ou d'une autre.

Par la suite – je devais avoir huit ou neuf ans –, j'assistai, dans la rue, à l'arrestation d'un voleur à la tire. En réalité, je ne sais pas si c'était un voleur à la tire, un pickpocket ou autre petit délinquant. Mes souvenirs sont plutôt flous. Ils deviennent nets uniquement durant une courte séquence.

Je suis avec mon père et on marche dans la rue. Des cris éclatent derrière nous et un gars tout maigre passe à côté de nous en courant – me semble-t-il – comme une flèche. Mon père me tire contre lui, juste à temps pour éviter qu'un homme qui le suit ne me renverse dans sa course. L'homme porte un pull noir et crie tout en courant. Il crie en patois. Il crie au jeune de s'arrêter, sans ça il le tue. Le garçon ne s'arrête pas de lui-même ; peut-être une vingtaine de mètres plus loin, il heurte un monsieur. Et tombe. Le type au pull-over noir se jette sur lui tandis qu'arrive un autre homme, plus lent et plus gros. J'échappe à la surveillance de mon père et je m'approche. L'homme au pull noir frappe le garçon qui, de près, ressemble tout au plus à un adolescent. Il lui donne des coups de poing sur la tête et quand le garçon essaye de se protéger, il lui écarte les mains et le frappe à nouveau. *Figgh d'p'ttan. Vaffammoc'a l murt d'mam't. Fusc'fusc', figgh d b'cchin* [1]. Et un autre coup dans la tête, avec ses phalanges. Le garçon hurle : « Arrêtez, arrêtez ! » Lui aussi en patois. Puis il cesse de crier et pleure.

Je regarde la scène, hypnotisé. J'éprouve un dégoût physique et un sentiment de honte devant ce que je vois. Mais je ne parviens pas à détourner le regard.

Voilà l'autre, le gros, à l'air bon enfant ; je pense qu'il intervient pour faire cesser cette horreur. Le gros stoppe sa course à cinq ou six mètres du garçon, qui est maintenant recroquevillé par terre. Hors d'haleine, il couvre la distance en marchant. Quand il est juste au-dessus du garçon, il reprend son souffle et lui décoche un coup de pied dans le ventre. Un seul, extrêmement violent. Le garçon en arrête même de pleurer ; il ouvre la bouche, comme ça, il n'arrive plus à respirer. Mon père qui, jusque-là, est resté lui aussi pétrifié, s'apprête à intervenir, à dire quelque chose. C'est bien le seul dans toute l'assistance. Le type au pull noir lui dit de se mêler de ses fesses. « Police ! » beugle-t-il. Alors les deux types cessent tout de suite de frapper. Le gros soulève le garçon en le prenant par le blouson, par-derrière, et l'oblige à s'agenouiller. Les mains dans le dos, menotté, tandis qu'il le tient par les cheveux. C'est le

1. Fils de pute. Va te faire sucer par ta mère. Fous le camp, fous le camp, fils de pompeuse de bites. *(N.d.T.)*

souvenir le plus obscène de toute la séquence : un gamin menotté livré à deux hommes.

Mon père m'entraîne et la scène se termine par un fondu.

Depuis lors, j'ai cessé de dire que je voulais être shérif.

Cet épisode m'était parfois revenu à l'esprit au cours des années. Parfois, je me disais que j'étais devenu avocat suite à une espèce de réaction au dégoût provoqué par cette scène. Parfois, durant un moment d'exaltation, j'y avais même cru.

Mais la vérité était différente. J'avais choisi la profession d'avocat par le plus grand des hasards, parce que je n'avais rien trouvé de mieux à faire, parce que j'avais été incapable de chercher autre chose. Ce qui, évidemment, revenait au même.

Je m'étais inscrit en fac de droit car je pensais gagner du temps, vu que je n'avais pas les idées très claires. Après ma maîtrise, toujours pour gagner du temps, je jugeai bon d'aller échouer dans un cabinet d'avocats, en attendant de m'éclaircir les idées.

Plus tard, je pensais faire l'avocat quelques années dans l'attente d'avoir les idées claires.

Puis j'avais cessé d'y songer, parce qu'avec le temps, j'avais peur de devoir tirer quelques conclusions sur ce besoin de m'éclaircir les idées. Peu à peu, j'avais anesthésié mes émotions, mes désirs, mes souvenirs, tout. Année après année. Jusqu'à ce que Sara me fiche à la porte.

Alors le couvercle avait sauté. Et de la cocotte avaient fusé bien des choses que je n'aurais jamais imaginées, que je n'aurais jamais voulu voir. Que personne n'aurait voulu voir.

« Parmi les souvenirs que chacun de nous possède, il y en a que nous ne racontons qu'à nos amis. Il y en a d'autres encore que nous n'avouerons même pas à nos amis, que nous ne répéterons qu'à nous-même et, d'ailleurs, sous le sceau du secret. Mais il existe enfin des choses que l'homme ne consent même pas à s'avouer à lui-même. Au cours de son existence, tout honnête homme a accumulé suffisamment de ces souvenirs. »

Dostoïevski, *Le Sous-Sol* [1].

Et ça n'est pas bon quand ces souvenirs accumulés surgissent. Tous ensemble.

Je me faisais ces réflexions – et bien d'autres encore – dans mon bureau, tandis que j'expédiais les affaires courantes. Je vérifiais les échéances, je rédigeais des actes ordinaires et, surtout, je préparais des notes d'honoraires. Il le fallait, car je ne m'enrichirais pas avec la défense d'Abdou. L'air était frais grâce au climatiseur, alors qu'à l'extérieur il régnait une chaleur implacable.

Je terminai vers dix-neuf heures. Mon bureau était exposé au nord et j'avais une grande fenêtre à gauche de ma table. Je regardai dehors et je remarquai que le soleil tapait sur la terrasse de l'immeuble d'en face ; puis je m'intéressai au léger ronronnement du climatiseur, à la musique qui provenait, feutrée, de l'appartement du dessous.

Cette conscience des choses était inhabituelle pour moi : je me sentais bien. J'avais envie d'une cigarette, mais ça n'était pas comme d'habitude. Je voulais faire les choses calmement. Je pris le paquet posé sur le

1. Traduction Pierre Pascal et Boris de Schlœzer, Gallimard, 1956, Folio classique, p. 169. *(N.d.T.)*

bureau et le tins dans ma main quelques secondes. Je fis sortir une cigarette d'une chiquenaude sur le fond du paquet et je la saisis directement avec mes lèvres. Je pensai au nombre infini de fois où j'avais accompli, tel un automate, cette suite de gestes. Je songeai que maintenant, j'arrivais à penser au vide sans être terrassé par le vertige. Je parvenais à ne pas détourner le regard. Je sentis une sorte de frisson parcourir mon corps et, dans le même temps, une sensation d'exaltation et de tristesse. Me vint l'image d'un bateau quittant le port pour un long voyage. J'allumai ma cigarette avec une allumette suédoise et je sentis le choc de la fumée dans mes poumons tandis que déferlait une autre kyrielle de souvenirs. Mais là, ça ne me faisait plus peur. Je pourrais raconter exactement ce que je pensais à chaque bouffée tirée sur cette cigarette.

Vingt-trois heures. Quand j'écrasai mon mégot dans le petit récipient en verre que j'utilisais comme cendrier, je pensai qu'après la fin du procès, j'aurais quelque chose à faire.

Quelque chose d'important.

11

Le vendredi matin, après être passé au tribunal pour une audience préliminaire, j'allai voir Abdou à la prison. Son interrogatoire était prévu pour lundi et nous devions nous préparer.

Le surveillant me fit entrer dans la petite salle et, avec un sourire qui me parut méchant, il referma la porte. La chaleur était étouffante, encore plus que je ne l'aurais cru. J'ôtai ma veste, dénouai ma cravate, déboutonnai le col de ma chemise et décidai enfin que je n'étais pas un détenu : il n'était écrit nulle part que je devais rester enfermé, à suffoquer, et j'ouvris donc la porte. Le gardien posté dans le couloir me lança un regard hostile. Il semblait sur le point de dire quelque chose, mais il y renonça.

Je m'appuyai au chambranle de la porte séparant la pièce du couloir. Je sortis une cigarette sans l'allumer. Trop chaud, même pour ça.

Je sentais ma chemise trempée de sueur se coller à mon dos, tandis que, dans mon cerveau, faisait irruption une pensée directement venue des obscurs recoins de l'enfance.

Il me faudrait du talc, pensai-je.

Quand on était petits et qu'on transpirait, on nous mettait du talc. Si on protestait parce qu'on pensait être désormais trop grands pour le rite du talc, on nous disait qu'on pouvait attraper une pleurésie. Si on demandait ce qu'était une pleurésie, on nous disait *une vilaine maladie*. Le ton employé nous ôtait l'envie de répéter la question.

Je me rendis compte que c'était la seconde fois en deux jours que me revenaient à l'esprit des pans de mon enfance. C'était bizarre, parce que je ne pensais *jamais* à mon enfance. Je ne me rappelais presque rien. Quand il arrivait que quelqu'un – ou quelqu'une – me demande de parler de mon enfance, je répondais au hasard. Parfois je disais que j'avais eu une enfance heureuse. Parfois, j'affirmais avoir été un enfant triste. Parfois, quand je voulais frimer, je répondais que j'étais un enfant étrange. Ça me donnait un halo de mystère, pensais-je. Sous-entendu, nous les mecs pas comme les autres, on était des enfants étranges.

En réalité je n'avais presque aucun souvenir de mon enfance et je n'avais pas envie d'y penser. Chaque fois que j'avais fait un effort pour me rappeler quelque chose, il m'était venu un sentiment de tristesse. Alors j'avais laissé tomber. Je n'aime pas la tristesse, je préfère l'éviter.

Ainsi je contemplais avec étonnement ces bribes de souvenirs qui surgissaient on ne sait d'où. Ça me donnait une légère mélancolie et un sentiment de stupeur, de curiosité. Mais pas cette tristesse qui, avant, m'aurait obligé à détourner le regard.

Je songeais à ce nouveau changement et je fus parcouru d'un puissant frisson qui se propagea depuis mon dos jusqu'à la racine de mes cheveux, au niveau de ma nuque, et jusqu'à mes bras. En dépit de la chaleur.

Je finis par l'allumer, cette cigarette.

Je vis arriver Abdou de loin, au bout du long couloir. Il vint à ma rencontre et me tendit la main, en ébauchant un mouvement de la tête qui ressemblait à une légère révérence. Je lui répondis spontanément de la même manière, puis je me sentis gêné.

Il tenait un journal et s'écarta pour me laisser entrer dans la petite salle.

On s'assit, évitant l'un comme l'autre le fauteuil défoncé qui était là depuis toujours. Abdou me tendit le journal avec une espèce de sourire.

« Qu'est-ce que c'est ? demandai-je.

– Ça parle de toi, maître. » Le ton de sa voix avait changé.

Je pris le journal. Il était daté de l'avant-veille et relatait l'audience du mardi précédent. Il y avait aussi une photo de moi. Je ne l'avais ni lu ni vu : ça faisait un an que je n'achetais plus les journaux.

MORT DU PETIT FRANCESCO :
LE TÉMOIN CLÉ EN DIFFICULTÉ

Audition dramatique hier au cours du procès du Sénégalais Abdou Thiam pour l'enlèvement et l'homicide du petit Francesco Rubino. Certains témoins importants ont déposé pour l'accusation, dont Antonio Renna, propriétaire d'un bar à Capitolo, la zone balnéaire de Monopoli, où l'enfant avait disparu.

Renna avait affirmé, au cours de l'enquête préliminaire, avoir vu l'accusé passer devant son bar, tout près du lieu de la disparition de l'enfant, quelques minutes avant cette même disparition. Interrogé par le procureur, le témoin a confirmé ses déclarations en faisant preuve d'une grande assurance.

Le coup de théâtre a eu lieu au cours du spectaculaire contre-interrogatoire mené par le défenseur du Sénégalais, maître Guido Guerrieri. Après avoir posé une série de questions apparemment inoffensives auxquelles Renna répondit en affichant une attitude clairement hostile à l'égard des immigrés, maître Guerrieri a montré au témoin une série de photographies d'Africains, en lui demandant s'il en reconnaissait quelques-uns. Le barman de Capitolo a répondu par la négative, et c'est à ce moment que le défenseur a joué son va-tout : sur deux de ces photographies figurait en effet l'accusé Abdou Thiam. L'homme que le témoin Renna avait déclaré, sans l'ombre d'un doute, avoir vu passer devant son bar en ce tragique après-midi. La cour a versé les photos au dossier en qualité de preuves documentaires.

Le procureur Cervellati a accusé le coup et a été contraint de réinterroger le témoin pour préciser à nouveau les détails de sa déposition. Le témoin a indiqué ne plus avoir vu l'accusé depuis l'année précédente, à l'époque des faits ; être certain de ses déclarations ; ne pas avoir reconnu l'accusé en photo du fait du temps écoulé et de la mauvaise qualité de l'impression des clichés. Il s'agissait en effet de photocopies couleur d'une qualité imparfaite.

Le contre-examen mené par le représentant du ministère public a en quelque sorte réparé les dégâts, mais il est indéniable qu'au cours de cette audience, maître Guerrieri a marqué quelques points, dans un procès indéniablement très difficile pour la défense.

Précédemment, le médecin légiste ainsi que l'adjudant Lorusso, responsable de l'enquête, avaient été entendus.

L'audition de l'adjudant a connu des moments de tension, notamment lorsque la défense a évoqué des défaillances et des négligences au niveau de l'enquête, surtout lors de la perquisition effectuée au domicile du Sénégalais.

Le procès continue ce matin avec les parents et les grands-parents de l'enfant. Lundi prochain est prévu l'interrogatoire de l'accusé puis, sauf éventuelles requêtes de preuves supplémentaires, on passera aux débats.

Je lus l'article deux fois. « Spectaculaire contre-interrogatoire. » Je ne parvenais pas à réprimer la satisfaction infantile que me donnaient ces mots ainsi que ma photo sur le journal. Il était arrivé à quelques reprises, lors d'autres procès, que l'on cite mon nom et qu'une photo de moi soit publiée.

Mais dans ce cas, c'était différent. J'étais le protagoniste de l'article.

Quand avait-on pris cette photo ? Elle n'était pas récente, elle datait de deux ou trois ans, mais je ne me souvenais pas à quelle occasion. Je n'étais pas trop mal, même si, bon, j'étais mieux en vrai, pensai-je.

Après quelques secondes de ce genre de réflexions, je me sentis complètement idiot. Je posai le journal sur la table et me tournai vers Abdou.

Il me regardait. À son expression, on comprenait qu'il était persuadé qu'on s'en sortirait. Il avait lu le journal et peut-être songeait-il qu'il avait eu de la chance, qu'il était entre les mains du bon avocat. Fallait-il lui ôter ses illusions ? Lui dire que, même si les choses s'étaient bien passées à l'audience, on n'avait guère de marge de manœuvre, loin de là ? Je me dis que non, il n'y avait aucune raison de lui faire ça. Alors je me contentai d'un hochement de tête en haussant légèrement les épaules. Ça voulait dire tout et n'importe quoi.

« OK, Abdou. Maintenant, il faut qu'on s'occupe de la prochaine audience. De ton interrogatoire. »

Il acquiesça silencieusement. Il était attentif mais il attendait. C'était à moi de parler.

« Maintenant, je t'explique comment ça fonctionne, et je te dirai comment te comporter. Si quelque chose n'est pas clair, s'il te plaît, il faut m'interrompre immédiatement. »

Encore « oui » de la tête, avec détermination.

« Le procureur t'interrogera le premier. Quand il te pose des questions, tu le regardes droit dans les yeux. Attentivement, mais sans expression de défi. Ne réponds pas tant qu'il n'a pas terminé sa question. Ensuite, tu te tournes vers les juges : c'est à eux que tu parles. Ne te mets jamais à discuter avec le procureur. C'est clair ?

– Quand le procureur parle, je le regarde ; quand je parle, je regarde les juges.

– OK. Bien sûr, il en va de même quand c'est l'avocat de la partie civile, ou moi, qui te posons des questions. Tu dois faire comprendre aux juges que tu écoutes les questions, et que tu réponds aux questions. C'est clair ?

– Oui.

– Attends que la question soit terminée avant de répondre. Surtout quand c'est moi qui la pose. Tu ne dois pas avoir l'air de jouer un rôle avec des répliques apprises par cœur. Tu comprends ce que je veux dire ?

– Nous deux, ça ne doit pas être comme au théâtre.

– OK. Ne t'assieds pas sur le bord de la chaise. Tu te cales au fond. Comme ça – je lui montrai –, mais ne t'assieds pas comme ça ». Je lui mimai quelqu'un qui s'assied bien à son aise, presque affalé, jambes croisées, et cetera.

« L'idée est claire ? Oui ? Tu ne dois pas donner l'impression que tu t'apprêtes à fuir en t'asseyant au bord de la chaise ; mais tu ne dois pas non plus donner l'impression que tu es relax. C'est de ta vie qu'on débat. Du fait que tu peux rester en prison pendant de très nombreuses années. Donc, tu ne peux pas être relax. Si tu as l'air cool, ça veut dire que tu fais semblant et ils s'en apercevront. Peut-être inconsciemment, mais ils s'en apercevront. Tu me suis ?

– Oui.

– Quand tu ne comprends pas une question, ou si tu n'es pas sûr de l'avoir comprise, n'essaie pas de répondre. Quelle que soit la personne qui te pose la question, tu demandes qu'on la répète.

– D'accord.

– Bon, avant de continuer, veux-tu me répéter ce qu'on a dit jusqu'ici ?

– Je dois regarder droit dans les yeux celui qui me pose la question. Quand la question est terminée, je me tourne, je regarde la cour et je réponds. Si je ne comprends pas la question, je dois demander de répéter, s'il vous plaît. Je dois m'asseoir comme ça. »

Il s'assit comme je le lui avais dit. Je souris et hochai la tête. Avec lui, pas besoin de rabâcher.

C'est à ce moment que je sortis de ma serviette la copie de son interrogatoire, ainsi que d'autres documents. Une fois précisée la façon dont il devait se comporter, on devait parler de ce qu'il dirait, de comment il expliquerait ses précédentes déclarations, des requêtes de preuves complémentaires que je formulerais après son interrogatoire.

Je restai à la prison jusqu'à trois heures, dans une chaleur qui devenait toujours plus insupportable. Quand on se serra la main, au moment de se séparer, je pensai qu'on avait fait tout ce qu'on pouvait.

Je passai chez moi, pris une douche, enfilai un pantalon léger et un polo. Je me préparai une salade, mangeai et fumai une ou deux cigarettes en buvant, assis dans mon fauteuil, un café frappé. Vers quatre heures et demie, je sortis pour aller à mon cabinet. J'essayai de sonner à l'interphone de Margherita, mais elle n'était pas chez elle. J'en fus un peu déçu, mais je me dis que je l'appellerais plus tard, après le boulot.

Au bureau, je reçus quelques clients. Je passai voir mon comptable, j'expédiai ma correspondance, puis je dis à Maria Teresa qu'elle pouvait partir. Je baissai les yeux sur une feuille posée sur la table. Quand je les relevai, Maria Teresa était toujours là. Je la regardai avec un léger sourire interrogateur. Ce n'était pas une jolie femme, mais elle avait de beaux yeux bleus, intelligents et ironiques. Elle travaillait avec moi depuis quatre ans et elle essayait en même temps de poursuivre ses études de droit. Elle voulait être magistrate.

« Vous voulez quelque chose ? dis-je en gardant

mon sourire interrogateur. Elle semblait chercher ses mots.

« Je voulais vous dire que je suis contente… je suis contente que vous alliez mieux. J'ai été très… très inquiète. »

Je restai silencieux, étonné. Depuis qu'on se connaissait, on n'avait jamais fait allusion à nos histoires personnelles. Au bout de quatre ans, je ne savais pas qui était réellement cette fille, si elle avait un fiancé, ce qu'elle pensait, et cetera. Je ne m'attendais tout simplement pas à ce qu'elle dise une chose pareille, même si je savais parfaitement qu'elle s'était aperçue de ce qui m'était arrivé. Ce fut elle qui reprit la parole.

« J'aurais voulu faire quelque chose pour vous aider quand vous alliez si mal, mais vous étiez si distant. J'étais inquiète, je pensais que ça allait mal se terminer.

– Mal ?

– Oui, ne vous mettez pas à rire. Je pensais à ces gens qui se suicident, après quoi les amis et l'entourage disent qu'ils étaient déprimés, que depuis quelque temps, la personne avait tellement changé et autres choses du même genre…

– Vous pensiez que j'aurais pu me suicider ?

– Oui. Mais depuis quelques mois, les choses se sont améliorées et je suis contente. Maintenant, ça va beaucoup mieux et je voulais vous le dire… que je suis contente. »

Je ne savais que répondre. Il ne me venait à la bouche que des banalités et je n'avais pas envie de dire des banalités. Des mondes entiers passent auprès de nous sans qu'on s'en aperçoive. J'étais troublé.

Je lui dis juste merci. Mais aussitôt, je me levai, fis le

tour de la table et lui donnai un baiser sur la joue. Elle rougit, un peu.

« Bon… alors à lundi.

– À lundi. Merci, Maria Teresa. »

Je devais finir de me préparer pour l'interrogatoire d'Abdou et régler quelques problèmes techniques liés à mes requêtes de preuves complémentaires. Je restai donc à travailler jusque après huit heures, je bouclai tout et sortis. Dehors, il y faisait encore jour et une légère brise s'était levée. On était bien, je me sentais euphorique. J'avais fait mon devoir, c'était l'été, et on était vendredi. Pour la première fois depuis bien longtemps, j'eus la sensation que le week-end était arrivé, et ce fut une bonne sensation. Je voulais faire quelque chose pour fêter ça.

J'essayai d'appeler Margherita sur son portable, mais il était éteint ou la communication ne passait pas. J'essayai de l'appeler à l'interphone, mais elle n'était pas chez elle. Je fus un peu déçu. Juste un peu.

Je songeai à ce que j'avais envie de faire et je trouvai immédiatement la réponse. Alors je grimpai chez moi, préparai un petit sac et quelques livres. Puis je montai dans ma voiture, et en route vers le sud. J'allais à la mer.

J'arrivai à Santa Maria di Leuca vers onze heures et je pris une chambre dans une petite pension, face à la mer. J'allai dîner, puis je fis une longue balade – aller-retour le long de la promenade –, m'asseyant de temps en temps sur un banc pour fumer une cigarette, regarder les gens, savourer la fraîcheur de la nuit. Je me couchai vers une heure et demie. Je m'endormis d'un coup, pour me réveiller à neuf heures le samedi. Je ne sais pas depuis quand je n'avais pas dormi comme ça. Je devais avoir vingt ans, guère plus.

Ce furent deux jours de baignades, de soleil, passées à manger, lire, dormir, regarder les gens. Sans penser à rien. Je regardais les gens sur la plage, dans les restaurants, dans les rues du village, le soir. Je passais des heures à observer les gens, sans m'inquiéter que les autres en fassent autant et, d'une certaine manière, puissent me juger. À la plage, le samedi matin, je sympathisai avec une dame de Lecce d'environ soixante-cinq ans, plutôt grosse dans son maillot de bain bleu clair – heureusement une pièce. Elle était sympathique. Elle me raconta que son mari était mort trois ans plus tôt ; qu'elle avait été très mal pendant cinq ou six mois, pensant que sa vie était finie parce qu'ils s'étaient mariés quand elle avait vingt-deux ans et qu'elle n'avait jamais connu un autre homme. Puis elle avait commencé à se dire que non, sa vie n'était pas fichue, qu'il y avait certaines choses qu'elle avait toujours voulu faire, mais bon, pour une raison ou pour une autre, elle les avait toujours remises à plus tard. Alors elle avait suivi un cours d'origami – c'était justement quelque chose qu'elle avait toujours voulu faire – parce que quand elle était petite, sa grand-mère lui fabriquait de magnifiques jouets en pliant, coupant, coloriant du papier. Sa grand-mère lui avait promis de lui apprendre quand elle serait plus grande. Mais sa grand-mère était morte quand elle avait sept ans. Alors elle avait appris l'art de l'origami et était devenue très douée – elle m'en fit la démonstration en pliant sous mes yeux un pingouin, un phoque et même un renne. Puis elle avait eu envie de faire d'autres choses encore. Par exemple, aller seule à la mer, ou voyager ; heureusement, elle n'avait pas de problèmes d'argent… Et savez-vous, jeune homme, quand on a beaucoup de choses à faire, on n'a pas le temps de penser que la vie est fichue, de penser à combien de temps il nous reste ; qu'on va mourir. De toute façon, on va mourir, alors… Tout en bavardant, elle s'inquiétait du fait que je puisse attraper un coup de soleil et me passa un tube de crème solaire, exigeant que je m'en enduise. Ce que je fis, et bien m'en prit, car le soleil cognait et j'aurais certainement cuit après toute une journée à la mer. Elle voulut que je lui parle de moi et je me surpris à lui raconter mes salades, ce que je n'avais fait avec personne. Hormis avec le psychiatre barbu, et en obtenant des résultats fort modestes. Elle écouta sans rien dire et cela aussi me plut.

Le soir suivant, après avoir dîné, j'allai dans une sorte de piano-bar et je restai à écouter de la musique très tard. Je sympathisai avec le garçon, un étudiant en physique qui travaillait le week-end pour gagner quelques sous. Il m'avoua qu'il y avait deux filles, à une table toute proche plongée dans l'obscurité, qui lui avaient demandé qui j'étais. L'étudiant en physique me précisa qu'elles étaient mignonnes et que, si je voulais, il pourrait leur apporter un message. Il proposa ça gentiment, sans vulgarité. Je lui répondis merci, non, peut-être une autre fois, et il me regarda un peu étonné. Quand je partis, je lui laissai un pourboire. Peut-être pensa-t-il que je préférais les hommes, mais ça m'était parfaitement égal.

Cette nuit-là aussi, je dormis comme une souche et je me réveillai reposé et joyeux. Je passai mon dimanche à la plage, lisant, me jetant à l'eau non sans m'être tartiné avec la crème que la dame des pliages m'avait laissée.

À sept heures, le soleil était encore tiède et je pris une dernière douche. Puis je passai à la pension récupérer mon sac et je rentrai à Bari.

J'étais à quelques kilomètres de chez moi quand mon mobile, au fond de mon sac, m'avertit que j'avais reçu un SMS. Je m'arrêtai donc dans une station-service, repêchai mon téléphone. J'eus quelques difficultés à me rappeler comment on lisait les messages, car en fait, je n'en avais pas reçu depuis longtemps. Au bout d'un moment, j'arrivai à mes fins. Voilà ce que disait le message :

T'expliquer serait trop long. Ne cherche pas à comprendre. Mais j'avais besoin de te dire, maintenant, que t'avoir rencontré a été une des plus belles choses qui me soient jamais arrivées. M.

Interloqué, je restai un instant à lire ces mots, puis je repris ma route. Au bout de quelques minutes, j'eus envie d'éteindre la climatisation et de baisser les vitres. Le mistral qui chasse l'air humide était en train de se lever.

Je ne sais pas si c'était le vent qui faisait frissonner ma peau gorgée de soleil, tandis que je roulais, vitres baissées. Les enceintes diffusaient la voix de Rod Stewart qui chantait *I don't wanna talk about it*, et moi je pensais aux mots du message et à tant d'autres choses encore.

Je ne sais pas si c'était le vent qui me donnait des frissons.

12

L'audience commença avec presque une heure de retard, pour une raison inconnue. Je soupçonnai qu'avant l'entrée dans le prétoire, il y avait eu des discussions animées en chambre du conseil, car les juges en robe et les jurés entrèrent et s'installèrent à leurs places l'air tendu. Exception faite de la belle femme à la gauche du président. Elle affichait toujours son expression de suffisance et de fausse concentration, qu'avec une admirable immobilité elle avait conservée au long de toutes les auditions. Une expression que, de toute évidence, elle estimait très *comme il faut*[1] pour un juré de cour d'assises.

Je ne me trompais pas, pensai-je. Il y avait eu une discussion, et elle avait eu pour principaux protagonistes le président et le juge *a latere*. C'est ce que j'imaginai en observant la manière dont le président et le juge étaient assis. Le président était ostensiblement tourné – il avait même déplacé sa chaise – du côté opposé au juge. Ce dernier regardait fixement devant lui et nettoyait ses lunettes d'un geste nerveux, presque frénétique. Ils n'échangeraient pas un mot de toute l'audience.

1. En français dans le texte. *(N.d.T.)*

Ça n'était pas l'idéal pour une audition d'une telle importance. Je pensai aussi, de manière complètement irrationnelle, que le président avait déjà décidé de condamner Abdou. Cette sensation oppressante m'accompagna toute la matinée.

Margherita n'était pas là et je ne m'attendais d'ailleurs pas à ce qu'elle vienne.

Je ne saurais dire sur la base de quel raisonnement j'étais persuadé que je ne la verrais pas ce matin-là. En réalité, j'ignore même si j'avais échafaudé un raisonnement. Une chose est sûre, je ne m'attendais pas à la voir, quelques heures après ce message.

On fit sortir Abdou de la cage, sans menottes, et on lui fit prendre place sur le siège destiné aux témoins. Derrière lui, à cinquante centimètres, deux surveillants.

Le président lui demanda en premier lieu s'il confirmait ne pas avoir besoin d'un interprète. Abdou fit oui de la tête et Zavoianni déclara qu'il ne pouvait pas se borner à faire des signes, qu'il devait dire *oui* ou *non* en parlant dans le micro. Abdou dit que ça allait, que non, il n'avait besoin d'aucun interprète. Il comprenait.

Le président lui demanda tout de suite s'il entendait déposer et Abdou répondit que oui, en parlant près du micro d'une voix ferme. Le représentant du ministère public prit la parole.

« Alors Thiam, première chose : connaissiez-vous le petit Rubino Francesco ?

– Oui.

– Mais lorsque vous avez été interrogé, vous avez dit ne pas le connaître, vous vous en souvenez ? »

Ça démarrait plein pot. Je bondis sur mes pieds pour élever ma première objection.

« Objection, Monsieur le président. Cette question est

inadmissible. Si le ministère public entend notifier à l'accusé le contenu de ses précédentes déclarations, qu'il le fasse en précisant à quel procès-verbal il se réfère, en lisant textuellement les déclarations dont il entend faire état. »

Le président s'apprêtait à dire quelque chose, mais Cervellati anticipa.

« Je me réfère au procès-verbal de l'interrogatoire dressé devant le ministère public le 11 août 1999. Je procède à la lecture en vue de la notification, ainsi la défense n'aura pas de raison de se plaindre. Donc… vous avez dit textuellement dans cet interrogatoire que…

– Objection, Monsieur le président. L'accusation ne peut dire ce que mon client a *textuellement* déclaré à partir d'un procès-verbal sous forme de synthèse, comme c'est ici le cas. L'interrogatoire que le ministère public a cité – le premier et le seul auquel monsieur Thiam ait été soumis – n'a pas été sténographié et aucune forme d'enregistrement n'a été utilisée. »

Ce n'était pas une véritable objection, mais elle me servait à insister auprès des juges sur une information importante : la première fois – et, de fait, la seule – où Abdou avait été interrogé, il n'y avait ni magnétophone, ni caméra vidéo, ni sténotypiste.

Le président rejeta l'objection et me dit qu'il n'aimait pas la façon dont nous avions commencé. J'aurais aimé répliquer sur le même ton, mais je m'en abstins. Je dis seulement : « Merci, Monsieur le président » et Cervellati reprit.

« Je lis la déclaration : *Je ne connais aucun Rubino Francesco ; ce nom ne me dit rien.*

– Je peux expliquer ? Je connaissais l'enfant par son surnom, Ciccio. C'est comme ça que je l'appelais. Sur la plage, tout le monde l'appelait comme ça. Quand j'ai entendu Rubino Francesco, je n'ai pas compris que c'était Ciccio. Le petit, pour moi, c'était Ciccio.

– Cependant, au cours de l'interrogatoire, vous avez admis, à un moment donné, connaître l'enfant. Est-ce vrai ?

– Oui. Quand j'ai vu la photo.

– Vous voulez dire : quand on vous a notifié la découverte – chez vous – d'une photographie de l'enfant ?

– Quand vous m'avez montré la photo… oui, celle que j'avais chez moi.

– Il est donc exact d'affirmer que vous avez admis connaître l'enfant seulement quand vous vous êtes rendu compte que nous avions trouvé cette photographie… »

Là, il exagérait.

« Objection. Ça n'est pas une question. Le ministère public tente de tirer des conclusions et il ne peut le faire ici. »

Le président dut à contrecœur me donner raison.

« Monsieur le procureur, bornez-vous à poser des questions. Les conclusions, lors du réquisitoire. »

Cervellati poursuivit l'interrogatoire, mais il était visiblement en train de devenir nerveux, et pas seulement à cause de moi.

« Alors Thiam, êtes-vous en mesure de dire où vous vous trouviez l'après-midi du 5 août 1999 ?

– Oui.

– Allez-y.

– Je rentrais de Naples en voiture.

– Qu'étiez-vous allé faire à Naples ?

– Acheter de la marchandise à vendre sur les plages.

– J'ai ici un extrait du procès-verbal mentionné précédemment. Je lis textuellement : *L'après-midi du*

5 août, je crois que je suis allé à Naples... Je suis allé voir des compatriotes dont, cependant, je ne peux indiquer le nom. On s'est vus, comme d'autres fois, aux abords de la gare centrale. Je ne peux fournir d'indications utiles pour retrouver mes compatriotes et je ne sais indiquer personne qui puisse confirmer que je suis allé à Naples ce jour-là. Vous avez compris, Thiam ? Quand vous avez été interrogé, au mois d'août de l'année dernière, vous avez dit être allé à Naples, mais vous n'avez pas parlé d'achat de marchandise, et cetera. Vous avez simplement dit être allé voir des compatriotes, dont vous ne saviez d'ailleurs pas indiquer l'identité. Que pouvez-vous nous dire à ce sujet ?

– Je suis allé acheter de la marchandise. Et je suis aussi allé acheter du haschich. Je n'ai pas dit tout ça parce que je ne voulais pas compromettre ceux qui m'avaient vendu la marchandise et le haschich. Et je ne voulais pas compromettre l'ami qui gardait chez lui ma marchandise et le haschich.

– Qui est cet ami ?

– Je refuse de le dire.

– D'accord. Ceci va servir à évaluer la crédibilité de votre histoire. Qu'est-ce que vous deviez en faire, de ce haschich ?

– On l'achetait en groupe, avec d'autres amis africains, pour fumer ensemble.

– Quelle quantité de haschich aviez-vous achetée, personnellement ?

– Cinq cents grammes.

– Et vous pensez qu'on va croire à cette histoire ? Qu'on va croire que, pour ne pas avouer la détention de haschich et de marchandises de contrefaçon, vous ne vous êtes pas défendu d'une accusation de meurtre ?

– Je ne sais pas si vous croyez à cette histoire. Mais moi, quand j'ai été interrogé, j'étais très perturbé. Je ne comprenais pas bien ce qui m'arrivait et je ne me sentais pas d'impliquer des gens qui n'avaient rien à y voir. Je ne savais pas quoi faire. Si j'avais eu un avocat, peut-être que j'aurais pu…

– Durant l'interrogatoire, vous *aviez* un avocat ! »

Cervellati avait haussé le ton : il était vraiment en train de perdre son calme. Je n'avais pas besoin d'intervenir.

« J'avais un avocat commis d'office. Je n'ai pas parlé avec lui avant l'interrogatoire et ensuite je ne l'ai plus revu. Si vous me demandez à quoi il ressemble, je suis incapable de vous le dire.

– D'accord, dit Cervellati en cherchant à se dominer et en s'adressant à la cour, je ne dois pas discuter avec l'accusé. Écoutez, Thiam, vous dites être allé à Naples ce jour-là. Décrivez-nous en détail comment s'est déroulée votre journée.

– Le jour où je suis allé à Naples ?

– Oui.

– Je suis parti tôt le matin, vers six heures. Je suis arrivé à Naples vers neuf heures. Je suis allé dans un dépôt du côté de la prison, à Poggioreale, là où je prends la marchandise, et j'ai chargé la voiture. Puis je suis vraiment allé près de la gare où se trouvaient mes amis qui avaient le shit, le haschich, et je l'ai acheté. J'avais l'argent qu'on avait réuni à Bari…

– Quel besoin aviez-vous d'aller l'acheter à Naples, le haschich ? On n'en trouve pas à Bari ?

– On en trouve à Bari, mais on trouve surtout de l'herbe, de la marijuana qui vient d'Albanie. Mais moi je devais aller à Naples pour la marchandise. À Naples, il y a ces amis qui en ont du très bon et qui me font un prix, le même que celui qu'ils paient.

– Quel prix vous font vos amis dealers ?

– Un million de lires [1] la livre.

– Et vous, ensuite, vous dealiez à Bari ?

– Non. Je ne dealais pas. On achetait en commun, après on partageait pour notre consommation personnelle.

– À quelle heure êtes-vous rentré de Naples ?

– Dans l'après-midi. Je ne sais pas à quelle heure précisément. Quand j'ai déchargé la voiture chez mon ami, il faisait encore jour.

– Naturellement, vous l'avez déjà dit, vous ne voulez pas indiquer le nom de cet ami ?

– Je ne peux pas.

– Quelqu'un peut-il confirmer l'histoire que vous nous avez racontée aujourd'hui, ici ?

– Un témoin ?

– Oui, un témoin.

– Non, je ne peux appeler personne. Et puis ça fait presque un an que je suis en prison, et je ne sais même pas si les personnes de Naples, ou même mon ami de Bari, sont encore en Italie.

– Très bien. Nous devons donc vous croire sur parole. De toute façon, vous pouvez exclure être allé à Monopoli, à Capitolo, cet après-midi-là ?

– Non.

– Vous ne pouvez pas l'exclure ?

– Je n'y suis pas allé. Quand j'ai terminé de

1. L'équivalent de 500 euros. *(N.d.T.)*

décharger, je suis resté à Bari. Il était tard et je n'aurais trouvé personne sur la plage.

– Vous dites n'être pas allé à Monopoli cet après-midi-là. Êtes-vous donc en mesure d'expliquer pourquoi monsieur Renna – le propriétaire du bar Maracaibo – dit vous avoir vu passer devant son bar justement cet après-midi-là, vers dix-huit heures ? Vous présumez que monsieur Renna n'a pas dit la vérité ? Savez-vous si monsieur Renna a des raisons d'éprouver de l'hostilité à votre égard ?

– Je ne sais pas. Je crois qu'il se trompe. Peut-être qu'il se trompe de jour. Peut-être qu'il a vu quelqu'un qui me ressemble. Je ne sais pas. Je ne suis pas allé à Capitolo ce jour-là.

– Vous ne m'avez pas dit si vous considérez que Renna a des raisons d'éprouver de l'hostilité à votre égard.

– Je ne comprends pas. Qu'est-ce que ça veut dire, *hostilité* ?

– Selon vous, Renna vous accuse faussement parce qu'il veut vous faire du mal ? Il vous en veut ? »

J'allais élever une objection, mais Abdou répondit avant moi, et il répondit correctement.

« Je n'ai pas dit cela. Je n'ai pas dit qu'il m'accuse *faussement*. Je sais qu'il se trompe, et c'est quelque chose de différent. Accuser faussement, c'est quand quelqu'un sait qu'il est en train de dire quelque chose qui n'est pas vrai. Lui, il dit quelque chose qui n'est pas vrai, mais je pense que lui, il est persuadé que c'est vrai.

– Les jours qui suivirent le 5 août, vous avez fait laver votre voiture ?

– Oui, après le voyage à Naples. J'ai fait laver ma voiture un de ces jours-là.

– Pourquoi ?

– Parce qu'elle était sale. »

Je crus saisir l'ombre d'un sourire sur les lèvres de certains jurés. Gardèrent bien sûr leur sérieux le président, le juge *a latere*, la belle dame qui semblait momifiée et le vieux avec son air de militaire à la retraite. Je restai très sérieux. De même que Cervellati qui poursuivit son examen encore quelques minutes, interrogeant Abdou sur la photographie avec l'enfant et sur certains autres éléments.

La partie civile posa quelques questions, pour montrer qu'elle était là, après quoi le président me donna la parole.

« Monsieur Thiam, pouvez-vous nous dire quelle profession vous exerciez au Sénégal ?

– Je suis maître d'école.

– Combien de langues parlez-vous ?

– Je parle le wolof, ma langue, l'italien, le français et l'anglais.

– Pourquoi êtes-vous venu dans notre pays ?

– Parce que dans mon pays, je n'arrivais pas à envisager l'avenir.

– Vous êtes un clandestin ?

– Non, j'ai un permis de séjour et aussi ma licence de vendeur ambulant. Mais je vendais aussi des contrefaçons. C'était la seule chose illégale que je faisais.

– Depuis combien de temps connaissiez-vous le petit Francesco, Ciccio ?

– Je l'ai connu l'été dernier... non, je veux dire l'été d'avant... en 1998.

– Pourquoi aviez-vous cette photo de l'enfant ?

– C'est lui qui me l'avait donnée... On était amis. On parlait souvent...

– Quand vous l'a-t-il donnée ?

– L'été dernier, en juillet. Il m'a dit que si je rentrais en Afrique, je pourrais emporter cette photo, en souvenir. Je lui ai dit que je ne devais pas rentrer en Afrique, mais il me l'a quand même donnée.

– Quand a été prise cette photo ?

– Le jour même où il me l'a donnée. Son grand-père avait un Polaroïd et il prenait des photos. L'enfant en a choisi une et il me l'a donnée.

– Je voudrais maintenant passer à autre chose. Je constate que vous parlez très bien l'italien. Je voudrais donc vous demander quelque chose. Pouvez-vous nous dire ce que signifie la phrase : *Je renonce expressément à tout délai pour la préparation de ma défense* ?

– Je ne sais pas ce que veut dire cette phrase.

– C'est curieux, monsieur Thiam, parce que c'est une phrase que vous semblez avoir prononcée lors de votre interrogatoire devant le ministère public. Vous voulez lire ? » Je m'approchai d'Abdou en lui montrant mon exemplaire du procès-verbal. Je m'attendais à ce que le procureur objecte, mais il resta à sa place sans rien dire.

Abdou regarda le procès-verbal, comme je lui avais dit de le faire vendredi dernier, à la prison. Puis il secoua la tête.

« Je ne sais pas ce que ça veut dire.

– Excusez-moi, monsieur Thiam, vous n'avez pas dit que vous renonciez à tout délai pour la comparution et pour l'interrogatoire ?

– Je ne sais pas ce que sont ces délais.

– D'accord, peut-être ne vous en souvenez-vous pas, mais ce procès-verbal, vous l'avez signé. »

Là, il fallait que je m'arrête. Le message, me semblait-il, était parvenu à destination. Le procès-verbal de l'interrogatoire d'Abdou avait été rédigé avec désinvolture, et maintenant, la cour était elle aussi au courant. Je pouvais changer de sujet et passer à un point décisif.

« Vous avez déclaré que le 5 août, vous étiez allé à Naples et qu'il n'y avait aucun témoin pouvant confirmer ce fait. Est-ce exact ?

– Oui.

– Vous avez un téléphone mobile ?

– J'en avais un. Quand on m'a arrêté, on a aussi saisi mon téléphone.

– Bien sûr. C'est dans le procès-verbal qui se trouve au dossier. Quand vous êtes allé à Naples, vous aviez ce mobile avec vous ?

– Oui.

– Vous vous souvenez si ce jour-là vous avez passé ou reçu des communications ?

– Je crois que oui. Je ne m'en souviens pas avec précision, mais je crois que oui.

– Pouvez-vous nous dire quel était le numéro de ce téléphone mobile ?

– Oui. C'était le 0339 71 34 964.

– J'ai terminé, Monsieur le président, merci. »

Le ministère public n'avait pas d'autres questions à poser et il demanda que le procès-verbal utilisé pour les notifications soit versé au dossier. Je ne fis aucune objection. Le président déclara qu'après une pause d'une demi-heure, nous devrions formuler d'éventuelles requêtes de preuves complémentaires. La cour déciderait de les accepter ou pas, et l'on se mettrait d'accord sur le calendrier.

J'avais sérieusement besoin d'un café et d'une cigarette.

13

Au bar du tribunal, il y avait des tables genre cafétéria années soixante-dix. Je pris ma tasse de café sur le comptoir et j'allai m'asseoir à une table, tout seul, avec l'intention de passer une demi-heure sans penser à rien, sans parler à personne.

J'allumai ma cigarette et je me mis à regarder les gens qui entraient et sortaient du bar. Tranquille.

J'en étais là quand arriva une dame bronzée, élégante, bijoutée, l'air de passer le plus clair de son temps entre le gymnase et l'institut de beauté. Elle se dirigeait vers le bar, lorsqu'elle me vit et s'arrêta. Elle regarda dans ma direction, l'esquisse d'un sourire au coin des lèvres, avec l'air de quelqu'un qui attend une réponse en écho. Je regardai de gauche et de droite, pour vérifier qu'elle s'adressait bien à moi. Derrière, ça n'était pas possible, puisque j'étais adossé au mur. De toute façon, personne d'autre n'était attablé, donc c'était bien moi qu'elle regardait.

Vu mon attitude, elle s'approcha davantage. Son expression était maintenant légèrement différente : elle pensait soit que j'étais très myope, soit que j'étais devenu complètement débile.

« Tu ne me reconnais pas ? » dit-elle enfin.

Je tendis légèrement le cou vers elle, et un sourire

bête se dessina sur mes lèvres tandis que je cherchais à bredouiller quelque chose. Puis je la reconnus.

C'était il y a quinze ans, ou peut-être plus. Je venais de passer mon diplôme. Je ne réussissais plus à me rappeler ce qu'elle faisait à l'époque, mais ce qui est sûr, c'est qu'elle avait beaucoup changé. Peut-être qu'elle finissait sa médecine, à moins que je ne la confonde avec une autre.

On était sortis ensemble pendant deux mois, ou un peu moins. Elle était plus âgée que moi, peut-être cinq ans de plus. Donc, maintenant, elle devait avoir quarante-quatre ans. Comment s'appelait-elle ? Je ne me rappelais pas comment elle s'appelait.

« Magda. Je suis Magda. Qu'est-ce qu'il y a ? Tu ne me reconnais pas ? »

Magda. On était sortis deux mois ensemble, il y avait quinze ans. Et qu'est-ce qu'on faisait ? On parlait de quoi ?

« Magda, excuse-moi. Je ne porte pas mes lunettes par pure coquetterie et voilà ce qui arrive. Je suis un peu myope. Comment ça va ?

– Bien, et toi ? »

S'ensuivit une conversation absurde. Je ne me rappelais pour ainsi dire rien d'elle et j'optai donc pour la prudence, histoire d'éviter de faire d'autres gaffes. Elle me confia qu'elle était au tribunal pour son travail. À sa façon de le dire, il semblait évident que je connaissais son travail. Mais moi, je n'en avais pas la moindre idée et tandis qu'elle continuait de parler – séparations, vie de célibataire, vacances ; on devait absolument se voir un de ces soirs avec une série de personnes dont les noms ne me disaient rien –, j'étais comme entraîné dans un tourbillon surréel.

Je me sentis mieux quand on se quitta, non sans quelques bises et autres effusions.

Ciao Magda. Quand on se rencontrera à nouveau, je trouverai le courage de te demander de quoi on a bien pu parler, presque tous les soirs, pendant deux mois, il y a quinze ans.

Le président demanda au ministère public et à l'avocat de la partie civile s'ils avaient à formuler des requêtes de preuves complémentaires. Tous deux répondirent non. Il se tourna donc vers moi et me posa la même question. Je me levai et, avant de parler, j'arrangeai ma robe qui, comme d'habitude, me glissait des épaules.

« Oui, Monsieur le président. Nous avons des requêtes, conformément à l'article 507 du code de procédure pénale. La cour vient d'entendre l'interrogatoire de l'accusé. Celui-ci a précisé être titulaire d'un abonnement de téléphonie mobile. Cet élément était d'ailleurs précisé dans les documents en votre possession, car on a versé (entre autres) au dossier le procès-verbal de la saisie du mobile en question, ainsi que de la carte SIM. Carte qui se rapporte précisément au numéro de l'accusé, à savoir le 0339 71 34 964. L'accusé a dit avoir emporté avec lui, durant son voyage à Naples, le téléphone évoqué précédemment et il a probablement passé ou reçu des communications à cette occasion. Vous savez mieux que moi que l'utilisation d'un téléphone cellulaire comporte une trace conservée sur support magnétique par la compagnie téléphonique, en l'occurrence Telecom Italia. Il est possible de verser au dossier les relevés où sont inscrits les appels reçus et les numéros composés, l'heure, la durée des communications, et surtout, la zone où l'utilisateur du téléphone se trouvait au moment de l'appel.

« Cela étant, je ne crois pas devoir insister davantage sur l'importance de demander à Telecom Italia les relevés relatifs à l'abonnement du téléphone mobile 0339 71 34 964, le jour du 5 août 1999. Il est vrai que nous n'avons aucun témoin pouvant confirmer l'alibi de l'accusé. Le résultat des relevés peut constituer bien plus qu'un témoignage d'alibi. La localisation exacte du téléphone qui en résulte, et ce avec une marge horaire précise, peut fournir un élément concluant pour l'enjeu de ce procès. Pour finir, je vous demande, conformément à l'article 507 du code de procédure pénale, d'émettre une ordonnance de versement au dossier des relevés relatifs aux appels téléphoniques de l'abonné du mobile 0339 71 34 964, le 5 août 1999. Je ne crois pas devoir ajouter autre chose. Merci. »

Le président me regarda encore pendant quelques secondes après que j'eus fini de parler. Il allait s'adresser au juge *a latere*, lorsqu'il dut se rappeler qu'ils s'étaient disputés quelques heures auparavant. En tout cas, moi, j'étais persuadé qu'ils s'étaient disputés pour une raison quelconque. Une chose est sûre, Zavoianni était en train de se tourner vers le juge et interrompit son mouvement. Si brusquement qu'il dut se donner une contenance, en appuyant sa joue contre sa main, l'air songeur. Il avait bougé comme le personnage d'une farce et demeura quelques secondes artificiellement immobile. Puis il finit par s'adresser au représentant du ministère public.

« Avez-vous des observations sur cette requête de la défense, Monsieur le procureur ?

– Monsieur le président, j'ai de gros doutes – ai-je besoin de le dire ? – non seulement sur la nécessité absolue de la requête, mais avant tout sur la pertinence de la preuve demandée par la défense. Mes doutes peuvent être résumés en quelques mots : qui nous dit que le 5 août 99, le téléphone cellulaire était en possession de Thiam ? Le téléphone a été trouvé en sa possession au moment de la perquisition, c'est vrai. Mais ça ne veut pas dire grand-chose. La perquisition a été faite quelques jours plus tard et nous savons que dans certains milieux – par exemple celui des dealers dont, comme il vient de le dire, l'accusé est proche, si ce n'est partie prenante – on a coutume de se passer les téléphones mobiles, les armes et ainsi de suite. En l'absence de preuves confirmant que le téléphone était en possession de Thiam à la date de l'enlèvement de l'enfant, cette requête est dépourvue de tout fondement. Je dois enfin ajouter une considération d'ordre plus strictement procédural. L'article 507 permet la mise en œuvre de nouveaux éléments de preuve, uniquement lorsque cette nécessité survient au cours des débats. Dans ce cas, la requête de preuve pouvait parfaitement être formulée dans la phase préparatoire de l'instruction, mais la défense ne l'a pas fait, par négligence ou pour des raisons que nous ignorons. En tout état de cause, cette requête est tardive et, de ce seul fait, doit être repoussée.

– La partie civile a-t-elle des observations ? demanda encore le président.

– Nous nous joignons aux considérations émises par le ministère public.

– Monsieur le président, dis-je, me permettez-vous

de répliquer brièvement aux observations du ministère public ?

– Comme vous le savez parfaitement, maître, la réplique n'est pas admise dans cette phase de la procédure.

– Monsieur le président…

– Maître, pas un mot de plus. Je vous le répète, pas un mot de plus. »

Sur ce, il se leva pour se rendre à la chambre du conseil. Les jurés se levèrent un par un pour le suivre. Le juge *a latere* resta assis. J'eus l'impression qu'il serrait les lèvres pendant un instant. Puis il se leva à son tour et se dirigea, le dernier, vers la chambre du conseil.

On a attendu longtemps. Normalement, des décisions comme celles-ci – les requêtes de preuves complémentaires – sont prises directement durant l'audience ou après une délibération de quelques minutes. Mais pas ce jour-là. Les heures passaient, et rien. J'échangeai quelques mots avec le greffier qui me disait ne pas comprendre la raison de ce retard. Je lui répondis que moi non plus, je n'arrivais pas à comprendre, mais ça n'était pas vrai. S'ils restaient aussi longtemps en conciliabule, c'était parce que la cour s'était effectivement divisée en deux factions : ceux qui avaient décidé de condamner Abdou et ceux qui voulaient comprendre. Si les premiers l'emportaient et si ma requête de versement au dossier des relevés était repoussée, je pouvais tranquillement m'épargner la peine de plaider la cause de mon client. Abdou était fichu. Si les autres l'emportaient, on était encore dans la course.

Depuis sa cage, Abdou me demanda ce qui se

passait. Je lui mentis en affirmant que cette attente était tout à fait normale.

J'eus envie d'appeler Margherita, mais je n'en fis rien. Sans pouvoir m'en expliquer la raison, un vieux proverbe turc me vint à l'esprit. Ça disait à peu près : *Avant d'aimer, apprends à marcher dans la neige sans laisser d'empreintes.* Pourquoi ce proverbe me venait-il donc à l'esprit ?

Je me sentais seul et puis, merde, une envie de chialer commençait à monter. Au bout de plusieurs mois, juste maintenant, juste ici.

Non. S'il vous plaît. Non.

Je me dirigeai vers la porte de la salle, pour éviter (*just in case*) de me donner en spectacle et pour allumer une autre cigarette. Je l'avais déjà placée entre mes lèvres quand mes pensées furent déchirées par le son providentiel de la cloche.

Je retournai à ma place et enfilai ma robe. Je m'aperçus que ma cigarette pendait encore au coin de ma bouche alors que les jurés étaient déjà rentrés, s'étaient assis, et que le président commençait de rendre son ordonnance.

Je baissai les yeux vers la table, les yeux mi-clos, tandis que se brouillait l'image des feuilles placées devant moi. J'écoutai.

La cour d'assises de Bari, en se prononçant sur la requête de nouveaux éléments de preuve formulée par la défense de l'accusé Thiam Abdou, observe ce qui suit.

La défense de l'accusé demande – conformément à l'article 507 du code de procédure pénale – le versement au dossier des relevés relatifs aux appels téléphoniques de l'abonné du mobile 0339 71 34 964 le 5 août 1999, sur la base d'un double présupposé : la nécessité de ce versement s'est fait jour au cours de l'examen contradictoire (en particulier lors de l'audition de l'accusé) ; ce versement étant absolument nécessaire afin d'établir la vérité.

Le ministère public s'y oppose en soulignant l'insignifiance (ou de toute façon l'absence de nécessité absolue) ainsi que le caractère tardif de la requête.

Effectivement – comme l'a observé le ministère public –, la requête pouvait parfaitement être avancée durant la phase préparatoire, puisque tous les éléments pour la formuler étaient déjà à la disposition de la défense.

Techniquement, on retiendra le caractère tardif de la requête.

Le président marqua une pause, du moins me sembla-t-il. Je gardai les yeux mi-clos, tête baissée. Quelques secondes plus tard, je m'aperçus que j'avais retenu ma respiration.

Cependant, d'un autre point de vue…

Ça y était ! Ils avaient accepté.

Cependant, d'un autre point de vue, il faut relever, conformément à la jurisprudence de la cour de cassation, que le juge est tenu de ne pas négliger l'objectif premier d'un procès pénal, qui doit demeurer la recherche de la vérité. Dans cette perspective, on ne peut accepter des méthodologies ou des choix pouvant faire obstacle de manière déraisonnable à la procédure de vérification d'un élément chronologique, nécessaire pour en arriver à une décision juste.

Il nous faut par ailleurs souligner que la preuve requise doit être entendue comme potentiellement décisive. Le versement au dossier des relevés pourrait en effet déboucher sur une véritable preuve d'alibi, si la localisation de l'accusé se révélait incompatible avec l'hypothèse de sa responsabilité pour les faits qui lui sont reprochés.

C'est pour cette raison que la cour d'assises de Bari ordonne le versement au dossier des relevés relatifs aux communications téléphoniques de l'abonné 0339 71 34 964 pour le 5 août 1999, de 6 h 00 à 0 h 00.

La cour ordonne en outre l'audition du responsable du siège de Telecom Italia à Bari, ou de tout autre employé de cette même société expressément délégué, pour illustrer lors de l'audience la signification précise des relevés.

La cour délègue un détachement de police judiciaire au siège de la société, en fixant un délai de cinq jours pour l'exécution.

La production de la pièce à conviction et les débats sont renvoyés à l'audience du 3 juillet.

L'audience est levée.

Je rouvris les yeux et relevai la tête alors que la cour était déjà sortie de la salle.

Plus qu'une semaine avant la fin du procès. Quelle qu'en soit l'issue.

14

Durant cette semaine, mes journées furent étonnamment normales. Je travaillai normalement, j'allai normalement à mes audiences, je reçus mes clients, j'encaissai quelques honoraires – ce qui n'était pas plus mal.

Je ne m'occupai pas du procès d'Abdou. Il fallait attendre l'arrivée des relevés, car l'orientation que je donnerais à ma plaidoirie dépendait du résultat de cette vérification. Jusque-là, il était inutile que je regarde les documents ou que je commence à préparer le débat.

Jeudi après-midi, Margherita m'appela sur mon portable. Après le message de dimanche, on ne s'était plus parlé. Je ne l'avais pas appelée ; je n'avais pas essayé de sonner à l'interphone. J'ignore pourquoi. Quelque chose m'avait retenu.

Avais-je envie de sortir prendre un verre après dîner ? Oui, j'avais envie. Voulait-elle que je l'appelle à l'interphone ou que je frappe à la porte ? Ah, elle serait déjà sortie et on pouvait se voir directement quelque part. Ça m'allait, via Venezia, devant le Fortin. Vers dix heures et demie ? OK, ça marche. Bon, alors à plus tard.

Elle avait une voix un peu bizarre qui me procura un léger sentiment d'inquiétude.

À partir de ce moment, l'après-midi passa lentement. J'étais distrait et je regardais souvent ma montre.

Je quittai mon cabinet vers huit heures. À la maison, je pris une douche, je me changeai et je sortis bien avant l'heure du rendez-vous. Je fis passer le temps à grand-peine, puis, vers dix heures, je me mis en route vers le Fortin.

Je remontai la via Venezia en me frayant un chemin parmi les passants. C'était plein de monde, comme toujours en été à cette heure-ci.

Surtout des groupes de jeunes qui sentaient un mélange de déodorant, de crème solaire et de chewing-gum à la chlorophylle. Quelques familles de la vieille ville. Quelques quinquas bronzés avec minette de vingt ans enveloppée d'un nuage de parfum. Quelques types de mon âge, mais très très peu. Dieu sait pourquoi, me demandai-je pour m'occuper la tête.

J'arrivai au Fortin avec au moins dix minutes d'avance, mais je me sentais mieux car le temps avait passé. Le dos contre le mur, j'allumai une cigarette et je regardai autour de moi en patientant.

Elle arriva vers onze heures moins vingt.

« Excuse-moi. J'ai eu une journée très chargée. Une semaine très chargée. Et je ne parle que de la semaine.

– Qu'est-ce qui s'est passé ?

– On marche, tu veux bien ? »

On se dirigea vers le nord, toujours en empruntant la via Venezia. Plus on s'éloignait de la zone du Fortin, moins il y avait de monde. Des groupes plus petits, des couples, quelques marcheurs solitaires, quelques policiers en uniforme surveillant les lieux.

On marcha en silence jusqu'à la hauteur de la basilique San Nicola. Un type accompagné d'un chien passa à côté de nous et le cerbère pila net pour flairer les jambes de Margherita. Elle s'arrêta à son tour, allongea la main pour caresser la tête du chien. Le maître s'étonna que le fauve se laisse ainsi toucher par une étrangère. C'était la première fois que ça arrivait, nous dit-il. Madame avait un chien ? Non, elle n'avait pas de chien. Elle en avait eu un, mais il était mort il y avait bien longtemps.

L'animal et son maître s'éloignèrent et on s'assit sur le muret qui donne sur le côté droit de San Nicola.

« Comment ça s'est passé ces jours-ci ? Le procès ?

– Bien, enfin j'espère. Lundi prochain, on pourrait conclure. Et toi, comment ça va ? demandai-je prudemment. »

Elle laissa passer quelques secondes, puis se mit à parler comme si je ne lui avais posé aucune question.

« Dans les endroits où on t'apprend à arrêter de boire, on t'explique aussi comment résister au risque de rechute. L'année qui suit le traitement, les rechutes sont extrêmement nombreuses, et même après, il est fréquent de replonger. C'était quelque chose qu'on nous répétait continuellement. Il y aura des moments difficiles – nous disait-on – où vous vous sentirez tristes, vous aurez une terrible nostalgie du passé ou peur de l'avenir. Dans ces moments-là, vous aurez envie de boire. Une envie qui vous paraîtra insurmontable, qui vous submergera comme une vague. Mais cette envie n'est pas insurmontable. C'est ce qu'il vous semble, parce que vous êtes plus faibles à ce moment-là. Mais justement, c'est comme une vague. Une vague, en mer, ça ne vous submerge que quelques secondes, même si, quand vous êtes sous l'eau, ça vous paraît durer une éternité. On s'en sort facilement si on ne se laisse pas gagner par la panique. Alors – c'est ce qu'ils disaient –, rappelez-vous que dans ces moments-là, il suffit de rester calme. Ne vous laissez pas gagner par la panique ; rappelez-vous que dans un instant, vous allez sortir la tête de l'eau, parce que la vague sera passée. Quand vous êtes pris par le désir irrépressible de boire, faites quelque chose pour laisser passer ces quelques secondes, ou minutes, de détresse. Des pompes, courir deux kilomètres, manger un fruit, appeler un ami. Quelque chose pour que le temps passe sans y penser. »

Je gardai le silence, redoutant ce que j'allais entendre.

« Ça m'est arrivé plusieurs fois, comme à tout le monde. L'aïkido m'a aidée. Quand la vague arrivait, j'enfilais mon kimono et je me remettais à la technique, en essayant de me concentrer uniquement sur ce que je faisais. Ça marchait. Une fois l'entraînement fini, j'avais oublié mon envie de boire.

« Avec le temps, ces épisodes ont été de plus en plus rares. Ça faisait au moins deux ans que ça ne m'était pas arrivé. »

J'allumai la cigarette que je serrais entre mes doigts depuis quelques minutes. Margherita continua son récit d'un ton égal, en regardant dans le vide, devant elle.

« Il y a quelqu'un dans ma vie. Depuis presque trois ans. Il n'habite pas à Bari et peut-être que c'est pour ça que ça a marché aussi longtemps. On se voit le week-end : soit il vient, soit je le rejoins. La semaine dernière, c'est lui qui est venu. Je lui avais déjà parlé de toi. Comme ça, normalement. D'abord, ça ne lui a pas posé de problème. Du moins il ne l'a pas dit. »

Elle se tourna légèrement vers moi, prit ma cigarette et en fuma une bonne partie avant de me la rendre.

« Quoi qu'il en soit, j'ignore pourquoi, la discussion est revenue là-dessus samedi dernier. Bon, plus qu'une discussion, c'était une scène de jalousie. Mais tu dois savoir que ce n'est *pas* quelqu'un de jaloux. Exactement le contraire. Alors je l'ai eue mauvaise et j'ai réagi connement. Très connement. On était tous les deux... Bref, on avait fait l'amour... »

Je sentis une flèche me transpercer de part en part. Immédiatement après, épais brouillard dans le cerveau pendant je ne sais combien de temps. Jusqu'à ce que je réussisse à comprendre ce qu'elle était en train de raconter.

« ... Et puis je lui ai dit que je ne me serais jamais attendue – de sa part – à un discours de ce genre. Que j'étais déçue et ainsi de suite. Il m'a répondu que j'étais une hypocrite. Quand je disais que tu étais juste un ami, je mentais. Pas à lui, mais à moi-même. C'est pour ça que j'étais vraiment hypocrite. Et que si je réagissais avec une telle violence, c'était justement parce que je savais qu'il avait raison. La discussion s'est poursuivie une bonne partie de la nuit. Le matin, il a dit qu'il partait. Qu'il fallait que je m'éclaircisse les idées en essayant d'être honnête, avec lui et avec moi-même. Après quoi, on pourrait s'appeler et en reparler. Il est parti et je suis restée là, assise sur le lit, le cerveau en plein tumulte. Incapable de penser. Les heures ont passé de manière hallucinante et, naturellement, j'ai eu envie de boire. Une envie folle, comme jamais depuis que j'avais arrêté. J'ai essayé de mettre mon kimono et de m'entraîner, mais en réalité je n'en avais aucune envie. J'avais en revanche envie de boire et de me sentir bien, de faire disparaître ce vacarme dans ma tête, de faire disparaître la responsabilité, le devoir, les efforts, tout. Et merde…

« Alors je suis descendue, j'ai pris la voiture et je suis allée à Poggiofranco. Tu sais, il y a ce grand bar toujours ouvert – je ne me rappelle jamais comment il s'appelle – où ils ont aussi du vin et de l'alcool ? »

Je connaissais ce bar et je hochai la tête. J'avais la bouche sèche, la langue collée au palais.

« Je suis entrée et j'ai demandé une bouteille de Jim Beam. C'était mon préféré. À ce moment-là, je me sentais calme. Mortellement calme. Je suis rentrée chez moi, j'ai pris un grand verre, et je suis allée sur la terrasse. Je me suis assise à la table, j'ai fait sauter le cachet de la bouteille – tu sais, le divin *plop*, quand on ouvre une nouvelle bouteille ? – et je me suis versé trois doigts de bourbon pour commencer. J'ai fait ça lentement, en observant le liquide qui coulait dans le verre, les reflets, la couleur. Puis j'ai approché le verre de mon nez et j'ai respiré, longuement.

« » Je suis restée longtemps devant ce verre, habitée par des pensées qui tournaient sur elles-mêmes. T'es une mauvaise fille ; tu l'as toujours été ; on ne peut pas échapper à son destin. C'est pas la peine. Plusieurs fois, j'ai levé le verre pour boire ; je l'ai regardé et à nouveau posé sur la table. De toute façon, j'étais sûre de le boire, alors autant y aller très très calmement.

« » L'obscurité est tombée et j'étais toujours là, avec mon verre de bourbon. J'avais envie de le remplir davantage. J'ai posé le verre sur la table, j'ai pris la bouteille et j'ai versé, très lentement, encore. J'ai rempli le verre jusqu'à la moitié, jusqu'aux deux tiers, jusqu'au bord. Et j'ai continué de verser.

« Tout doucement, le liquide a commencé à

déborder et je le regardais couler le long du verre, se répandre sur la table et dégouliner par terre.

« Quand la bouteille a été vide, je l'ai posée sur la table. J'ai pris le verre avec deux doigts et je l'ai incliné lentement, sans le soulever. Tout cela aussi très lentement. Au fur et à mesure qu'il se vidait, je l'inclinais davantage. À la fin je l'ai renversé. »

Je passai mes mains sur mon visage en respirant fort. Enfin. Je m'aperçus également d'une douleur à la mâchoire.

« Alors je me suis levée, j'ai pris la poubelle et des chiffons et j'ai tout nettoyé. J'ai mis les chiffons et la bouteille vide dans un sac en plastique, je suis descendue dans la rue et j'ai tout jeté dans une benne à ordures. J'avais envie de t'appeler, mais ça ne me semblait pas correct. Il fallait que je finisse de m'en sortir toute seule, ai-je pensé. Alors je t'ai envoyé ce message. Au moins ça. »

Sur ce, elle cessa de parler, presque brusquement. On est restés longtemps en silence, assis sur le muret. J'avais des questions qui me brûlaient les lèvres. Elles le concernaient. Lui, évidemment. Que s'était-il passé après ce soir-là ? Et aujourd'hui, qu'est-ce qu'elle avait fait ? Ils s'étaient revus, parlé ?

Je ne posai aucune question. Ça ne fut pas facile, mais je ne posai aucune question. Tout le temps qu'on est restés assis et même après, quand on a traversé la ville jusqu'à notre immeuble. Jusqu'au moment de nous quitter, devant la porte de son appartement. Ce fut elle qui parla la première.

« Qu'est-ce que tu penses de moi, après ce que je viens de te raconter ?

– Ce que je pensais avant. Sauf que c'est un peu plus compliqué.

– Tu veux entrer ?

Je réfléchis quelques secondes avant de répondre.

– Non, pas ce soir. Ne te méprends pas, c'est juste que…

Elle m'interrompit en parlant rapidement. Gênée.

– Je ne me méprends pas. Tu as raison. Je ne devais même pas t'en parler. Tu as dit que le procès se terminait lundi ?

– C'est probable. Ça dépend de la dernière vérification ordonnée par la cour. Si certains documents arrivent à temps, on devrait terminer lundi.

– Tu plaides le matin ?

– Non, je ne crois pas. Presque à coup sûr dans l'après-midi.

– Alors, je vais certainement réussir à venir. Je veux être là quand tu plaideras.

– Moi aussi, je voudrais que tu sois là.

– Alors… bonne nuit. Et merci.

– Bonne nuit.

J'étais déjà dans l'escalier.

– Guido…

– Oui ?

– Je suis allée chez lui, après. Je lui ai dit qu'il avait raison. Sur l'hypocrisie – la mienne – et sur tout le reste. »

Elle fit une courte pause et reprit. Il y avait dans sa voix une fragilité qui m'était inconnue.

« J'ai bien fait ? »

Je baissai les paupières et repris ma respiration tout en sentant mon estomac se dénouer.

Je lui dis que oui, elle avait bien fait.

15

Les relevés arrivèrent ponctuellement cinq jours après l'audience où l'on avait ordonné leur versement au dossier. C'est ce que me dit l'adjudant des carabiniers qui avait exécuté la disposition de la cour. C'était un ami et je lui avais téléphoné pour savoir si les documents étaient arrivés. Ils étaient arrivés, et je me rendis donc au tribunal pour les examiner.

On était le samedi 1er juillet. Le palais de Justice était désert et l'atmosphère vaguement irréelle.

La porte du greffe de la cour d'assises était fermée. Je l'ouvris : il n'y avait personne à l'intérieur, mais au moins la climatisation fonctionnait. J'entrai. Je refermai la porte et attendis que quelqu'un se matérialise et me permette de consulter les relevés.

Enfin, au bout d'un quart d'heure, un employé entra. Stature moyenne, la soixantaine, je ne le connaissais pas. Il m'observa, l'air absent, et me demanda si j'avais besoin de quelque chose. En effet, j'avais besoin de quelque chose, lui dis-je. Il sembla réfléchir un instant puis hocha la tête, songeur.

La recherche des documents fut une opération laborieuse et plutôt exaspérante, mais en fin de compte, le petit bonhomme finit par les trouver.

Les factures détaillées démontraient qu'Abdou avait certainement dit la vérité sur son voyage à Naples. La première communication avait été passée à 9 h 18. Elle venait du téléphone d'Abdou qui appelait un numéro à Naples, et elle avait duré 2 minutes 14 secondes. À cette heure-là, Abdou était déjà à Naples ou dans les proches environs de la ville. S'ensuivaient quatre autres coups de téléphone (vers des fixes ou vers des mobiles) dont la localisation était toujours Naples. La dernière communication avait été passée à 12 h 46. Puis plus rien pendant plus de quatre heures. À 16 h 52, Abdou recevait un coup de fil émanant d'un téléphone cellulaire localisé à Bari. La communication suivante avait été passée à 21 h 10. Elle émanait du téléphone d'Abdou qui appelait un autre mobile. Localisation : à nouveau Bari. Puis plus rien.

Je réfléchis un moment au résultat de cette vérification. Tout cela n'était certainement pas déterminant ni concluant pour le procès. Il y avait un trou de plus de quatre heures, et c'était précisément durant ces quatre heures qu'avait eu lieu la disparition de l'enfant. Ce qui ressortait des relevés ne permettait pas d'exclure qu'Abdou, une fois rentré de Naples, ait continué sur Monopoli, soit arrivé à Capitolo, ait enlevé le petit Francesco…

Je me levai pour m'en aller, et je m'aperçus que mon petit bonhomme était assis de l'autre côté du greffe, le menton dans les mains, les coudes posés sur le bureau, le regard perdu dans le vague.

Je lui souhaitai une bonne journée. Il tourna la tête, m'observa comme si je lui avais dit quelque chose d'étrange et, tandis qu'il se retournait à nouveau, il m'adressa une espèce de signe de la tête. Impossible de savoir s'il avait répondu à mon salut ou s'il était resté absent, dialoguant avec quelque chimère.

L'air était brûlant. Il était midi en ce samedi 1er juillet et je m'apprêtais à m'enfermer dans mon cabinet pour préparer les débats du procès.

Un long week-end en perspective.

16

L'audience commença à neuf heures trente précises. La cour prit acte de l'arrivée des relevés et nous tombâmes tous d'accord sur le fait que les explications d'un technicien étaient inutiles quant à la signification des données. En ce qui nous concernait, ce qu'on lisait sur les factures détaillées était suffisamment clair. L'ingénieur de chez Telecom Italia qui s'était présenté à l'audience afin de déposer fut remercié et autorisé à partir.

Tout de suite après, le président expédia les dernières formalités du débat et donna la parole au ministère public. Il était neuf heures quarante minutes.

Cervellati se leva en poussant sa chaise derrière lui et en s'appuyant à la table. Il ajusta sa robe sur son épaule, jeta un coup d'œil sur ses notes et releva la tête en s'adressant au président.

« Monsieur le président, monsieur le juge *a latere*, mesdames et messieurs les jurés. Vous êtes aujourd'hui appelés à juger un crime atroce. Une jeune vie, une toute jeune vie brutalement brisée, du fait d'une abjection dont nous ne parvenons à connaître ni la cause ni la mesure. Les effets de cette abjection sont malheureusement irrémédiables. Personne ne pourra rendre cet enfant à l'amour de ses parents. Ni moi, ni vous, ni personne.

« Vous avez un pouvoir immense et important, dont, je l'espère, vous ferez bon usage. Dont je suis sûr que vous ferez bon usage. »

Je pensai : maintenant, il va dire qu'ils ont le pouvoir, et en même temps le devoir, de faire justice. D'empêcher que l'auteur d'un crime aussi effroyable puisse se retrouver libre comme l'air à cause d'un vice de forme quelconque, et cetera, et cetera.

« Vous avez le pouvoir de faire justice. Et ce n'est pas un pouvoir formel, parce qu'il comporte le *devoir* de rendre justice. Pour la famille de la petite victime avant tout. Mais également pour nous tous qui, en qualité de citoyens, attendons une réponse lorsque surviennent des faits aussi épouvantables. »

C'était une de ses phrases préférées en cour d'assises. Il était persuadé d'impressionner les jurés – je crois. Quoi qu'il en soit, il continua sur ce ton et mon attention commença à se disperser.

J'entendais sa voix tel un bruit de fond. De temps à autre, je suivais son discours pendant quelques minutes, puis je revenais à mes divagations.

Il parla de ce qui s'était passé au cours des débats ; lut d'une voix monocorde de longs passages de procès-verbaux et expliqua pourquoi les preuves à charge devaient être considérées comme pleinement recevables, et ce sans aucune exception.

Un des réquisitoires les plus ennuyeux que j'aie jamais entendus, pensai-je, tandis que je parcourais le dossier posé devant moi, histoire de faire quelque chose.

Il en vint à parler du témoignage du barman, qui était au cœur du procès.

Il relut les déclarations de Renna – mais pas les

réponses à *mes* questions – qu'il commenta. Je m'efforçai d'écouter attentivement.

« Nous devons donc nous demander, vous *devez* vous demander, quelles raisons avait le témoin Renna d'accuser faussement le prévenu ? Parce que cette question, en vérité, est fort simple et l'alternative nette. Première hypothèse : le témoin Renna ment et pose les conditions de la condamnation d'un innocent à la perpétuité. Parce qu'il connaît parfaitement les conséquences de sa déposition et insiste malgré tout, en dépit des hésitations qu'il a manifestées lors du contre-interrogatoire. S'il ment, accusant de ce fait un innocent d'un crime passible de la perpétuité, il faut qu'il ait une raison. Une hostilité personnelle, voire une haine féroce et abjecte, car seule une telle haine pourrait expliquer un acte aussi aberrant.

« De la part de Renna, existe-t-il une preuve, ou même le soupçon, d'une haine aussi destructrice envers l'accusé ? Non, bien sûr.

« Seconde hypothèse : le témoin dit la vérité. Et s'il n'existe aucun élément permettant de dire que le témoin ment, force est de reconnaître – en dépit des imprécisions, des erreurs, et naturellement des moments de confusion – qu'il dit la vérité.

« Les conséquences sur l'issue de ce procès sont évidentes. Parce que n'oubliez pas que l'accusé nie s'être rendu à Monopoli, à Capitolo, cet après-midi-là. Et s'il nie alors s'être effectivement rendu sur les lieux – et nous pouvons l'affirmer en toute tranquillité parce que c'est ce que dit un témoin qui n'a aucune raison de mentir –, il n'y a qu'une explication et cette triste vérité est sous nos yeux à tous. »

Je notai ce raisonnement, parce qu'il était sensé et qu'il fallait le réfuter nettement.

Cervellati continua, en suivant l'ordre chronologique des débats. Il en arriva aux relevés. Il s'exprima comme je m'y attendais. La vérification demandée par la défense non seulement n'avait pas prouvé l'innocence de l'accusé, mais présentait au contraire différents aspects allant dans le sens de l'accusation.

Parce que ce trou de presque cinq heures, sans communication téléphonique, durant lesquelles l'appareil était probablement éteint, constituait un indice à exploiter. Il était vraisemblable – tout à fait vraisemblable, déclara-t-il – que l'accusé, une fois arrivé de Naples à Bari, ait continué sur Capitolo en ayant déjà à l'esprit ce qu'il allait y faire. À moins qu'il n'ait été la proie d'une bouffée délirante. Il avait probablement éteint son portable pour ne pas être dérangé durant son acte infâme. Et ceci expliquait, mieux que toute autre hypothèse, l'absence de communications, de dix-sept à vingt et une heures passées.

Je pris également des notes sur cette partie du réquisitoire. Il s'agissait d'un argument insidieux qui pouvait influencer les jurés.

S'ensuivit une reconstruction hypothétique de la manière dont Abdou aurait mis son plan à exécution, en exploitant de façon sournoise et abjecte la confiance de l'enfant.

Il n'était pas difficile d'imaginer la suite. L'enfant, conscient de ce qui arrivait, avait voulu résister à la tentative de viol. Peut-être avait-il essayé de s'enfuir, ce qui avait entraîné la réaction brutale de l'inculpé. On n'avait pas trouvé de traces d'abus sexuels probablement parce que la situation avait dégénéré avant que le viol – c'était certainement l'objectif de l'accusé – n'ait lieu.

En guise de conclusion, le procureur expliqua les raisons pour lesquelles la seule peine envisageable pour un tel crime était la prison à vie. C'était la partie la plus convaincante du réquisitoire, parce que la perpétuité était effectivement la condamnation que méritait l'auteur de ce meurtre.

Tandis que je songeais à cela, Cervellati terminait par la formule rituelle de demande de condamnation.

« Pour les raisons énoncées précédemment, je vous demande de confirmer la responsabilité pénale de l'accusé pour l'ensemble des crimes qui lui sont imputés et de le condamner à la prison à perpétuité avec isolement pendant six mois, peine assortie de l'interdiction perpétuelle d'exercer tout mandat public. »

Je pris une profonde inspiration et regardai ma montre. Je me rendis compte que presque deux heures s'étaient écoulées.

Le président décréta une courte pause avant de donner la parole à la partie civile. Puis il y aurait une suspension d'une heure pour le déjeuner, et c'est moi qui m'y collerais à la reprise. Après les éventuelles répliques, la cour se retirerait pour délibérer.

La salle se vida et je me levai également pour aller fumer. Il ne restait que Cotugno, qui mettait au point les derniers détails de sa plaidoirie.

Dehors, une journaliste que je n'avais jamais vue auparavant, me demanda ce que je pensais de la requête du ministère public.

J'avais rarement entendu une question aussi idiote. J'eus envie d'exprimer cette opinion, mais naturellement je n'en fis rien. Je ne répondis pas, haussai les épaules, secouai la tête en écartant légèrement les mains, paumes tournées vers le haut. Je m'éloignai en sortant mon paquet de cigarettes tandis que la fille m'observait, l'air un peu sidéré.

J'étais assez calme. Je n'avais pas envie de consulter mes notes. Je n'avais plus envie de faire quoi que ce soit avant que n'arrive mon tour de parler. De toute façon, je n'en sentais pas le besoin.

C'était une sensation nouvelle pour moi. J'arrivais toujours aux rendez-vous importants – travail, études ou autres – en proie à une forte anxiété. Je remettais tout au dernier moment, à la dernière nuit, à la dernière révision. Après quoi, j'avais toujours l'impression d'avoir volé quelque chose et de l'avoir échappé belle. J'avais encore une fois réussi à tous les entuber. Encore une fois, on n'avait pas pu me démasquer, mais en mon for intérieur, j'avais conscience d'être un imposteur. Un jour ou l'autre, quelqu'un s'en apercevrait. C'était sûr.

Ce matin-là, je me sentais bien. Je savais que j'avais fait mon possible. J'avais peur, mais c'était une peur saine. Pas cette peur d'être surpris, démasqué. J'avais peur de perdre le procès, j'avais peur qu'Abdou soit condamné, mais je n'avais pas peur de perdre la face. Je n'avais pas le sentiment d'être un imposteur.

Cotugno parla pendant un peu plus d'une heure. Il utilisa beaucoup d'adverbes, beaucoup d'adjectifs, et réussit à ne rien dire. Absolument rien.

Durant la pause déjeuner, je montai au sixième étage, au siège du conseil de l'ordre des avocats. J'avais besoin d'un dictionnaire pour vérifier une idée qui m'était venue tandis que le procureur parlait. L'employée était en train de tout boucler et s'apprêtait à partir, mais je réussis à la convaincre qu'il s'agissait d'une urgence. Elle me fit entrer dans la bibliothèque où j'effectuai ma vérification et pris quelques notes. Puis je la remerciai en prenant congé, et je m'en allai.

Sur ce, j'aurais bien voulu faire trois pas dehors, mais la chaleur était insupportable. J'allai donc au bar du tribunal et commandai un cocktail de fruits et un croissant. Puis je m'assis à une table pour faire passer le temps.

À l'heure dite, je me levai et regagnai la salle. J'ôtai ma veste et passai ma robe d'avocat. La cloche tinta presque simultanément et la porte de la chambre du conseil s'ouvrit. Les juges entrèrent un à un et je les observai, debout, les bras croisés, en me balançant sur ma jambe gauche. Les juges s'assirent et j'en fis autant. Le silence régnait.

« La parole est à la défense de l'accusé », annonça sèchement le président.

J'allais me lever quand je remarquai que le regard de certains jurés convergeait vers un point situé immédiatement derrière moi. Je sentis quelqu'un me serrer délicatement le bras gauche, juste au-dessus du coude. Je me tournai et découvris Margherita. Elle était légèrement haletante et quelques petites gouttes de sueur emperlaient sa lèvre supérieure. Elle m'adressa un sourire rayonnant et s'assit à ma droite, sans rien dire.

Quelques secondes s'écoulèrent avant que je ne commence à parler.

« Mesdames et messieurs les juges, comme vous l'a déjà dit le représentant du ministère public, ce procès est celui d'un crime atroce, abominable. La mort violente d'un enfant, avec son cortège de douleur incompréhensible, incommensurable, pour les parents de cet enfant.

« Si notre défense a, de quelque manière, involontairement manqué de respect à cette douleur, nous en demandons pardon. »

Le président me lança un regard dénué de sympathie. Il pensait, j'en étais sûr, que cette façon de commencer n'était qu'un expédient pour gagner la confiance des jurés. J'eus envie de le lui dire et d'ajouter que je m'en fichais complètement.

« Certains pourraient penser que c'est juste une manière, plutôt misérable, de gagner la sympathie des juges. Tout au moins des jurés. L'hypothèse n'est pas absurde car, souvent, nous autres avocats, nous nous conduisons ainsi. De toute façon, chacun est libre de penser ce qu'il veut. Également parce que les procès ne se discutent ni ne se décident à l'aune de la sympathie ou de l'antipathie envers l'avocat ou l'accusation. Heureusement. L'issue des procès repose – excusez-moi de souligner une évidence – sur la base de preuves. Si elles existent, on condamne. Si elles manquent, si elles sont insuffisantes ou contradictoires, on acquitte.

« Nous devons donc nous demander conformément à quels critères nous pouvons affirmer que les preuves, lors d'un procès, sont suffisantes et permettent de condamner ; ou si elles sont insuffisantes ou contradictoires et impliquent donc un acquittement.

« Pour réfléchir autour de ce thème, nous pouvons sans aucun doute nous rapporter au tableau brossé par l'accusation.

« Le représentant du ministère public a affirmé – j'ai noté fidèlement sa phrase : *Il est donc tout à fait vraisemblable que l'accusé soit arrivé de Naples à Bari, qu'il ait continué sur Monopoli, en proie à une bouffée délirante ou ayant déjà élaboré en détail son projet criminel, pour arriver à Capitolo. Il aurait éteint son portable pour agir sans être dérangé et aurait enlevé l'enfant...* et cetera. Du haut de cette hypothèse tout à fait vraisemblable, le ministère public en déduit un argument important, si ce n'est décisif, pour affirmer la responsabilité de l'accusé et demander qu'on lui applique la perpétuité.

« Pour vérifier la consistance et la crédibilité de l'argumentation de l'accusation, nous devons débattre de la signification du concept de vraisemblance. »

Je fis une pause et pris devant moi la feuille sur laquelle j'avais griffonné mes notes à la bibliothèque. Je lus : « Vraisemblable, nous dit le dictionnaire Zingarelli de la langue italienne, c'est ce qui semble vrai et qui est donc crédible. Cela *semble* vrai et c'est donc *crédible*.

« Toujours dans le Zingarelli, on lit la définition du mot *vrai*. Vrai : c'est ce qui s'est effectivement vérifié, ce qui est pleinement conforme à la réalité objective. À l'entrée *vrai*, nous trouvons – entre autres – la locution *sembler vrai*. Le dictionnaire Zingarelli nous explique que cette expression – *sembler vrai* – est utilisée à propos d'une chose artificielle imitant parfaitement la réalité. Ce qui semble vrai, c'est quelque chose d'artificiel qui imite la réalité.

« Vous rappelez-vous la définition du mot vraisemblable, utilisé par le ministère public ? Vraisemblable, c'est ce qui semble vrai et imite la réalité, mais qui ne correspond pas à la réalité. En utilisant le mot *vraisemblable*, le représentant de l'accusation admet implicitement et inconsciemment ne pouvoir utiliser le mot *vrai*.

Vous voyez parfaitement comment, dans les replis du discours de l'accusation, se dissimule une évidente faiblesse. »

À ce moment-là, comme je m'y attendais, Cervellati s'énerva et protesta auprès du président. Il était inacceptable qu'on permette à la défense de ridiculiser le travail du ministère public avec des arguments spécieux et de fort mauvais goût. Le président n'apprécia pas l'interruption et rappela au ministère public que la défense disait ce qu'elle voulait, à l'exclusion de propos vexatoires et personnels. Et tel n'était pas le cas, lui semblait-il. Cervellati essaya d'ajouter quelque chose, mais le président lui dit, sèchement cette fois, qu'il ferait des commentaires sur ma plaidoirie – le cas échéant – au moment des répliques. C'était tout, et il ne tolérerait pas d'autre interruption. Il se tourna vers moi et me pria de continuer. Je le remerciai. J'évitai soigneusement toute allusion à l'interruption et je repris mon discours.

« Ce que nous venons de dire brièvement sur la signification de ces mots clés – *vrai* et *vraisemblable* – nous offre donc une perspective intéressante en ce qui concerne la lecture des arguments du ministère public et des présupposés psychologiques découlant de ces mêmes arguments.

« Toutefois, un procès ne se joue pas sur l'interprétation psychologique des dires du ministère public. Il ne se joue pas non plus sur l'analyse des dires du ministère public pour vérifier si son raisonnement est juste ou erroné. Parce que le ministère public pourrait avoir échafaudé un raisonnement erroné et, malgré tout, être parvenu à des conclusions exactes. C'est-à-dire qu'il pourrait être juste de prononcer une sentence de condamnation. Et ce, en dépit d'un raisonnement fallacieux du ministère public et sur la base d'une argumentation différente, plus cohérente. »

Cervellati se leva, posa sa robe sur sa chaise et sortit de la salle, ostensiblement. Je feignis de ne pas m'en apercevoir.

« Il ne suffit donc pas de cerner les éventuelles défaillances de l'argumentation de l'accusation. Il faut vérifier si les éléments de preuve réunis permettent ou non de formuler un jugement de vérité. Nous ne voulons pas nous soustraire à ce devoir. Mais avant de l'affronter, laissez-moi illustrer une idée.

« Il s'agit d'une idée que je voudrais que vous gardiez à l'esprit durant toute ce débat et, surtout, lors des délibérations. Pour condamner, vous ne pourrez pas dire qu'une certaine version des faits, une certaine hypothèse de reconstruction des faits est vraisemblable, voire même très vraisemblable. Vous devrez dire que cette reconstruction est véridique. Si c'est le cas, alors il sera juste que vous condamniez. À perpétuité.

« La reconstruction proposée dans ce procès par l'accusation est la suivante : Thiam Abdou, le 5 août 1999, a enlevé le petit Rubino Francesco, et il a ensuite provoqué sa mort par étouffement.

« Pouvons-nous dire, sur la base des preuves réunies, que cette hypothèse de reconstruction est véridique ? Mieux : pouvons-nous dire qu'il s'agit d'une description correcte de la manière dont se sont *vraiment* déroulés les faits, et non pas d'une simple spéculation sur la manière dont ils *pourraient* s'être déroulés ? »

Je m'arrêtai, comme si j'avais perdu le fil. Je baissai les yeux et j'effleurai mon front avec l'index et le médium de ma main droite. Au bout d'un instant, je relevai les yeux et tournai mon regard vers les juges. Toujours sans parler, l'espace de quelques secondes. Le silence régnait et tout le monde me regardait, dans l'expectative.

« Examinons ces preuves. Ensemble. Examinons en particulier lesdéclarations du témoin Renna, propriétaire du bar Maracaibo. Pour lever toute équivoque, je me hâte de dire que je suis d'accord avec le ministère public sur le fait que ce témoin dit la vérité. Ou, pour être plus précis, que ce témoin ne ment pas. »

Courte pause pour leur donner le temps de se demander où je voulais en venir.

« Parce que le mensonge est une assertion consciemment contraire à la vérité, et je suis convaincu que monsieur Renna n'a fait *volontairement*, fait aucune allégation contraire à la vérité. En affirmant avoir vu Abdou Thiam passer devant son bar cet après-midi-là, à cette heure-là, monsieur Renna considère qu'il dit la vérité. Et de fait, il n'aurait aucune raison d'accuser faussement le prévenu.

« Certes, son audition a montré qu'il n'éprouvait pas – comment dire ? – une sympathie particulière à l'égard des vendeurs ambulants africains qui gravitent dans la zone de Capitolo et aux abords de son bar.

« Je souhaite vous relire un court passage du contre-interrogatoire. On parle d'Africains, que monsieur Renna appelle des *nègres*. Le défenseur demande si ces personnes gênent l'activité commerciale de monsieur Renna. Le témoin répond :

– *Ils gênent, un peu qu'ils gênent.*

– *D'accord, mais excusez-moi. S'ils dérangent,*

pourquoi n'appelez-vous pas la police ou les carabiniers ?

– Pourquoi je ne les appelle pas ? Je les appelle, mais vous les avez déjà vus venir ?

« Bref, monsieur Renna – il nous le dit lui-même – n'apprécie pas la présence à Capitolo, non loin de son bar, de vendeurs ambulants africains. Il voudrait que les forces de l'ordre interviennent pour remettre un peu d'ordre. Mais rien ne se passe. Ce qui l'agace.

« Que cela soit clair, cela ne veut pas dire qu'il ait raconté délibérément des contrevérités à propos de monsieur Abdou Thiam.

« Mais, en faisant abstraction de sa sympathie – ou de son antipathie – pour les *nègres*, et de son espoir déçu que les forces de l'ordre fassent quelque chose contre ces *nègres*, monsieur Renna a-t-il dit des choses objectivement vraies ? Pouvons-nous affirmer, au-delà de tout doute raisonnable, que la version fournie par ce témoin correspond à la vérité chronologique des faits dont nous nous occupons ?

« On est en droit d'en douter, après la petite expérience des photographies, dont vous devez vous souvenir. Renna ne reconnaît pas, et ce sur deux photographies (elles sont versées au dossier et vous pouvez vérifier *de visu* que ces reproductions sont fidèles), il ne reconnaît pas l'accusé pourtant présent dans cette salle. Accusé qui est surtout l'homme qu'il affirme bien connaître, l'homme qu'il a vu passer devant son bar, cet après-midi du mois d'août.

« Cela signifie-t-il que Renna a tout inventé, c'est-à-dire qu'il raconte des mensonges ? Certainement pas. Le fait que les *nègres* ne lui soient pas sympathiques et qu'il se soit indiscutablement mépris durant la reconnaissance photographique, tout cela ne veut pas dire qu'il ait menti sciemment.

« Quand il déclare se rappeler que cet après-midi-là, Abdou Thiam est passé devant son bar, sans son sac, d'un pas rapide en direction du sud, le témoin Renna dit la vérité.

« Dans le sens où il se *souvient* effectivement de cette séquence des faits et qu'il la situe cet après-midi-là. Donc, pour être plus précis, il raconte ce qu'il croit être la vérité. Une chose tout à fait intéressante – et cela nous conduit dans un domaine fascinant, à savoir celui du fonctionnement de la mémoire –, c'est que Renna croit qu'il s'agit de la vérité, parce qu'il se *souvient* de ces éléments, même si ceux-ci ne sont pas avérés. Du moins pas selon les modalités de son récit. »

Une pause. J'avais besoin que ces arguments se décantent dans l'esprit des juges, et surtout dans celui des jurés. Je fis semblant de fouiller parmi mes notes et je laissai s'écouler une dizaine de secondes. Le temps qu'ils s'interrogent sur la suite des événements.

« Je voudrais maintenant vous raconter une expérience scientifique sur le fonctionnement de la mémoire et sur le mécanisme de production des souvenirs. Une équipe de psychologues américains, de l'université de Harvard, je crois, voulait vérifier la crédibilité des souvenirs des enfants. On a raconté à des enfants de neuf-dix ans – leurs aînés, préparés à cela, s'en chargèrent – qu'à l'âge de quatre ou cinq ans, ils avaient échappé à une tentative d'enlèvement. On leur a dit qu'ils étaient au supermarché avec leur mère quand, durant un moment d'inattention, un inconnu les avait pris par la main et les avait emmenés vers la sortie.

Leur maman s'était aperçue de ce qui se passait ; elle s'était mise à crier, faisant fuir le méchant.

« En réalité, cet épisode n'avait jamais eu lieu, mais quelques mois plus tard, non seulement les enfants croyaient se le rappeler – effectivement, et dans un certain sens, ils se le *rappelaient* – mais lorsqu'ils l'évoquaient, ils allaient jusqu'à ajouter des détails supplémentaires, qui n'étaient pas présents dans la version d'origine.

« Ces enfants mentaient-ils ? C'est-à-dire : disaient-ils, en toute conscience, des contrevérités ? Certainement pas.

« Ces enfants racontaient-ils des choses qui s'étaient réellement produites ? Certainement pas.

» C'est une donnée désormais acquise – et l'un des objets d'étude les plus importants de la psychologie juridique moderne – que les enfants, tout comme les adultes, commettent des erreurs sur la source de leurs souvenirs et sont persuadés de se *rappeler* des contextes, des données, des détails qui ont été au contraire suggérés par d'autres. Délibérément, comme dans l'expérience que je vous ai racontée. Ou involontairement, comme dans de nombreuses situations de la vie quotidienne, et parfois même lors d'enquêtes criminelles.

« Sur la base de ces considérations, nous pouvons donner une réponse à la question posée par le ministère public au cours de son réquisitoire, à propos de la crédibilité du témoin Renna. Le ministère public s'est demandé et, surtout, *vous* a demandé : quelle raison avait le témoin Renna de mentir et par conséquent d'accuser faussement Abdou Thiam ?

« Nous pouvons sans problème répondre à cette

question. Aucune. En effet, Renna n'a pas menti. Entre mentir, à savoir dire sciemment des contrevérités, et dire la vérité, c'est-à-dire rapporter les faits conformément à leur déroulement effectif, il existe une troisième voie. Une voie que le ministère public n'a pas envisagée, mais que vous devrez étudier très attentivement. Celle d'un témoin qui rapporte une version des faits, persuadé, à tort, que celle-ci est vraie.

« Voilà ce que l'on pourrait définir comme un faux témoignage involontaire. »

Ils avaient l'air intéressé. Y compris le président et le juré avec sa tête de militaire à la retraite. Les deux qui, j'en étais convaincu, avaient décidé de voter la condamnation.

« Il y a d'autres manières de fabriquer un faux témoin involontaire. C'est parfois délibéré, comme dans le cas de l'expérience avec les enfants dont je vous ai parlé. Ou c'est inconscient, et l'on est souvent inspiré par les meilleures intentions du monde. Comme dans le cas qui nous occupe.

« Essayons de comprendre en tentant de reconstruire ce qui s'est passé durant l'enquête et a conduit à l'inculpation d'Abdou Thiam et, par conséquent, à ce procès. Un enfant disparaît et, deux jours plus tard, on retrouve son corps sans vie. C'est quelque chose de bouleversant et ceux qui doivent mener l'enquête – les carabiniers, le ministère public – ressentent de manière urgente, pressante, la nécessité de trouver les coupables. Hâte profondément respectable quand il s'agit de donner une réponse à l'exigence de justice devant une affaire aussi odieuse. En interrogeant l'entourage du petit Francesco, ainsi que les personnes qui le connaissaient bien, les carabiniers découvrent cette espèce d'amitié qui liait l'enfant à ce vendeur ambulant africain. C'est quelque chose d'étrange, d'atypique, qui engendre le soupçon. En eux germe l'idée qu'ils sont peut-être sur la bonne piste. Peut-être est-il possible de donner une réponse à ce besoin de justice et d'apaiser cette angoisse. L'enquête ne tâtonne plus dans le noir ; il y a un suspect potentiel et l'hypothèse d'une solution. Les efforts redoublent afin de confirmer cette hypothèse. Lorsque le témoin Renna est entendu pour la première fois par les carabiniers, la situation est la suivante : les enquêteurs sont – c'est tout à fait compréhensible – excités par la possibilité de résoudre l'affaire et se rendent compte que les déclarations de ce témoin pourraient constituer une étape décisive. Et c'est à ce stade que s'opère la fabrication du faux témoin involontaire.

« Attention. Attention, je vous prie. Je ne suis absolument pas en train de dire qu'il y a eu manipulation de l'enquête. Et je parle encore moins de la grotesque hypothèse d'un complot ourdi par les enquêteurs aux dépens de l'accusé. Le problème est à la fois plus simple et plus complexe. Et pour expliciter mon propos, j'emprunterai une célèbre phrase à Albert Einstein. Cette phrase, si je ne m'abuse, dit à peu près ceci : *C'est la théorie qui détermine ce que nous pouvons observer.*

« Qu'est-ce que cela veut dire ? Cela veut dire que si nous avons une théorie – une théorie qui nous plaît, qui nous satisfait, qui nous semble juste –, nous avons tendance à examiner les faits à travers le prisme de cette théorie. Plutôt que d'observer objectivement toutes les données qui sont à notre disposition, nous ne cherchons que des confirmations à cette théorie. Notre perception est fortement influencée, déterminée par la théorie que nous avons choisie. Justement, comme le disait Einstein en parlant de la science, la théorie détermine ce que nous réussissons à observer. En d'autres termes, nous voyons, nous sentons, nous percevons tout ce qui confirme notre théorie, et nous négligeons le reste, tout simplement. Il y a un proverbe chinois qui exprime cette idée sous une autre forme. Les Chinois disent : "Les deux tiers de ce que nous voyons se trouvent derrière nos yeux."

« Notre perception, et nous en avons tous fait l'expérience, est déterminée par ce que – pour une raison quelconque – nous avons dans la tête ou, comme le diraient les Chinois, derrière les yeux.

« Vous achetez une voiture neuve et soudain, tandis que vous êtes au volant, vous en remarquez des dizaines du même modèle sur la route. Et avant, où est-ce qu'elles étaient ?

« Filtres perceptifs, disent les psychologues.

« En paraphrasant Einstein qui, à m'entendre, doit se retourner dans sa tombe, nous pourrions dire : c'est l'hypothèse orientant l'enquête qui détermine ce que les enquêteurs observent. Mais pas seulement. Cela détermine également ce qu'ils cherchent ; la manière dont ils agissent avec les témoins ; les questions qu'ils posent. Cela détermine la manière dont ils rédigent les procès-verbaux. Sans que tout cela n'ait à voir avec de la mauvaise foi.

« Permettez-moi de me répéter. Tout ce dont je suis en train de parler peut produire des erreurs au niveau de l'enquête – et le procès sert à les corriger –, mais cela n'a rien à voir avec de la mauvaise foi.

« Tout au plus, dans un cas comme celui-ci, nous nous trouvons face à un excès de zèle.

« Revenons donc à ce que nous disions il y a quelques minutes. Les enquêteurs veulent résoudre cette affaire abominable. Ils veulent le faire pour les meilleures raisons, avec les meilleures intentions du monde. Ils veulent le faire parce qu'ils ont soif de justice. Ils veulent faire vite afin que l'auteur d'un acte aussi horrible – encore susceptible de nuire – reste en liberté le moins longtemps possible. C'est dans cet état d'esprit qu'ils découvrent une piste et identifient un éventuel suspect. Attention. Ces hypothèses ne sont ni fantaisistes ni hasardeuses. Abdou Thiam était une bonne piste et les éléments à charge étaient plausibles. Sur la base de cette bonne piste, les enquêteurs se lancent à la poursuite de celui qu'ils considèrent comme le coupable potentiel.

« À partir de ce moment-là, les carabiniers et le ministère public ont une théorie qui – comme le dit Einstein – va déterminer ce qu'ils observeront, comment ils agiront avec les témoins, ce qu'ils leur demanderont, comment ils dresseront le procès-verbal et même ce qu'ils y rédigeront. En toute bonne foi, par soif de justice.

« Vous comprenez maintenant pourquoi le défenseur a posé à l'adjudant des carabiniers un certain nombre de questions quant aux modalités de la rédaction du procès-verbal. Parce que si je dresse un procès-verbal sous sa forme intégrale – c'est-à-dire avec enregistrement, sténotypie, etc. –, le problème consistant à comprendre ce qui s'est passé durant l'audition ne se pose pas. Tout est enregistré (questions, réponses, pauses, tout) et il suffit de relire la transcription ou d'écouter l'enregistrement. Si l'enquêteur a involontairement influencé le témoin, il est possible de le vérifier par une simple lecture. Après quoi, libre à chacun de porter un jugement.

» Si le procès-verbal est rédigé sous forme de synthèse, cette vérification est impossible. Et si ce procès-verbal représente justement le premier contact entre les enquêteurs et le témoin, le risque de falsification involontaire des déclarations, et même des souvenirs du témoin, est extrêmement élevé.

« Vous en voulez un petit exemple ?

« Je suis l'enquêteur et je me retrouve devant quelqu'un qui pourrait être un témoin important, peut-être un témoin décisif. J'ai de très forts soupçons envers un individu, Abdou Thiam.

« Je demande au témoin : Vous connaissez Abdou Thiam ? Son nom ne me dit rien, mais si vous me montrez des photos… Voilà la photo, vous le connaissez ? Oui, oui. C'est un de ces *nègres* qui s'arrêtent souvent devant mon bar. Ce qu'ils sont casse-pieds. Vous l'avez vu passer devant votre bar le jour de la disparition de l'enfant ?

« Pause du témoin qui réfléchit. Les enquêteurs sentent qu'ils sont proches de la solution.

« Réfléchissez bien, l'après-midi de la disparition de l'enfant. Il y a une semaine.

« Je crois que oui. Oui, il a dû passer. Je crois vraiment que c'était lui.

« C'est à ce moment-là que l'adjudant dicte le procès-verbal, parce qu'il faut mettre tout cela par écrit avant que le témoin ne change d'avis. Ce qui, hélas, arrive souvent. Il dicte le procès-verbal au caporal-chef qui le tape à l'ordinateur. Il dicte le procès-verbal en utilisant un langage bureaucratique, et non pas les expressions employées par le témoin. »

Je pris dans mes papiers une copie du premier procès-verbal de Renna et je repris :

« Dans le procès-verbal dont nous sommes en train de parler, il y a des expressions du genre : *Je suis secondé dans la gestion de la susdite activité*, etc. À l'évidence, des expressions qui n'appartiennent pas au témoin, monsieur Renna. Et bien entendu, nous ne savons pas quelles questions ont été posées à monsieur Renna. Nous ne le savons pas, parce qu'on utilise une formule bureaucratique bien commode : *à la question, il répond*. Quelle question ? Quelles questions ont été posées au témoin ? Ces questions l'ont-elles influencé ? Est-ce que ce sont des questions où la réponse est suggérée ? Est-ce que ce sont des questions qui, involontairement, ont formé en lui un souvenir ?

« Aucune mauvaise foi là-dedans. Il suffit d'avoir une théorie à confirmer, et notre cerveau fait le reste ; il perçoit, élabore, met en mots de manière à adapter les faits à la théorie. En créant et, dirais-je même, en assemblant le faux souvenir.

« Je dis “faux” non pas parce que Renna aurait inventé quelque chose ou parce que les carabiniers lui auraient sournoisement suggéré une histoire fausse à raconter. Tout simplement, au cours de la première audition, les souvenirs de monsieur Renna ont été reprogrammés à la lumière de la théorie orientant l'enquête, à travers laquelle on ne cherchait pas des vérifications objectives, mais juste des confirmations. Ce qui est advenu concrètement, nous ne le saurons jamais. Jamais, parce que l'interrogatoire de ce monsieur n'a pas été enregistré, mais a seulement fait l'objet d'un procès-verbal. Et nous avons vu de quelle manière.

« Voulez-vous savoir comment il est possible d'influencer la réponse d'un témoin, voire même d'en modifier le souvenir, simplement en lui posant une question d'une manière plutôt que d'une autre ? Laissez-moi vous parler d'une autre recherche, italienne cette fois. Trois groupes d'étudiants en psychologie – pas des enfants, pas des laissés-pour-compte, mais des étudiants en psycho qui se soumettent en connaissance de cause à une expérience scientifique. On leur montre un film. Dans le film, on voit une femme sortant d'un supermarché avec un caddie ; derrière la femme, un jeune s'approche, s'empare de son sac placé dans le caddie et s'enfuit. On demande aux trois groupes d'étudiants de raconter ce qu'ils ont vu en leur posant des questions différentes. Au premier groupe, on pose la question suivante : *Le voleur a-t-il bousculé la dame ?* Au deuxième groupe : *Comment le voleur a-t-il bousculé la dame ?* Tandis qu'aux étudiants du troisième groupe, on demande simplement ce qu'ils ont vu. Inutile de vous dire que les images ne montraient aucun contact physique, pas le moindre coup.

« Je pense que vous avez déjà saisi le résultat de cette expérience. Parmi les étudiants du troisième groupe – auxquels on avait simplement demandé d'évoquer les faits –, seuls dix pour cent, ou guère plus, évoquèrent une bousculade ou tout au plus un contact physique entre la victime et son agresseur. Parmi les étudiants du premier groupe, seuls vingt pour cent parlèrent de contact physique. Parmi les étudiants du deuxième groupe – celui auquel on avait posé la question présentant la plus forte part de suggestion –, quelque soixante-dix pour cent des réponses évoquaient un contact physique en réalité inexistant. Comme dans le cas de l'expérience menée avec les enfants, tous ceux qui parlaient d'une bousculade agrémentaient leur récit de détails sur les modalités, sur la violence, sur la direction d'un coup inexistant.

« Dois-je ajouter autre chose ? Dois-je m'évertuer à expliquer combien la façon dont on mène un interrogatoire peut influer non seulement sur les réponses, mais également sur la reconstruction des souvenirs de la personne interrogée ? Non, je ne le crois pas.

« Nous l'avons compris, il est fondamental de savoir quelles questions – dans quel ordre, à quel rythme, sur quel ton – ont été posées au témoin lors de sa déposition la plus importante, c'est-à-dire la première.

« Dans le cas présent, cette information de premier ordre nous est refusée, car dans le procès-verbal des carabiniers, on signale juste : *à la question, il répond.*

« *À la question, il répond.* Mais à quelle question ? À quelle*s* question*s* ?

Je haussai légèrement la voix. Cela ne faisait pas partie de mes habitudes, mais les jurés commençaient à être fatigués et j'arrivais au point crucial. Il fallait que je les tienne en éveil.

« Nous avons dit que si nous ignorons quelle est la question, nous ne pouvons dire si la réponse est spontanée, ou si elle a été influencée, voire manipulée. Nous ne pourrons jamais plus le dire, parce que de cette audition, de cette première audition du témoin Renna, il ne nous reste qu'un procès-verbal sous forme de synthèse succincte. Nous en sommes réduits à faire des hypothèses. Cela étant, il y a un élément que nous ne pouvons négliger. Un élément qui s'est vérifié sous nos yeux, en cours d'audience. Et cet élément n'est autre que le contre-interrogatoire de Renna. Au cours duquel nous avons appris un certain nombre de choses fort importantes pour apprécier la crédibilité de ce témoin. Ce qui, là encore, ne signifie pas : évaluer si le témoin ment ou s'il donne une version subjective. Cela veut dire établir le degré de corrélation entre son récit et le déroulement réel des faits.

« Je résume. Monsieur Renna n'aime pas les Africains et voudrait que les forces de l'ordre s'occupent d'eux. Monsieur Renna ne connaît pas Abdou Thiam aussi bien qu'il veut bien le dire, puisque ayant en main deux de ses photos – et alors qu'il se trouve dans cette même salle d'audience –, il est incapable de le reconnaître. En conséquence, monsieur Renna n'est guère physionomiste et il ne lui est pas facile de distinguer un Africain d'un autre. De son point de vue, ce ne sont *rien que des nègres*, pour reprendre sa réponse à une question de la défense. »

J'allais porter un coup décisif : je m'interrompis à nouveau et laissai aux jurés une grosse vingtaine de secondes. Ils devaient se demander pourquoi j'avais cessé de parler, pourquoi ils devaient m'accorder toute l'attention dont ils étaient capables, après ces longues heures d'audience. Je repris en haussant le ton. Il devait être clair qu'on était maintenant au pied du mur.

« Et sur la base des déclarations de ce monsieur, sur la base de ces déclarations douteuses – à cause de tout ce que nous avons dit sur ce premier procès-verbal devant les carabiniers –, le ministère public demande que vous infligiez une peine de prison à vie.

« Rappelez-vous bien que pour condamner, non pas à la perpétuité mais juste à un jour de détention, vous ne devez pas recourir à des critères de vraisemblance, vous ne devez pas recourir à des critères de probabilité. Et encore faudrait-il admettre que dans cette affaire – si l'on se réfère au contenu de la déposition de Renna –, on puisse parler de vraisemblance ou de probabilité. Vous devez obéir à des critères de certitude. De certitude !

« On peut parler de certitude dans la reconstruction d'un fait, quand toutes les autres hypothèses sont improbables et doivent donc être rejetées. Est-ce ici le cas ? Est-il hasardeux d'imaginer, par exemple, que Renna ait vu quelqu'un d'autre – et non Abdou Thiam – cet après-midi-là, puisque pour lui les *nègres* sont tous pareils ? Est-il hasardeux de penser que ce témoin se soit en quelque sorte trompé ? Ce témoin qui – vous ne l'oublierez pas – se trompe lourdement, devant vous, lors de la reconnaissance sur photos. Ne peut-il pas s'être trompé ? Pouvez-vous sereinement vous en remettre, pour cette décision concernant la vie d'un homme, aux déclarations d'un individu dont les défaillances se sont manifestées sous vos yeux ? »

Pause. Sept, huit secondes.

« Attention. Même si, contre toute évidence, vous vouliez retenir que le récit de Renna est crédible, cela ne constituerait pas la preuve de la culpabilité de l'accusé.

« Parce que les autres indices à charge ne sont guère plus que lettre morte. »

Je passai en revue les déclarations des deux Sénégalais, les résultats de la perquisition, ainsi que tous les autres éléments de preuve.

Je mentionnai les relevés. Même à vouloir parler de vraisemblance – dis-je –, la reconstruction du ministère public ne tenait pas. Elle frôlait le grotesque. Le procureur affirmait que l'accusé était rentré de Naples en proie à une bouffée délirante et s'était rendu à Capitolo avec la folle intention d'enlever, de violer, de tuer le petit Francesco ? Alors l'accusé était fou. Parce que seule la folie pouvait justifier un comportement aussi absurde. Pourquoi, dans ce cas, ne l'avait-on soumis à aucune expertise psychiatrique ? Si, pour expliquer son comportement, il était nécessaire d'évoquer une maladie mentale, alors cette maladie devait être décelée.

Cet argument n'était en revanche qu'une tentative de déstabilisation la cour.

Je ne m'étendis pas outre mesure : les juges étaient fatigués et j'étais persuadé qu'au moment de décider, ils discuteraient surtout du témoignage de Renna.

Alors, comme on dit, je m'apprêtai à conclure. Conclure par là où on a commencé donne un sentiment d'achèvement et rend l'argumentation plus forte. Enfin, je crois.

« Vraisemblance ou vérité, mesdames et messieurs les juges. Probabilité ou certitude. Le choix ne devrait pas être difficile. En fait, ce n'est pas vrai. Parce que si d'un côté on a la sensation – que nous partageons tous, j'en suis sûr – que ce procès n'a fourni aucune réponse, on éprouve d'autre part un sentiment de désarroi à l'idée qu'un crime horrible puisse rester impuni, sans coupable. C'est une idée insupportable et c'est une idée qui comporte un risque extrêmement grave. »

C'est à ce moment-là que Cervellati fit son retour dans la salle. Il s'assit à sa place et appuya sa tête contre sa main droite, en l'utilisant telle une espèce de barrière. Entre lui et moi. Son regard était délibérément tourné vers un endroit du prétoire, en haut à gauche. Où il n'y avait rien.

Physiquement parlant, c'était dans cette posture qu'il tendait le plus à me tourner le dos, compte tenu de la disposition des tables – parallèles – et des chaises.

Connard, pensai-je, et je poursuivis.

« Le risque consiste à essayer de nous libérer de cette angoisse en trouvant non pas *le* coupable, mais *un* coupable. Quel qu'il soit. Quelqu'un qui a eu la malchance d'être pris au piège de ce procès.

« Sans-avoir-rien-fait. Laissez-moi le répéter, sans-avoir-rien-fait.

« Certains pourraient ne pas partager le ton catégorique de mon affirmation. D'accord. Il est légitime de nourrir des doutes. Je suis son défenseur et, pour de nombreuses raisons, je suis persuadé de l'innocence de mon client. Vous avez le droit de ne pas partager cette certitude. Vos doutes sont légitimes. Vous avez le droit de penser qu'Abdou Thiam pourrait être coupable, malgré ce que dit son avocat.

« Il pourrait être coupable. Malgré l'absurdité de la reconstruction proposée par l'accusation, vous avez le droit de penser que l'accusé pourrait être coupable.

« Il *pourrait*. Le conditionnel s'impose.

« Cependant, les sentences ne s'écrivent pas – elles ne peuvent pas s'écrire – au conditionnel. Elles s'écrivent à l'indicatif, en affirmant des certitudes. Des certitudes.

« Pouvez-vous affirmer des certitudes ? Pouvez-vous dire que le témoin Renna ne s'est *certainement* pas trompé ? Pouvez-vous dire que, à la fin de ce procès, il ne subsiste raisonnablement aucun doute ?

« Si vous pouvez affirmer tout cela, alors condamnez Abdou Thiam. »

Je haussai le ton, mais je me rendis compte que, cette fois-ci, je n'étais pas en train de déclamer.

« Condamnez-le à la perpétuité, et à rien d'autre. Si vous pouvez dire qu'il ne subsiste pas le moindre doute, si vous en êtes absolument certains, vous *devez* condamner cet homme qui restera en prison pour le restant de ses jours. Il faut avoir le courage de le faire. Beaucoup de courage. »

Tout demeura en suspens pendant un temps indéfini. Jusqu'au moment où j'entendis à nouveau le son de ma voix. Basse, étranglée.

« Si, cependant, vous n'avez pas cette certitude, alors il vous faut encore plus de courage.

« Pour ne pas étouffer vos doutes au nom d'une justice sommaire, et donc pour acquitter, il vous faudra un courage énorme. Je suis sûr que vous l'aurez, ce courage.

« Merci de m'avoir écouté. »

Je m'assis sans me rendre compte que j'avais vraiment fini. Derrière moi, depuis les bancs réservés au public, s'élevait un bruissement de voix. Je serrais les lèvres, la tête légèrement penchée, scrutant bêtement un coin de la table, à ma gauche, entre les veines du bois.

J'entendis parler le président et il me semblait que sa voix venait d'ailleurs. Il demanda au ministère public et à la partie civile s'ils avaient des répliques. Non, dirent-ils.

Il demanda donc à Abdou s'il voulait conclure par une déclaration, avant que la cour ne se retire pour délibérer. Comme le prévoit le code. Le bruissement cessa et il y eut quelques secondes de silence. Puis la voix d'Abdou dans le micro placé entre les barreaux de la cage. Une voix basse mais ferme.

« Je ne veux dire qu'une seule chose. Je veux remercier mon avocat parce qu'il a cru à mon innocence. Je veux lui dire qu'il a bien fait, parce que c'est vrai. »

Le président hocha imperceptiblement la tête. « La cour se retire », déclara-t-il.

Il se leva et les autres juges firent de même, presque ensemble.

Je me levai à mon tour, mécaniquement. Je les regardai disparaître un à un derrière la porte de la chambre du conseil et ce n'est qu'à ce moment que je me tournai vers Margherita.

« J'ai parlé combien de temps ?

– Deux heures et demie, environ. »

Je regardai ma montre. Il était six heures moins le quart. Moi, j'avais l'impression d'avoir parlé une quarantaine de minutes, pas plus.

On est restés un moment debout, en silence. Puis elle m'a demandé pourquoi je n'ôtais pas ma robe. J'ôtai donc ma robe et la posai sur la table, tandis qu'elle me regardait avec l'air de ceux qui veulent dire quelque chose sans savoir comment, qui cherchent leurs mots.

« Je ne suis pas très douée pour les compliments. En réalité, je n'ai jamais aimé cela, et je crois aussi savoir pourquoi. De toute façon, cela n'aucune importance maintenant. Ce que je voulais dire, c'est que… bon, ça a été extraordinaire de t'écouter. J'aurais envie de t'embrasser, mais je crois que ça n'est ni le lieu ni le moment. »

Je ne répondis pas, parce que j'étais à court de mots et que j'avais une espèce de nœud à la gorge.

Un journaliste s'approcha et me félicita. Puis un autre et aussi la fille qui, durant la pause, m'avait demandé un commentaire sur la requête du ministère public. Je me sentis coupable d'avoir été désagréable avec elle, avant l'audience.

Pendant que les journalistes me disaient d'autres choses que je n'entendais pas, Margherita me tira délicatement par la manche de ma veste.

« Il faut que je file. Bonne chance. » Elle souleva son poing à la hauteur de son front et m'adressa un rapide salut de la tête.

Puis elle pivota, s'en alla, et moi je me sentis seul.

17

Le premier procès que j'assurai seul, alors que j'étais un jeune avoué, concernait une série d'escroqueries. L'accusé était un gros bonhomme sympathique, avec des moustaches noires et un nez passablement fleuri. Je suppose qu'il n'était pas sobre.

Le ministère public fit un très bref réquisitoire et demanda une condamnation à deux ans de réclusion. Quant à moi, je me lançai dans une longue plaidoirie. Le juge de première instance hochait la tête tandis que je parlais, ce qui me donnait confiance en moi. Mon argumentation me semblait serrée et, par voie de conséquence, convaincante.

Quand j'eus fini de parler, j'étais persuadé que d'ici peu, mon client serait acquitté.

Le juge resta en chambre du conseil durant une vingtaine de minutes et quand il sortit, il condamna mon client exactement à la peine demandée par le ministère public. Deux ans de prison ferme, vu que mon client était récidiviste.

La nuit suivante, je ne dormis pas et pendant des jours et des jours, je me demandai où j'avais bien pu me tromper. Je me sentais humilié ; je me persuadai que le juge, pour une raison quelconque, en avait après moi. Je perdis confiance en la justice.

L'explication la plus évidente à cette affaire ne

m'effleura même pas : mon client était coupable et le juge avait bien fait de le condamner. Je n'eus cette brillante intuition que longtemps plus tard.

Cette expérience m'apprit cependant à aborder mes procès avec le détachement nécessaire. Sans me passionner, et surtout sans nourrir d'espoirs.

Se passionner, nourrir des espoirs, c'est dangereux. On peut se faire mal, très mal. Et pas seulement à l'occasion d'un procès.

Voilà à quoi je songeais tandis que le prétoire se vidait. J'avais bien fait mon travail. J'avais fait tout mon possible. Maintenant, je devais me désintéresser de l'issue.

Il fallait que je sorte. Que j'aille à mon cabinet, faire un tour, ou chez moi. Quand la cour serait prête, le greffier m'appellerait sur mon portable – il avait lui-même demandé mon numéro avant de partir – et je reviendrais pour écouter la lecture de la sentence.

C'était l'habitude dans ce genre de procès où l'on prévoit que juges et jurés délibéreront pendant plusieurs heures, voire plusieurs jours. Quand ils sont prêts, ils appellent le greffier et lui disent à quelle heure ils sortiront de la chambre du conseil pour lire la sentence. Le greffier appelle à son tour le ministère public, les avocats et, à l'heure dite, tout le monde est là pour le tomber de rideau.

Donc, comme le veut la coutume, j'aurais dû m'en aller. Mais je m'attardai et après avoir regardé autour de moi dans la salle déserte, je m'approchai de la cage. Abdou se leva de son banc et vint vers moi.

J'appuyai mes mains aux barreaux et il me salua d'un geste de la tête en esquissant un sourire. J'en fis autant, avant de lui parler.

« Tu as réussi à suivre ma plaidoirie ?
– Oui.
– Alors ? »

Il ne répondit pas aussitôt. Comme d'autres fois, j'eus l'impression qu'il se concentrait pour ne pas se tromper de mots.

« J'ai une question à te poser, maître.
– Dis-moi.
– Pourquoi tu as fait tout cela ? »

S'il ne l'avait pas fait, il aurait bien fallu que je me la pose un jour ou l'autre, cette question.

J'étais en train de chercher une réponse, mais je me rendis compte que je n'avais pas envie de lui parler à travers les barreaux. Qu'on permette à Abdou de sortir et de papoter dans le prétoire, inutile d'y penser. Diamétralement opposé au règlement.

Je demandai donc au surveillant chef si je pouvais, moi, entrer dans la cage.

Il me regarda comme s'il n'était pas sûr d'avoir bien entendu. Puis il scruta ses hommes, haussa les épaules et, renonçant à comprendre, ordonna à l'agent détenteur des clés d'ouvrir la cage et de me laisser entrer.

Je m'assis sur le banc, à côté d'Abdou, et j'éprouvai un absurde sentiment de soulagement en entendant le clic-clac du verrou qui cadenassait la grille.

J'allais lui offrir une cigarette, quand il sortit son paquet et voulut que j'en prenne une des siennes. Une Diana rouge. La Marlboro du prisonnier.

Je me servis et après avoir fumé la moitié de ma cigarette, je lui avouai que je n'avais pas de réponse à sa question.

Ça devait être pour une bonne raison, ajoutai-je, mais je ne savais pas exactement laquelle.

Abdou acquiesça comme si cette réponse le satisfaisait.

« J'ai peur, dit-il ensuite.

– Moi aussi. »

C'est ainsi qu'on a commencé à parler. On parla longuement et on fuma ses cigarettes. Soudain, on eut envie de boire un coup et j'appelai le bar avec mon portable pour passer commande. Dix minutes plus tard, le garçon arriva avec son plateau, et il fit passer par les barreaux deux verres de thé glacé. Abdou régla.

Ensuite, on se mit à boire sous les yeux perplexes des agents.

Vers huit heures, je lui dis que j'allais faire trois pas pour me dégourdir les jambes.

Je n'avais pas envie de rentrer chez moi ou de retourner à mon cabinet. Ou d'aller dans le centre me promener dans la foule, passer devant les magasins. Je m'aventurai donc aux alentours du tribunal, en direction du cimetière. Parmi les HLM dont provenait une odeur de nourriture un peu âcre, parmi les ateliers sordides, dans des rues où je ne me souvenais pas d'être passé. Depuis trente-neuf ans que je vivais à Bari.

Je marchai longtemps, sans but précis, sans penser à rien. J'avais l'impression d'être autre part et les lieux étaient si laids qu'il en émanait un charme à la fois étrange et glauque.

La nuit était tombée et j'étais complètement ailleurs quand je sentis une vibration dans la poche arrière de mon pantalon.

Je sortis mon mobile et, à l'autre bout du fil, j'entendis la voix du greffier. Il était un peu agité.

Il avait déjà appelé mais personne ne répondait. Je n'avais pas entendu, désolé. Ils étaient déjà prêts depuis dix minutes ? J'arrive immédiatement. Immédiatement, immédiatement. Dans quelques minutes.

Je jetai un coup d'œil circulaire et il me fallut un moment pour comprendre où j'étais. Pas vraiment tout près. Il fallait courir, ce que je fis.

Je pénétrai dans le prétoire une dizaine de minutes plus tard, en m'efforçant de respirer par le nez et non pas par la bouche, tandis que je sentais ma chemise trempée de sueur se coller à mon dos. J'essayai de me donner une contenance.

Tout le monde était là, prêt, chacun à sa place. Partie civile, ministère public, greffier, journalistes et, malgré l'heure, également le public. Je remarquai aussi quelques Africains que je n'avais pas vus aux autres audiences.

Dès qu'il m'aperçut, le greffier disparut derrière la porte de la chambre du conseil. Il allait avertir la cour que j'étais enfin arrivé.

Je jetai ma robe sur mes épaules et consultai ma montre. Vingt et une heures cinquante-cinq.

Le greffier retourna à sa place et, en rapide succession, la cloche retentit et les juges sortirent.

Le président se dirigea rapidement vers sa place, avec l'air de quelqu'un qui veut s'acquitter au plus vite d'une tâche fastidieuse. Il regarda d'abord à droite, puis à gauche. Il s'assurait que tous les membres de la cour étaient bien à leur place. Il chaussa ses lunettes pour lire la sentence.

Je baissai la tête et fermai les paupières, et j'écoutai les battements de mon cœur. Ça cognait fort et vite.

« Au nom du peuple italien, la cour d'assises de Bari, vu l'alinéa de l'article 530 du code de procédure pénale… »

Je ressentis une décharge dans tout mon corps, puis mes jambes se dérobèrent.

Acquitté.

L'article 530 du code de procédure pénale s'intitule : *Sentence d'acquittement.*

« ... acquitte Thiam Abdou des faits qui lui sont reprochés car il n'a pas commis le crime. Lecture étant faite de l'article 300 du code de procédure pénale, la cour déclare la cessation des mesures conservatoires inhérentes à la détention provisoire à laquelle est actuellement soumis l'accusé et son immédiate remise en liberté si le susdit Thiam n'est pas détenu pour une autre affaire. L'audience est levée. »

Il est difficile d'expliquer ce que l'on éprouve à un moment pareil. Parce qu'en réalité, c'est difficile à comprendre.

Je restai là où j'étais, regardant en direction des bancs de la cour, vides. Tout autour, des voix excitées ; certains me touchaient l'épaule ; d'autres saisissaient ma main et me la serraient. Je me demandais ce que faisait tout ce monde dans la salle d'une cour d'assises, le 9 juillet à dix heures du soir.

Je ne sais pas combien de temps je suis resté ainsi, immobile.

Jusqu'au moment où, dans la brouhaha, je distinguai la voix d'Abdou. J'ôtai ma robe et je me dirigeai vers la cage. Théoriquement, on aurait dû le libérer sur-le-champ. Mais dans la pratique, il était nécessaire de le ramener à la prison pour expédier un certain nombre de formalités. En attendant, il restait toujours enfermé.

Nous étions maintenant face à face, tout proches, juste séparés par les barreaux. Il avait les yeux brillants, les mâchoires serrées, un tremblement à la commissure des lèvres.

Mon visage ne devait guère être différent, j'imagine.

On se serra longuement les mains à travers les barreaux. Pas de manière traditionnelle, pas comme pour des présentations, ou comme les hommes d'affaires, mais en unissant nos pouces, les bras fléchis.

Il ne dit que quelques mots, dans sa langue. Je n'avais pas besoin d'un interprète pour comprendre ce que ça signifiait.

18

Je laissai à Margherita un message sur le répondeur de son portable, le soir même du verdict, mais on ne réussit à se voir que lendemain après-midi.

Elle passa à mon cabinet et on descendit s'asseoir dans un bar. On parla peu du procès. Je n'en avais pas envie. Elle le comprit presque immédiatement et cessa de me poser des questions. On éprouvait tous les deux une espèce d'étrange, de léger embarras.

Quand nous fûmes revenus en bas du bureau, je fis un effort pour lui dire ce que j'avais dans la tête.

« J'aurais envie de t'inviter à dîner quelque part. S'il te plaît, ne me dis pas non, même si ça n'est pas génial comme entrée en matière. Je manque d'entraînement. »

Elle me regarda comme si elle avait envie de rire, mais resta silencieuse.

« Alors ? demandai-je au bout de quelques secondes.

– Effectivement, comme entrée en matière, c'est pas terrible, mais j'entends récompenser la bonne volonté.

– Ça veut dire que tu acceptes ?

– Ça veut dire que j'accepte. Ce soir ?

– Non, pas ce soir. Demain, s'il te plaît. »

Elle me regarda d'un air perplexe, en plissant légèrement les paupières, et je fus obligé d'ajouter :

« Il faut que je fasse quelque chose ce soir. Quelque chose d'important. Que je ne peux pas remettre. Je ne peux pas t'emmener dîner si je ne fais pas ça d'abord. »

Elle m'observa à nouveau pendant quelques secondes, toujours aussi perplexe. Puis elle hocha la tête et déclara que c'était d'accord.

Bon, alors à demain.

À demain.

Je quittai mon cabinet pour rentrer chez moi. Je pris une douche, enfilai un bermuda et je me préparai un cocktail de fruits. Je tournai un peu en rond dans les pièces de mon appartement. De temps à autre, je m'arrêtais pour regarder le téléphone. Je l'étudiais – de loin.

Au bout d'un moment, je m'assis dans le fauteuil. Le téléphone était devant moi et si j'allongeais le bras, je pouvais saisir le combiné. Toutefois, je me contentais de le regarder.

Il ne faut pas se presser, pensai-je.

Du reste, pour téléphoner, encore faut-il se remémorer le numéro. Le numéro. 080... 52... 19... Donc : 080... 52... 198. Non, 52 196... Non.

Je n'arrivais pas à m'en souvenir. Absurde. Ça ne faisait même pas deux ans, et je ne m'en souvenais plus. Pourtant, il y a quelques mois, je l'avais bien composé de mémoire. Donc, pour être précis, quelques mois avaient passé et je ne m'en souvenais plus.

D'accord, inutile de se mettre martel en tête. Ça arrive.

Je cherchai le nom de Sara dans l'annuaire, mais il ne s'y trouvait pas.

Je restai un moment sans savoir que faire. Puis

soudain, j'eus l'intuition, et je cherchai *mon* nom dans l'annuaire. Il y était. Je veux dire à mon ancienne adresse. Là où j'habitais maintenant, le numéro était au nom de la propriétaire.

Je regardai encore un moment le téléphone sans y toucher, mais je savais que le temps de jeu allait expirer.

Espérons que ce soit elle qui réponde. Si le type de l'autre fois répond, qu'est-ce que je dis ? Bonsoir, je suis l'ex-mari de Madame, ou plutôt non, le mari séparé. Oui, vous avez bien compris, oui c'est ça, *le* connard. Je voudrais parler à Sara, s'il vous plaît. Mais monsieur, ne soyez pas aussi malpoli. Vous me cassez la gueule si j'essaye de retéléphoner ? Surveillez votre langage, j'ai fait de la boxe. Ah ? Vous êtes professeur de full-contact ? Bon… c'était comme ça, pour dire quelque chose.

Je composai le numéro en appuyant sur les touches rapidement, sans réfléchir. C'était la seule solution.

Au bout de trois sonneries, elle me répondit.

Elle ne semblait pas étonnée de m'entendre. Au contraire, on aurait dit que ça lui faisait plaisir. Elle allait bien, oui. Moi aussi, j'allais bien. Oui, bien sûr, j'allais même très bien. Non, c'est juste que je lui semblais un peu bizarre. Se voir ce soir ? C'est-à-dire dans deux ou trois heures, au bout de deux ou trois ans ? Elle me félicita parce que j'étais encore capable de l'étonner, et ça n'était pas facile. J'étais content – j'étais vraiment content – et bon, à part ça, on peut se voir ce soir ? On dîne ensemble ou on va boire quelque chose plus tard dans la soirée ? Parfait. Voulait-elle que je passe la prendre ou est-ce que ça la gênait ? Rire. OK, je pouvais passer la prendre à dix heures. Qu'est-ce que je fais, je sonne à l'interphone ou je t'attends en bas ? Non, tu sais, au cas où, à l'interphone… Nouvel éclat de rire. Bon d'accord, je sonne à l'interphone. À plus tard, ciao. Ciao.

Je m'habillai et sortis en toute hâte. Les magasins fermaient à huit heures.

Je me dépêchai et à huit heures et demie, j'étais de retour à la maison. Il fallait que je fasse passer le temps jusqu'à dix heures. Je lus un peu. *Le zen dans l'art chevaleresque du tir à l'arc.* Mais ça n'était pas la lecture adaptée. Bon, alors un peu de musique, pensai-je. J'allais mettre *Rimmel* [1] qui me semblait parfaitement convenir, mais je songeai que même dans la solitude, il fallait éviter toute forme de pathos. Autant sortir tout de suite.

Je me changeai, histoire de faire passer encore quelques minutes, et je descendis, mon petit sachet à la main.

J'arpentai les rues jusqu'à dix heures pile et je sonnai chez Sara. C'est elle qui répondit d'une manière qui m'était familière. « Je descends. »

Elle descendit et me donna un baiser sur la joue ; moi aussi je lui donnai un baiser sur la joue. Remarqua-t-elle le sachet ? En tout cas, elle n'en laissa rien paraître. On a pris la voiture et je l'ai emmenée dans un restaurant du bord de mer, pas loin de Polignano. On ne parla guère dans la voiture, on ne parla guère durant le dîner.

Elle attendait que je lui dise pourquoi j'avais voulu la voir. Moi, j'attendais qu'on ait fini de manger, parce

1. *Rimmel* : un des plus célèbres albums de Francesco De Gregori. *(N.d.T.)*

qu'il faut savoir être patient et faire les choses à point nommé. J'avais l'impression d'avoir enfin compris cela, ainsi qu'un certain nombre d'autres choses.

Alors on se partagea une grosse langouste, parfumée à l'huile d'olive et au citron. Le tout arrosé d'un vin blanc sec, bien frais.

On se regardait de temps en temps, puis on disait un truc sans importance et on recommençait à manger. De temps en temps, elle m'observait d'un air vaguement interrogateur.

Quand on eut fini de dîner, je payai et lui demandai si ça lui allait de faire quelques pas. Ça lui allait.

Tout en marchant, je me mis à parler.

« J'ai vécu une période très… particulière. Il m'est arrivé pas mal de choses… »

Je fis une pause. C'était pas génial comme attaque. Voire carrément nul. Elle ne disait rien. Elle attendait.

On marchait en regardant devant nous, entre les bateaux tirés au sec dans le petit port.

« Tu te rappelles ? Tu disais qu'un jour ou l'autre, on finit par payer l'addition ?

– Oui, je me rappelle. Et tu disais que tu prendrais la fuite avant. Que si on voulait, on pouvait toujours te coller un procès. »

Je souris. C'était exactement ce que je disais. Si on voulait, on pouvait toujours me coller un procès. J'attendais que Sara ajoute que j'avais toujours été très bon pour partir sans payer. Elle aurait eu mille fois raison. Mais elle n'en fit rien. Et je repris mon discours.

« En fait, aujourd'hui je n'arrive plus à m'enfuir. À toute vitesse, comme avant. Donc on m'a coincé et on m'a fait payer presque tous les arriérés. Ça n'a pas été très marrant. »

Je m'assis sur un bateau, tout près de l'eau. Elle s'assit sur une autre embarcation, face à moi. J'en étais vite arrivé à la partie la plus difficile et je ne trouvais pas les mots.

« Bon, dans tout ça, à un certain moment, je me suis rendu compte que… bref, quitte à payer les arriérés, il y a une chose que je ne peux surtout pas laisser en suspens. »

Elle me regardait, la tête légèrement inclinée sur le côté, droit dans les yeux. J'eus besoin d'une cigarette. J'en allumai une et avant de recommencer à parler, j'attendis le coup de poing de la fumée dans mes poumons.

Puis, avec les mots qui me venaient à l'esprit, je dis tout ce que j'avais sur le cœur. Elle écouta sans jamais m'interrompre et même quand j'eus fini, elle attendit avant de parler. Je n'en étais pas bien sûr, à cause de l'obscurité, mais j'avais l'impression qu'elle avait les yeux humides. Les miens, ils étaient humides et je n'avais pas besoin de lumière pour m'en rendre compte. Quand elle commença, je sus que je m'étais bien conduit, ce soir-là.

« Aujourd'hui, tu m'as rendu tous les jours, toutes les minutes où on a été ensemble. Combien de fois, avant qu'on se quitte, et puis même après, j'ai pensé qu'avec toi, j'avais fichu en l'air presque dix ans de ma vie. Je repoussais cette idée, je la chassais. Mais elle revenait. Ça semblait ne jamais devoir s'arrêter, cette angoisse. Ce soir, tu m'en as libérée. Tu m'as rendu mes souvenirs. »

Elle arborait une sorte de sourire, maintenant.

Moi aussi j'essayai de sourire, mais j'eus au contraire envie de pleurer. Je fis un effort pour me retenir, puis je pensai que je n'en avais rien à foutre, de me retenir. Mes yeux se remplirent de larmes et ces larmes coulèrent en silence. Toutes.

Elle me laissa finir puis me passa, délicatement, deux doigts sous les yeux.

Alors je lui donnai son cadeau. C'était une montre – d'homme – avec un bracelet en cuir et un large cadran. Pareille à celle que j'avais il y a bien des années. Elle me la volait souvent, parce qu'elle lui plaisait beaucoup. Puis, au cours d'un voyage, je la perdis et elle en fut désolée. Bien plus que moi. J'avais bien souvent pensé lui offrir le même modèle, mais je ne l'avais jamais fait. Comme tant d'autres choses.

Elle la mit sans rien dire. Il était temps de rentrer à la maison.

J'arrêtai la voiture à une dizaine de mètres de la porte de son immeuble, où se trouvait une place libre. Je coupai le moteur et je me tournai vers elle, ne sachant que faire. Mais Sara, elle, savait. Elle m'étreignit très fort, presque violemment, en posant son menton sur mon épaule, sa tête contre la mienne. Elle resta ainsi quelques secondes, puis s'écarta. « Merci », murmura-t-elle avant d'ouvrir la portière et de s'en aller.

« Merci à toi », murmurai-je à mon tour dans la voiture vide, tandis qu'elle disparaissait derrière la porte.

19

Cette nuit-là, je ne réussis pas à fermer l'œil. Je n'essayai même pas de me mettre au lit. Je m'assis sur le balcon et j'écoutai les bruits de la rue. J'allumai quatre ou cinq cigarettes que je ne fumai pour ainsi dire pas. Je les laissais se consumer lentement, entre l'index et le médium, tandis que je regardais les fenêtres, les balcons d'en face, les antennes sur les toits, et le ciel.

Peu avant l'aube, le mistral se leva et je me mis à frissonner dès les premières rafales.

On dit que le mistral souffle trois jours – ou sept – et je pensais qu'on n'aurait pas chaud pendant trois ou sept jours. Du moins pas trop.

J'avais toujours aimé le mistral, l'été, parce qu'il nettoyait l'air, parce qu'il chassait la moiteur et me donnait l'impression d'être plus libre. Il me sembla juste que le mistral se lève, ce matin-là.

Je songeais aux comptes qu'on arrête ; aux choses qui commencent. Je songeais que j'avais peur, mais que, pour la première fois, je ne voulais pas la fuir, cette peur, me la cacher. Ça me semblait quelque chose de terrible, et de magnifique.

Je contemplai la lumière qui se frayait un chemin dans le ciel ; je regardai les nuages gris, si étranges en ce mois de juillet.

Dans un moment, je me lèverais et j'irais marcher

dans les rues encore désertes. J'irais m'asseoir à une table en terrasse, dans un bar du bord de mer, et je prendrais un cappuccino. Je regarderais les rues se transformer à mesure que le jour se lèverait. Je prendrais un autre cappuccino ; je fumerais une cigarette et ensuite, quand il ferait vraiment jour, je rentrerais chez moi. Je dormirais, je lirais, j'irais à la mer, je passerais cette journée à faire uniquement ce dont j'avais envie.

J'attendrais qu'arrive le soir et c'est uniquement à ce moment-là que j'appellerais Margherita. Je ne savais pas encore ce que je lui dirais, mais j'étais sûr de trouver les mots.

Je pensai à ça et à d'autres choses encore, assis sur ce balcon.

Je pensai que jamais je n'aurais donné ce moment.

Pour rien au monde.

Composition et mise en pages : FACOMPO, LISIEUX

Achevé d'imprimer en septembre 2007
par Novoprint (Barcelone)

Dépôt légal : octobre 2007

Imprimé en Espagne